原創愛
YL001

後宮
甄嬛傳 I

流瀲紫—著

希代多媒體
Sitak Multimedia

原創愛　YL001

后宮：甄嬛傳I

作　　者：流瀲紫
總 編 輯：林秀禎
編　　輯：蘇芳毓
出 版 者：英屬維京群島商高寶國際有限公司台灣分公司
Global Group Holdings, Ltd.
地　　址：台北市內湖區洲子街88號3樓
網　　址：gobooks.com.tw
電　　話：(02) 27992788
E- mail：readers@gobooks.com.tw（讀者服務部）
pr@gobooks.com.tw（公關諮詢部）
電　　傳：出版部 (02) 27990909　行銷部 （02）27993088
郵政劃撥：19394552
戶　　名：英屬維京群島商高寶國際有限公司台灣分公司
發　　行：希代多媒體書版股份有限公司/Printed in Taiwan
初版日期：2009年2月

國家圖書館出版品預行編目資料

后宮：甄嬛傳I/流瀲紫著. -- 初版. -- 臺北市：高寶國際, 2009.02
面；　公分. --（原創愛；YL001）

ISBN 978-986-6556-74-6(平裝)

857.7　　97025490

·目　錄·

一、雲意春深 5
二、歸來何定 16
三、棠梨 25
四、華妃世蘭 35
五、百計避敵 48
六、倚梅雪夜 59
七、妙音娘子 69
八、春遇 77
九、花籤 85
十、杏 97
十一、棠梨莞嬪 105
十二、侍兒扶起嬌無力 113
十三、正是新承恩澤時 123

·目 錄·

十四、椒房 132
十五、嬛嬛 143
十六、池魚 156
十七、殺機初現（上） 168
十八、殺機初現（下） 180
十九、驚夢 189
二十、麗貴嬪 199
二十一、初勝 208
二十二、清河 217
二十三、聞喜 229
二十四、驚鴻（上） 245
二十五、驚鴻（下） 255
二十六、靜日玉生煙 269
二十七、菰生涼 278

一、雲意春深

我初進宮的那一天，是個非常晴朗的日子。農曆八月二十，黃道吉日。站在紫奧城空曠的院落裡可以看見無比晴好的天空，藍澄澄的如一汪碧玉，沒有一絲雲彩，偶爾有大雁成群結隊地飛過。

鴻雁高飛，據說這是一個非常好的預兆。

毓祥門外整整齊齊地排列著無數專送秀女的馬車，所有的人都鴉雀無聲，保持異常的沉默。我和來自各地的秀女站在一起，黑壓壓一群人，端的是綠肥紅瘦，嫩臉修蛾，脂粉香撲鼻。很少有人說話，只專心照看自己的脂粉衣裳是否周全，或是好奇地偷眼觀察近旁的秀女。

選秀是每個官家少女的命運，每三年一選，經過層層選拔，將才貌雙全的未婚女子選入皇宮，充實後庭。

這場選秀對我的意義並不大，我只不過來轉一圈充個數便回去。爹爹說，我們的女兒嬌縱慣了，怎受得了宮廷約束。罷了罷了，平平安安嫁個好郎君也就是了。

娘總說像我女兒這般容貌家世，更不消說人品才學，一定要給我挑最好的郎君。我也一直是這樣想的，我甄嬛一定要嫁這世間上最好的男兒，和他結成連理平平安安白首到老，便是幸福了。我不能輕易辜負了自己。

而皇帝坐擁天下，卻未必是我心中認可的最好的男兒。至少，他不能專心待我。

因而，我並不細心打扮。臉上薄施粉黛，一身淺綠色挑絲雙窠雲雁的時新宮裝，合著規矩裁製的，上裳下裙，泯然於眾的普通式樣和顏色，並無半分出挑，也不小氣。頭上斜簪一朵新摘的白芙蓉，除此之外只挽一枝碧玉七寶玲瓏簪，綴下細細的銀絲串珠流蘇，略略自矜身份，以顯並非一般的小家碧玉，可以輕易小瞧了去。

如此不肯多費心力，我只需等著皇上「撂牌子」，讓我落選。

選看秀女的地點在紫奧城內長春宮的正殿雲意殿。秀女分成六人一組，由太監引著進去被選看，其餘的則在長春宮的東西暖閣等候。選看很簡單，朝皇上皇后叩頭，然後站著聽候吩咐，皇上或者問哪個人幾句話，或者問也不問，謝了恩便可。然後由皇上決定是「撂牌子」還是「留用」。「撂牌子」就是淘汰了，「留用」則是被選中，暫居本家，選吉日即可入宮為妃嬪。

皇上早已大婚，也頗多內寵。這次的選秀，不過是廣選妃嬪充實掖庭，為皇上綿延子嗣。

滿滿一屋子秀女，與我相熟的只有濟州都督沈自山的女兒沈眉莊。我家府第與她京中外祖府上比鄰而居，我和她更是自小一起長大，情誼非尋常可比。她遠遠看見我便笑了，走過來的執我的手，面含喜色關切道：「嬛兒，妳在這裡我就放心了。上次聽外祖母說妹妹受了風寒，可大好了？」

我依依起身，道：「不過是咳嗽了兩聲，早就好了。勞姐姐費心。路上顛簸，姐姐可受了風塵之苦。」

她點點頭，細細看我兩眼，微笑說：「在京裡休息了兩日，已經好得多。妹妹今日打扮得好素淨，益發顯得姿容出眾，卓而不群。」

我臉上飛紅，害羞道：「姐姐不是美人嗎？這樣說豈不是要羞煞我。」

她含笑不語，用手指輕刮我臉頰。我這才仔細看她，一身玫瑰紫千瓣菊紋上裳，月白色百褶如意月裙，如漆烏髮梳成一個反綰髻，髻邊插一枝累絲金鳳，額上貼一朵鑲金花鈿，耳上的紅寶耳墜搖曳生光，氣度雍容沉靜。

我含了笑，不禁讚歎：「幾日不見，姐姐出落得越發標緻了。皇上看見必定過目不忘。」

眉莊手指按唇上示意我噤聲，小聲說：「謹言慎行！今屆秀女佼佼者甚多，姐姐姿色不過爾爾，未必就能中選。」

我自知失言，便不再說話，只和她絮絮一些家常。

只聽見遠處「匡啷」一聲，有茶杯翻地的聲響。我和眉莊停了說話，抬頭去看。只見一個穿墨綠緞服滿頭珠翠的女子一手拎著裙襬，一手猛力扯住另一名秀女，口中喝道：「妳沒長眼嗎？這樣滾燙的茶水澆到我身上！想找死嗎？妳是哪家的秀女？」

被她扯住的秀女衣飾並不出眾，長相卻眉清目秀，楚楚動人。此時已瑟縮成一團，不知如何自處。只得垂下眉目，低聲答道：「我叫安陵容。家父……家父……是……是……」

那秀女見她衣飾普通，早已不把她放在眼裡，益發凶狠：「難道連父親的官職也說不出口嗎？」

安陵容被她逼得無法，臉皮紫脹，聲細如蚊：「家父……松陽縣縣丞……安比槐。」

那秀女一揚臉，露出輕蔑的神色，哼道：「果然是小門小戶的出身！這樣不知禮數。」

旁邊有人插嘴提醒安陵容：「妳可知妳得罪的這位是新涪司士參軍的千金夏月菁。」

安陵容心中惶恐，只好躬身施禮，向夏氏謝罪：「陵容剛才只是想到待會要面見聖駕，心中不安，所以一時失手將茶水灑在林姐姐身上，陵容在這裡向姐姐請罪，望姐姐原諒。」

夏氏臉上露出厭惡的神色，皺眉道：「憑妳也想要見聖駕？真是異想天開！今日之事要作罷也可，妳只需跪下向我叩頭請罪。」

安陵容的臉色立刻變得蒼白，眼淚在眼眶中滾來滾去，顯得十分嬌弱而無助，叫人萌生憐意。週遭的秀女無人肯為她勸一句夏氏。誰都想到，皇上怎麼會選一個縣丞的女兒做妃嬪，而這個夏氏，卻有幾分可能入選。勢力懸殊，誰會願意為一個小小縣丞的女兒得罪司士參軍的千金。眼見得安氏是一定要受這場羞辱了。

我心中瞧不起這樣仗勢欺人，不覺蹙了娥眉。眉莊見我如此，握住我的手小聲叮嚀：「千萬不要徒惹是非。」

我哪裡肯依，掙開她的手，排眾上前，抬手攙起安氏拉在身邊，轉而溫言對林氏道：「不過一件衣服罷了，夏姐姐莫要生氣。妹妹帶了替換的衣裳，姐姐到後廂換過即可。今日大選，姐姐這樣吵鬧怕是會驚動了聖駕，若是龍顏因此而震怒，又豈是妳我姐妹可以承擔的。況且，即便今日聖駕未驚，若是他日傳到他人耳中，也會壞了姐姐賢德的名聲。為一件衣服因小失大豈非得不償失，望姐姐三思。」

夏氏略微一想，神色不豫，但終究沒有發作，「哼」一聲便走。圍觀的秀女散開，我又對安氏一笑：「今日甄嬛在這裡多嘴，安姐姐切莫見笑。嬛兒見姐姐孤身一人，可否過來與我和眉莊姐姐做伴，也好大家多多照應，不致心中惶恐、應對無措。」

安陵容滿面感激之色，嬌怯怯垂首謝道：「多謝姐姐出言相助。陵容雖然出身寒微，但今日之恩，沒齒難忘。」

我笑道：「舉手之勞而已，大家都是待選的姐妹，何苦這樣計較。」她微微遲疑：「只是姐姐這樣為我得罪他人，豈非自添煩惱。」

眉莊走上前來對我說：「這是皇宮禁內，妳這樣無法無天！叫我擔心。」又對安氏笑言：「妳看她這個胡鬧的樣子。哪裡是一心想入選的呢？也不怕得罪人。」

我看一眼安氏的穿戴，衣裳簇新，顯然是新做的，但衣料普通，顯而易見是坊間尋常的作料，失了考究。頭面除了髮上插兩枝沒有鑲寶的素銀簪子和絨花點綴，手上一只成色普通的金鐲子，再無其他配飾，在打扮得花團錦簇的秀女群中未免顯得有點寒酸。我微微蹙眉，看見牆角放著一盆開得正艷的秋海棠，隨手從案上取一把剪子，「喇喇」剪下三枝簪在陵容鬢邊，頓時增了她幾分嬌艷。又摘下耳上一對翠玉環替她戴上，道：「人要衣裝，佛要金裝。姐姐衣飾普通，那些人以貌取人就會輕視姐姐。這對耳環就當今日相見之禮。希望能助姐姐成功入選。」

安氏感動，垂淚道：「勞姐姐破費，妹妹出身寒微，自然是要被『撂牌子』的，反而辜負姐姐美意。」

眉莊安慰道：「從來英雄不問出身。妹妹美色，何必妄自菲薄。」

正說著，有太監過來傳安陵容和另幾位秀女進殿。我朝她微笑鼓勵，這才和眉莊牽著手歸位繼續等待。

方坐下便有小宮女上來奉茶。我和眉莊各自從荷包裡取一錠碎銀子賞她，那宮女喜笑顏開地謝了下去。眉莊見宮女退下，方才憂道：「剛才好一張利嘴。也不怕得罪新晉的宮嬪。」

我端過茶碗，徐徐地吹散杯中熱氣，見四周無人注意我們，才閒閒道：「妳關心我我豈有不知道的。只是姐姐細想想，皇上選秀，家世固然重要，但德容言工也是不可或缺的。夏月菁雖說出身不低，但以這樣的德行舉止是斷斷入不了皇上的眼的。即便她入宮，恐怕也不得善終。所以又何來得罪呢？」

眉莊點點頭，含笑道：「妳說的果然有幾分道理，無怪妳爹爹自小便對妳另眼相看，讚妳『女中諸葛』。當然，安氏也的確可憐。」

我微笑說：「這是一層。以姐姐的家世姿色入選是意料中事。安氏雖然出身不好，但進退有禮，相貌楚楚別有一番風韻，入選的可能比夏氏大些。妹妹無心入宮，萬一安氏得選，姐姐在宮中也好多個照應。當然今朝佳麗甚多，安氏能否得選另當別論，也是嬛兒一番愚見罷了。」

眉莊動容，伸手握住我的手感歎：「嬛兒，多謝妳這樣為我費心。只是妳如此美貌卻無心進宮，若是落入尋常人家真是明珠暗投了。」

我不置可否，只淡淡一笑道：「人各有志。況且嬛兒愚鈍，不慣宮中生活，只望姐姐能青雲直上。」

今屆應選秀女人數眾多，待輪到我和眉莊進殿面聖時已是月上柳梢的黃昏時分。泰半秀女早已回去，只餘寥寥十數人仍在暖閣焦急等候。殿內掌上了燈，自御座下到大殿門口齊兩排河陽花燭，洋洋數百枝，枝枝如手臂粗，燭中灌有沉香屑，火焰明亮，香氣清郁。

我與眉莊和另四名秀女整衣肅容走了進去，聽一旁引導內監的口令下跪行禮，然後一齊站起來，垂手站立一旁等待司禮內監唱名然後一一出列參見。只聽一年老的內監啞著尖細的嗓音一個一個喊到：

「江蘇鹽道鄴簡之女鄴芳春，年十八。」

「蘇州織造孫長合之妹孫妙清，年十七。」

「宣城知府傅書平之女傅小棠，年十三。」

我低著頭，目不斜視地盯著地上，塊塊三尺見方的大青石磚拼貼無縫，中間光潔如鏡，四周琢磨出四喜如意雲紋圖案。聽著前幾位秀女跪拜如儀，衣角裙邊和滿頭珠翠首飾發出輕微的唏娑碰撞的的聲音。我好奇瞥一眼旁邊，有幾名秀女已緊張得雙手微微發抖，不由心內暗笑。

我忍不住偷眼看寶座上的帝后。雲意殿大而空闊，殿中牆壁棟樑與柱子皆飾以雲彩花紋，意態多姿，斑斕絢麗，全無龍鳳等宮中常用的花飾。赤金九龍金寶璀璨的寶座上方坐著的正是我大周朝第四代君主玄淩。那人頭戴通天冠，白玉珠十二旒，垂在面前，遮住龍顏，無法看清他神情樣貌。只是體態微斜，微微露疲憊之色，想是看了一天的秀女已然眼花，聽她們請安也只點頭示意，沒問什麼話便揮了揮手讓她們退下。可憐這些秀女緊張了一天，為了顧惜花容月貌連午飯也不敢吃，戰戰兢兢來參選，就這樣被輕易撂了牌子。皇后坐在皇帝寶座右側，珠冠鳳裳，甚是寶相莊嚴。長得也是端莊秀麗，眉目和善，雖勞碌了一日已顯疲態，猶自強坐著，氣勢絲毫不減。

「濟州都督沈自山之女沈眉莊，年十六。」眉莊脫列而出，身姿輕盈，低頭福了一福，聲如鶯囀：「臣女沈眉莊參見皇上皇后，願皇上萬歲萬福，皇后千歲吉祥。」

皇帝坐直身子，語氣頗有興趣：「可曾念過什麼書？」殿堂空闊，皇帝的聲音夾著縹緲而空曠的回音，遠遠聽來不太真實，嗡嗡地如在幻境。

眉莊依言溫文有禮地答道：「臣女愚鈍，甚少讀書，只看過《女則》與《女訓》，略識得幾個字。」

皇帝「唔」一聲道：「這兩本書講究女子的賢德，不錯。」

皇后和顏悅色地附和：「女兒家多以針線女紅為要，妳能識幾個字已是很好。」

眉莊聞言並不敢過於露出喜色，微微一笑答：「多謝皇上皇后讚賞。」

皇后語帶笑音，吩咐司禮內監：「還不快把名字記下留用。」

眉莊退下，轉身站到我身旁，舒出一口氣與我相視一笑。眉莊大方得體，容貌出眾，她入選是意料中事，我從不擔心。

正想著，司禮內監已經唱到我的名字，「吏部侍郎甄遠道之女甄嬛，年十五。」我上前兩步，盈盈拜倒，垂首說：「臣女甄嬛參見皇上皇后，願皇上萬歲萬福，皇后千歲吉祥。」

皇帝輕輕「哦」一聲，問道：「甄嬛？是哪個『嬛』？」

我低著頭脫口而出：「蔡伸詞：嬛嬛一裊楚宮腰。正是臣女閨名。」話一出口我就後悔了。一時口快太露鋒芒，把書上的話說了出來，恐怕已經引起皇帝注意，實在是有違初衷。

果然，皇帝撫掌笑道：「詩書倒是很通，甄遠道很會教女。只是不知妳是否當得起這個名字。抬起頭來！」

我情知避不過，後悔剛才鋒芒太露，現在也只能抬頭，希望皇帝看過這麼多南北佳麗，見我這麼規規矩矩的打扮會不感興趣。

皇后道：「走上前來。」說著微微側目，旁邊的內監立即會意，拿起一杯茶水潑在我面前。我不解其意，只得裝作視若無睹，穩穩當當地踏著茶水走上前兩步。

皇后含笑說：「很是端莊。」

只見皇帝抬手略微掀起垂在面前的十二旒白玉珠，愣了一愣，讚道：「柔橈嫚嫚，嫵媚姌嫋。妳果然當得起這個名字。」

皇后隨聲說：「打扮得也很是清麗，與剛才的沈氏正像是桃紅柳綠，很是得襯。」

我低低垂首，面上滾燙，想來已是紅若流霞，只好默不作聲。只覺得眼前盡是流金般的燭光隱隱搖曳，香氣陶陶然，綿綿不絕地在鼻尖蕩漾。

皇帝含笑點點頭，吩咐司禮內監：「記下她名字留用。」

皇后轉過頭對皇帝笑道：「今日選的幾位宮嬪都是絕色，既有精通詩書的，又有賢德溫順的，真是增添宮中祥和之氣。」皇帝微微一笑卻不答話。

我心中一沉，上面高高端坐的那個男子就是我日後所倚仗終身的夫君了？我躬身施了一禮，默默歸列。見眉莊朝我燦然一笑，只好也報以一笑。我心中迷亂，不知該如何應對這突如其來的中選，無心再去理會別的。等這班秀女見駕完畢，按照預先引導內監教的，無論是否中選，都叩頭謝了恩然後隨班魚貫而出。

才出雲意殿，聽得身後「砰」地一聲，轉身去看，是剛才同列的秀女江蘇鹽道之女鄴芳春，只見她面色慘白，額頭上滿是冷汗，已然暈厥過去。想必是沒能「留用」以致傷心過度痰氣上湧。

我歎了一口氣說：「想留的沒能留，不想留的卻偏偏留下了。」說話間鄴芳春已被殿門前服侍的內監宮女扶了開去。

眉莊扶一扶我髮髻上將要滑落的芙蓉，輕聲說：「妹妹何必歎息，能進宮是福氣，多少人巴不得的事。況且妳我二人一同進宮，彼此也能多加照應。宣旨的內監已經去了，甄伯父必定歡喜。」

我手指絞著裙上墜著的攢心梅花絡子，只默默不語。半晌才低低的說：「眉姐姐，我當真不是故意的。」

她扯住我衣袖，柔緩地說：「我明白。我早說過，以妳的才貌憑一己之力是避不過的。」她頓了一頓，收斂笑容凝聲說：「何況以妳我的資質，難道真要委身於那些碌碌之徒？」

眉莊正勸慰我，有年長的宮女提著風燈上來引我們出宮。宮女面上堆滿笑容，向我們福了一福說：「恭喜兩位小主得選宮嬪之喜。」我和眉莊矜持一笑，拿了銀子賞她，攙著手慢慢往毓祥門外走。

毓祥門外等候的馬車只剩下零星幾輛，馬車前懸掛的琉璃風燈在風裡一搖一晃，像是身不由主一般。等候在車上的是我的近身侍婢流朱和浣碧，遠遠見我們來了，趕緊攏了披風跳下馬車過來迎接。浣碧扶住我手臂，柔聲說：「小姐勞累了。」流朱把錦緞披風搭在我身上繫好。

眉莊被自家的婢女采月扶上車，駛到我的車旁，掀起簾子關切說：「教引姑姑不幾日就要到妳我府中教導宮中禮儀。等聖旨下來正式進宮以前妳我姐妹暫時不能見面了，妹妹好好保重。」

我點了點頭，流朱與浣碧一同扶我上車。車下的宮女畢恭畢敬地垂手侍立，口中恭謹地說：「恭送兩位小主。」

我掀開簾子回頭深深看了一眼，暮色四合的天空半是如滴了墨汁一般透出黑意，半是幻紫流金的晚霞，如鋪開了長長一條七彩彈花織錦。在這樣幻彩迷濛下殿宇深廣金碧輝煌的紫奧城有一種說不出的懾人氣勢，讓我印象深刻。

二、歸來何定

車還沒到侍郎府門前，已經遙遙地聽見鼓樂聲和鞭炮劈里啪啦作響的聲音。流朱幫我掀開車簾，紅色的燈籠映得一條街煌煌如在夢中。遠遠地看見闔家大小全立在大門前等候，我眼中一熱，眼眶中直要落下淚來，但在人前只能死命忍住。

見我的馬車駛過來，家中的僕從婢女早早迎了過來伸手攙扶。爹爹和娘的表情不知是喜是悲，面上笑若春風，眼中含著淚。我剛想撲進娘懷裡，只見所有人齊齊地跪了下來，恭恭敬敬地喊：「臣甄遠道連同家眷參見小主。」

我立時愣在當地，這才想起我已是皇上欽選的宮嬪，只等這兩日頒下聖旨確定名分品級。一日之間我的世界早已有了翻天覆地的變化。我心中悲苦，忍不住落淚，伸手去攙扶爹娘。

爹爹連忙擺手：「小主不可。這可不合規矩。」浣碧連忙遞過一條絲帕，我拭去淚痕，極力保持語氣平和說：「起來吧。」

眾人方才起來眾星拱月般的把我迎了進去。當下只餘我們一家人開了一桌家宴。爹爹才要把我讓到上座。

我登時跪下泫然道：「女兒不孝，已經不能承歡膝下奉養爹娘，還要爹娘這般謹遵規矩，心中實在不安。」

爹娘連忙過來扶我，我跪著不動繼續說：「請爹娘聽女兒說完。女兒雖已是皇家的人，但孝禮不可廢。請爹娘准許女兒在進宮前仍以禮侍奉，要不然女兒寧願長跪不起。」

娘已經淚如雨下，爹爹點點頭，含淚說：「好，好！我甄遠道果然沒白生這個孝順女兒。」這才示意我的兩個妹妹玉姚和玉嬈將我扶起，依次坐下吃飯。

我心煩意亂，加上勞碌了一天，終究沒什麼胃口。便早早向爹娘道了安回房中休息。流朱與浣碧一早收拾好了床鋪。我雖然疲累，卻是睡意全無。正換了寢衣想胡亂睡下，爹親自端了一碗冰糖燕窩羹來看我。

爹喚我一句「嬛兒」，眼中已有老淚。我坐在爹身邊，終於枕著爹的手臂嗚嗚咽咽的哭了起來，爹喚我：「我兒，爹這麼晚來有幾句話要囑咐妳。妳雖說才十五歲，可自小主意大。七歲的時候就嫌自己的名字『玉嬛』不好，嫌那『玉』字尋常女兒家都有，俗氣，硬生生不要了。長大後，爹爹也是事事由著妳。如今要進宮侍駕，可由不得自己的性子來了。凡事必須瞻前顧後，小心謹慎，和眉莊一般沉穩。」

我點點頭，答應道：「女兒知道，凡事自會講求分寸，循規蹈矩。」

爹爹長歎一聲：「本不想妳進宮。只是事無可避，也只得如此了。歷代後宮都是是非之地，況且今日雲意殿選秀皇上已對妳頗多關注，想來今後必多是非，一定要善自小心，保全自己。」

我忍著淚安慰爹爹：「您不是一直說女兒是『女中諸葛』，聰明過人嗎？爹爹放心就是。」

爹爹滿面憂色，憂聲說：「要在後宮之中生存下去的人哪個不是聰明的？爹爹正是擔心妳容貌絕色，才藝兩全，尚未進宮已惹皇上注目，不免會遭後宮之人嫉妒暗算。妳若再以才智相鬥，恐怕徒然害了自身。切記若無萬全把握獲得恩寵，一定要收斂鋒芒，韜光養晦。爹爹不求妳爭得榮華富貴，但求我的掌上明珠能平安終老。」

我鄭重其事地看著爹爹的眼睛，一字一頓道：「女兒也不求能獲得聖上寵眷，但求無波無浪在宮中了此一生，保住甄氏滿門和自身性命即可。」

爹爹眼中滿是慈愛之色，疼惜的說：「可惜妳才小小年紀，就要去這後宮之中經受苦楚，爹爹實在是於心不忍。」

我抬起手背擦乾眼淚，沉聲說：「事已至此，女兒沒有退路。只有步步向前。」

爹爹見我如此說，略微放心，思量許久方試探著問道：「帶去宮中的人既要是心腹，又要是伶俐的精幹的。妳可想好了要帶誰去？」

我知道爹爹的意思，道：「這個女兒早就想好了。流朱機敏、浣碧縝密，女兒想帶她們倆進宮。」

爹爹微微鬆了一口氣，道：「這也好。她們倆是自幼與妳一同長大的。陪妳去爹爹也放心。」

我垂首道：「她們留在家中少不得將來也就配個小廝嫁了，就算爹爹有心也絕沒有什麼好出路，若是做得太明瞭反而讓娘起疑，闔家不寧。」爹爹微顯蒼老的臉上閃過一絲難言的內疚與愧懟，我於心難忍，柔聲道：「跟我進宮雖然還是奴婢，可是將來萬一有機會卻是能指給一個好人家的。」

爹爹長歎一聲，道：「這個我知道。也看她的造化了。」

我對爹爹道：「爹爹放心，我與她情同姐妹，必不虧待了她。」

送走爹爹，我「呼」地吹熄蠟燭，滿室黑暗。

次日清晨，流朱浣碧服侍我起來洗漱。我忽然想起一件事，正想出門，才記起我已是小主，不能隨意出府。於是召來房中的小丫鬟玢兒吩咐道：「妳去打聽，今屆秀女松陽縣縣丞安比槐的千金安陵容是否當選，住在哪裡。別聲張，回來告訴我。」

她應一聲出去。過來半日來回我：「回稟小主，安小姐已經當選，現今住在西城靜百胡同的柳記客棧。不過聽說她只和一個姨娘前來應選，手頭已十分拮据，昨日連打賞的錢也付不出來，還是客棧老闆墊付的。」我皺了皺眉，這也實在不像話，哪有當選的小主仍住在客棧，如果被這兩日前來宣旨的內監和引導姑姑看見，將來到宮中如何立足。

我略一思索，對玢兒說：「去請老爺過來。」

不過一炷香時間，爹爹便到了。縱然我極力阻止，他還是向我行了一禮，才在我桌前坐下。行過禮，他便又是我那個對我寵溺的爹爹，談笑風生起來。

我對爹爹說：「爹爹，女兒有件事和你商量。女兒昨日認識一個秀女，曾經出手相助於她。如今她業已入選為小主，只是出身寒微，家景窘困，現下還寄居在客棧，實在太過淒涼。女兒想接她過來同住。不知爹爹意下如何？」

爹爹捋了捋鬍須，沉思片刻說：「既然妳喜歡，那沒有什麼不妥的。我命妳哥哥接了她來就是。」

傍晚時分，一架小轎接了安陵容和她姨娘過來。娘早讓下人打掃好隔壁春及軒，準備好衣物首飾，又分派幾個丫頭過去服侍她們。

用了晚飯，哥哥滿面春風的陪同陵容到我居住的快雪軒。陵容一見我，滿面是淚，盈盈然就要拜倒。我連忙起身去扶，笑著說：「妳我姐妹是一樣的人，何故對我行這樣的大禮呢？」

流朱心思敏捷，立即讓陵容：「陵容小主與姨娘請坐。」陵容方與她姨娘蕭氏坐下。

陵容見哥哥在側，勉強舉袖拭淚說：「陵容多承甄姐姐憐惜，才在京城有安身之地，來日進宮不會被他人輕視，此恩陵容實在無以為報。」蕭姨娘也是感激不盡。

哥哥在一旁笑說：「剛才去客棧，那老闆還以為陵容小主奇貨可居，硬是不放她們走。結果被我三拳兩腳給打發了。」

我假意嗔道：「陵容小主面前，怎麼說這樣打打殺殺的事，拿拳腳功夫來嚇人！」

陵容破涕為笑，半是嬌羞道：「不妨事。多虧甄少俠相助！」

我笑著說：「還『少俠』呢？少嚇唬我們也就罷了。」大家撐不住一起笑了起來。

夜色漸深，我獨自送陵容回房，月色如水傾注在抄手遊廊上。我誠意對陵容說：「陵容，住在我家就如在自己家，千萬不要拘束。缺什麼要告訴我，丫頭老媽子不馴服也要告訴我，不要委屈了自己任由他們翻天。」陵容心中感動，執住我的手說：「陵容卑微，不知從哪裡修得的福氣，得到姐姐顧惜，才能安心入宮。陵容只有以真心為報，一生一世與姐姐扶持，相伴宮中歲月。」

我心中一暖，緊緊握住她的手，誠懇地喚：「好妹妹。」

過得一日。宮裡的內監來宣旨，爹爹帶著娘親、我還有兄長並兩個妹妹到正廳接旨，內監宣道：

「乾元十二年八月二十二日，總管內務府由敬事房抄出，奉旨：吏部侍郎甄遠道十五歲女甄嬛，著封為正六品貴人，賜號『莞』，於九月十五日進內。欽此。」

我心中已經說不出是悲是喜，只靜靜地接旨謝恩。

又引過一位宮女服色的年長女子，長的十分秀雅，眉目間一團和氣。我知道是教引姑姑，便微微福一福身，叫了聲：「姑姑。」

她一愣，想是沒想到我會這樣以禮待她。急忙跪下向我請安，口中說著：「奴婢芳若，參見貴人小主。」我朝的規矩，教引姑姑身份特殊，在教導小主宮中禮儀期間是不用向宮嬪小主叩頭行大禮的，所以初次見面也只是請了跪安。

爹爹早已準備了錢財禮物送與宣旨內監。娘細心，考慮到陵容寄居，手頭不便，就連她的那一份也一起給了公公。

內監收了禮，又去隔壁的春及軒宣旨：

「乾元十二年八月二十二日，總管內務府由敬事房抄出，奉旨：松陽縣丞安比槐十五歲女安陵容，著封為從七品選侍，於九月十五日進內。欽此。」

陵容與蕭姨娘喜極而泣。因我與陵容住在一起，教養姑姑便同是芳若。

宣旨完畢，引了姑姑和內監去飲茶。為姑姑準備上好的房間，好吃好喝地款待。

去打聽消息的人也回來了。因為是剛進宮，進選的小主封的位份都不高，都在正五品嬪以下。眉莊被冊封為從五品小儀，與我同日進宮。這次入選的小主共有十五位，分三批進宮。我和陵容、眉莊是最後一批。

我心裡稍稍安慰。不僅可以晚兩日進宮，而且我們三人相熟，進宮後也可以彼此照應，不至於長日寂寞。

我和陵容行過冊封禮，就開始別院而居。雖然仍住在吏部侍郎府邸，但我們居住的快雪軒和春及軒卻被隔起來了，外邊是宮中派來的侍衛守衛，裡邊則是內監、宮女服侍，閒雜男子一概禁止入內。只教引姑姑陪著我們學習禮儀，等候著九月十五進宮的日子到來。

冊封後規矩嚴謹，除了要帶去宮中的近身侍婢可以貼身服侍，連爹爹和哥哥與我見面都要隔著簾子跪在門外的軟墊上說話。娘和妹妹還可一日見一次，但也要依照禮數向我請安。

陵容與我俱是宮嬪，倒可以常常往來走動，也在一起學習禮節。

這樣看來倒是陵容比我輕鬆自在。男眷不在身邊，不用眼睜睜看著家人對自己跪拜行禮。

大周朝歷來講求君臣之份，君為臣綱。「莞貴人」的封號象徵著我已經是天子的人，雖然只是個即將入宮低等宮嬪。但父母兄妹也得向我下跪請安。每一次看著父親跪在簾子外邊向我請安，口中恭謹唸唸：「莞貴人吉祥，願貴人小主福壽康寧。」然後俯著軀體與我說話，只叫我不忍卒睹，心裡說不出的難受與傷心。

如此幾次，我只得對爹爹避而不見，每天由玉姚和玉嬈替我問候爹爹，並時時叮囑爹爹注意保養。

我每日早起和陵容聽芳若講解宮中規矩，下午依例午睡後起來練習禮節，站立、走路、請安、吃飯等姿勢。我和陵容是一點即透的人，很快學得嫻熟。空閒的時候便聽芳若講一會宮中閒話。芳若原在太后身邊當差，性子謙恭直爽，侍候得極為周全。芳若甚少提及宮闈內事，但日子一天天過去，朝夕相處間雖是只有隻字片語，我對宮中的情況也明白了大概。

皇帝玄凌今年二十有五，早在十二年前就已大婚，娶的是當今太后的表侄女朱柔則。皇后雖比皇上年長兩歲，但是端莊嫻雅，時人皆稱皇后「婉嫕有婦德，美暎椒房」，與皇上舉案齊眉，非常恩愛，在後宮也甚得人心。誰料大婚五年後皇后難產薨逝，連新生的小皇子也未能保住。皇上傷心之餘追謚為「純元皇后」。又選了皇后的妹妹，也是太后的表侄女，貴妃朱宜修繼任中宮，當今皇后雖不是國色，但也寬和，皇上對她倒還敬重。只是皇上年輕，失了純元皇后之後難免多有內寵。如今宮中最受寵愛的是宓秀宮華妃慕容世蘭。傳說她頗負傾城之貌，甚得皇帝歡心，宮中無人敢攖其鋒，別說一干妃嬪，就是連皇后也要讓她兩分。

照理說皇后是太后的表侄女，太后為親眷故或是外戚榮寵之故都不會這樣坐視不理。我朝太后精幹不讓鬚眉，皇帝初登大寶尚且年幼，曾垂簾聽政三年之久，以迅雷之勢從攝政王手中奪回皇權，並親手誅殺攝政王，株連其黨羽，將攝政王的勢力一掃而清，才有如今治世之相。只是攝政王一黨清除殆盡之後，太后大病一場，想是心力交瘁，於是起了歸隱頤養之意，從此除了重大的節慶之外，便長居太后殿閉門不出，專心理佛，再不插手朝廷及後宮之事，只把一切交予帝后處置。

此外宮中嬪妃共分八品十六等。像我和眉莊、陵容等人不過是低等宮嬪，並非內廷主位，只能被稱為「小主」，住在宮中閣樓院落，無主殿可居。只有從正三品貴嬪起才能稱「主子」或是「娘娘」，有資格成為內廷主位，居主殿，掌管一宮事宜。後宮妃嬪主位雖說不少，但自從當今皇后自貴妃被冊封為皇后之後，正一品貴淑賢德四妃的位置一直空著虛位以待。芳若姑姑曾在私下誠懇地對我說，以小主的天資容貌，獲得聖眷，臨位四妃，安享榮華是指日可待。我只微微一笑，用別的事把話題岔了開去。

自聖旨下了以後，母親帶著玉姚忙著為我準備要帶入宮中的體己首飾衣物，既不能帶多了顯得小家子氣，又不能帶少了撐不住場面被人小瞧，還必須樣樣精緻大方。這樣挑剔忙碌，也費了不少功夫。家中自陵容住了進來之後，待遇與我一視同仁，自然也少不了要為陵容準備。

雖然不能見眉莊，和家人也不得隨意見面，但我與陵容的感情卻日漸篤定。日日形影不離，姐妹相稱，連一枝玉簪也輪流插戴。

但是我的心情並不愉快。內心焦火旺盛，嘴角長了爛疔，急得陵容和蕭姨娘連夜弄了家鄉的偏方為我塗抹，才漸漸消了下去。

三、棠梨

進宮前的最後一個晚上，依例家人可以見面送行，爹娘帶著哥哥兩個妹妹來看我。芳若早早帶了一干人等退出去，只餘我們哭得淚流滿面。

這一分別，我從此便生活在深宮之中，想見一面也是十分不易了。

我止住淚看著玉姚和玉嬈。玉姚剛滿十二歲，剛剛長成。模樣雖不及我，但也是十分秀氣，只是性子太過溫和柔弱，優柔寡斷，恐怕將來也難成什麼氣候。玉嬈還小，才七歲，可是眼中多是靈氣，性子明快活潑，極是伶俐。爹娘說和我幼時長得有七八分像，將來必定也是沉魚落雁之色。因此我格外疼愛她，她對我也是特別親近。

玉姚極力克制自己的哭泣，扶著娘的手垂淚。玉嬈還不十分懂得人事，只抱著我的脖子哭著道「大姐別離了阿嬈去。」她們年紀都還小，不能為家中擔待什麼事。幸好哥哥甄珩年少有為。雖然只長我四歲，卻已是文武雙全，只待三月後隨軍鎮守邊關，為國家建功立業。

我凝望娘親，她才四十出頭，只是素日安居家中錦衣玉食保養得好，更顯得年輕些。可是三月之內長子長女都要離開身邊，臉上多了好些寥落傷懷之色，鬢角也添了些許蒼白。她用絹子連連拭著臉上斷續的淚水，只是淚水如蜿蜒的溪水滾落下來，怎麼也拭不淨。

我心酸不已，含淚抱著娘勸道：「娘，我此去是在宮中，不會受多大的委屈。哥哥也是去掙功名，不久就可回來。再不然，兩位妹妹還可以承歡膝下。」娘抱住了我，依舊啜泣不已。

娘用力拭去眼淚，叮囑道：「時常聽人說『一入宮門深似海』，如今也輪到了自家身上。嬛兒此去要多多心疼自己。后妃間相處更要處處留意，能忍則忍，勿與人爭執起事端，尤其是如今宮裡得寵的華妃娘娘。將來妳若能有福氣做皇上寵妃自然是好，可是娘只要一個好女兒。所以自身性命更是緊要，無論如何都要先保全自己。」

我勉強笑了笑，說：「娘親放心，我全記下了。也望爹娘好自保養自己。」

爹爹面色哀傷，沉默不語，只肅然說了一句：「嬛兒，以後妳一切榮辱皆在自身。自然，甄家滿門的榮辱與妳相依了。」

我用力點了點頭，抬頭看見哥哥彷彿有些思慮，一直隱忍不言。我知道哥哥不是這樣猶豫的人，必定是什麼要緊的事，便說：「爹娘且帶妹妹們去歇息吧，嬛兒有幾句話要對哥哥說。」

爹娘再三叮囑，終是依依不捨地出去了。

哥哥不曾想我會主動要留他下來，神情微微錯愕。我溫婉道：「哥哥若有什麼話現在可說了。」

哥哥遲疑一會兒，從袖中取出一張花箋，紙上有淡淡的草藥清香，我一聞便知是誰寫的。哥哥終於開口：「溫實初托我帶給妳。我已想了兩天，不知是否應該讓妳知道。」

我淡淡地瞟一眼那花箋說：「哥哥，他糊塗，你也糊塗了嗎？私相授受，對於天子宮嬪是多大的罪名。」

哥哥的話語漸漸低下去，頗為感慨：「我知道事犯宮禁。只是他這番情意……」

我的聲音陡地透出森冷：「甄嬛自知承受不起！」我看見哥哥臉上含愧，緩過神色語氣柔婉：「哥哥難道還不明白嬛兒，實初哥哥並非我內心所想之人，嬛兒也無內心所想之人。」

哥哥微微點頭：「他也知事不可回，不過是想妳明白他的心意。我和實初一向交好，實在不忍看他飽受相思之苦。」他頓一頓，把信箋放我手中，「這封信妳自己處置吧。」

我「嗯」一聲，把信擱在桌上，語氣淡漠：「幫我轉告溫實初，好生做他的太醫，不用再為我費心。」

哥哥盯著我：「話我自會傳到。只是依他的性子，未必會如妳所願。」

我不置可否，伸手拔一枝銀簪子剔亮燭芯，輕輕吹去簪上挑出的閃著火星的燭灰。「哥哥把話帶到即可。這是給他一個提醒。做得到於我於他都好。做不到，對我也未必有害無益。只是叫他知道，如今我和他身份有別，再非昔日。」說罷轉身取出一件天青色長袍交到哥哥手中，柔聲說：「嬛兒新製了一件袍子，希望哥哥見它如見嬛兒。邊關苦寒，宮中艱辛。哥哥與嬛兒都要各自珍重。」

哥哥把袍子收好，眼中盡是不捨之情，靜靜地望著我。我良久無語，依稀自己還是六、七歲小小女童，鬟髮垂髫，哥哥把我放著肩上，馱著我去攀五月裡開得最艷的石榴花。

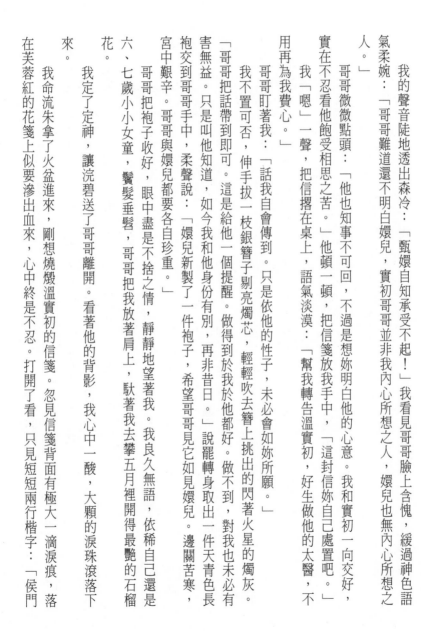

我定了定神，讓浣碧送了哥哥離開。看著他的背影，我心中一酸，大顆的淚珠滾落下來。

我命流朱拿了火盆進來，剛想燒燬溫實初的信箋。忽見信箋背面有極大一滴淚痕，落在芙蓉紅的花箋上似要滲出血來，心中終是不忍。打開了看，只見短短兩行楷字：「侯門一入深似海，從此蕭郎是路人。」墨跡軟弱拖沓，想是著筆時內心難過以至筆下無力。

我心中著惱，竟有這樣自作多情的人，我並不中意於他，他又何曾是我的蕭郎！隨手將信箋揉成一團拋進火盆中，那花箋即刻被火舌吞捲得一乾二淨。

流朱立刻把火盆端了出去，浣碧上來斟了香片，細聲勸道：「溫大人又惹小姐生氣了嗎？他情意雖好，卻用不上地方。小姐別和他一般見識了。」

我飲一口茶，心中煩亂。腦海中清晰地浮現起入宮選秀的半月前，他來為我請「平安脈」的事。宮中規矩御醫不得皇命不能為皇族以外的人請脈診病，只是他與我家歷來交好，所以私下空閒也常來。那日他坐在我軒中小廳，搭完了脈沉思半晌，突然對我說：「嬛妹妹，若我來提親，妳可願嫁給我？」

我登時一愣，羞得面上紅潮滾滾而來，板了臉道：「溫大人今日的話，甄嬛只當從未聽過。」

他又是羞愧又是倉皇，連連歉聲說：「是我不好，唐突了嬛妹妹。請妹妹息怒。實初只是希望妹妹不要去宮中應選。」

我勉強壓下怒氣，喚玢兒：「我累了。送客！」半是驅趕地把他請了出去。

他離開前雙目直視著我，懇切的對我說：「實初不敢保證別的，但能夠保證一生一世對嬛妹妹好。望妹妹考慮，若是願意，可讓珩兄轉告，我立刻來提親。」

我轉過身，只看著身後的烏木雕花刺繡屏風不語。

我再沒理會這件事，也不向爹娘兄長提起。

溫實初實在不是我內心所想的人。我不能因為不想入選便隨便把自己嫁了。人生若只有入宮和嫁溫實初這兩條路，我情願入宮。至少不用對著溫實初這樣一個自幼相熟又不喜歡的男子，與他白首偕老，做一對不歡喜也不生分的夫妻，庸碌一生。我的人生，怎麼也不該是一望即知的，至少入宮，還是另一方天地。

我心裡煩亂，不顧浣碧勸我入睡，披上雲絲披風獨自踱至廊上。

遊廊走到底便是陵容所住的春及軒，想了想明日進宮，她肯定要與蕭姨娘說些體己話，不便往她那裡去，便轉身往園中走去。忽然十分留戀這居住了十五年的甄府，一草一木皆是昔日心懷，不由得觸景傷情。

信步踱了一圈天色已然不早，怕是芳若姑姑和一干丫鬟僕從早已心急，便加快了步子往回走。繞過哥哥所住的虛朗齋便是我的快雪軒。正走著，忽聽見虛朗齋的角門邊微有悉嗦之聲，站著一個嬌小的人影。我以為是服侍哥哥的丫鬟，正要出聲詢問，心頭陡地一亮，那人不是陵容又是誰？

我急忙隱到一棵梧桐後。只見陵容癡癡地看著虛朗齋臥房窗前哥哥頎長的身影，如水銀般的月光從梧桐的葉子間漏下來，枝葉的影子似稀稀疏疏的暗繡落在她身上，越發顯得弱質纖纖，身姿楚楚。她的衣角被夜風吹得翩然翻起，她仍絲毫不覺風中絲絲寒意。天氣已是九月中旬，虛朗齋前所植的幾株梧桐都開始落葉。夜深人靜黃葉落索之中隱隱聽見陵容極力壓抑的哭泣聲，頓時心生蕭索之感。縱使陵容對哥哥有情，恐怕今生也已經注定是有緣無份了。夜風襲人，我不知怎的想起了溫實初的那句話，「侯門一入深似海，從此蕭郎是路人。」於陵容而言，此話倒真真是應景。

不知默默看了多久，陵容終於悄無聲息地走了。

我抬眼看一眼哥哥屋子裡的燈光，心底暗暗吃驚，我一向自詡聰明過人，竟沒有發現陵容在短短十幾日中已對我哥哥暗生情愫，這情分還不淺，以至於她臨進宮的前晚還對著哥哥的身影落淚。不知道是陵容害羞掩飾得太好還是我近日心情不快無暇去注意，我當真是疏忽了。若是哥哥和陵容真有些什麼，那不僅是毀了他們自己，更是彌天大禍要殃及安氏和甄氏兩家。

我心裡不由得擔心，轉念一想依照今晚的情形看來哥哥應該是不知道陵容對他的心思的。至多是陵容落花有意罷了。只是我應該適當地提點一下陵容，她進宮已是不易，不要因此而誤了她在宮中的前程才好。

回到房中，一夜無話。我睡覺本就輕淺，裝了這多少心事，更是難以入眠。輾轉反側間，天色已經大亮。

我在娘家的最後一個夜晚就這樣過去了！

九月十五日，宮中的大隊人馬，執禮大臣，內監宮女浩浩蕩蕩執著儀仗來迎接我和陵容入宮。雖說只是宮嬪進宮，排場仍是極盡鋪張，更何況是一個門中抬出了兩位小主，幾十條街道的官民都湧過來看熱鬧。

我含著淚告別了爹娘兄妹，乘轎進宮。當我坐在轎中，耳邊花炮鼓樂聲大作，依稀還能聽見娘與妹妹們隱約的哭泣聲。

流朱和浣碧跟隨我一同入了宮。她們都是我自幼貼身服侍的丫鬟。流朱機敏果決，有應變之才；浣碧心思縝密，溫柔體貼。兩個人都是我的左膀右臂，以後宮中的日子少不得她們扶持我周全。在宮中生存，若是身邊的人不可靠，就如同生活在懸崖峭壁邊，時時有粉身碎骨之險。

吉時一到，我在執禮大臣的引導下攙著宮女的手下轎。轎子停在了貞順門外，因是偏妃，不是正宮皇后，只能從偏門進。

才下轎便見眉莊和陵容，懸著的一顆心登時安慰不少。因顧著規矩並不能說話，只能互相微笑示意。

這一日的天氣很好，勝過於我選秀那日，碧藍一泓，萬里無雲。秋日上午的陽光帶著溫暖的意味明晃晃如金子一般澄亮。

從貞順門外看紫奧城的後宮，盡是飛簷捲翹，金黃水綠兩色的琉璃華瓦在陽光下粼粼如耀目的金波，晃得人睜不開眼睛，一派富貴祥和的盛世華麗之氣。

我心中默默：這就是我以後要生存的地方了。我不自禁地抬起頭，仰望天空，一群南飛的大雁嘶鳴著飛過碧藍如水的天空。

貞順門外早有穿暗紅衣袍的內侍恭候，在鑾儀衛和羽林侍衛的簇擁下引著我和幾位小主向各自居住的宮室走。進了貞順門，過了御街從夾道往西轉去，兩邊高大的朱壁宮牆如赤色巨龍，蜿蜒望不見底。其間大小殿宇錯落，連綿不絕。走了約一盞茶的時分，站在一座殿宇前。宮殿的匾額上三個赤金大字：棠梨宮。

棠梨宮是後宮中小小一座宮室，坐落在上林苑西南角，極僻靜的一個地方，是個兩進的院落。進門過了一個空闊的院子便是正殿瑩心堂，瑩心堂後有個小花園。兩邊是東西配殿，南邊是飲綠軒，供嬪妃夏日避暑居住。正殿、兩廂配殿的前廊與飲綠軒的後廊相連接，形成一個四合院。瑩心堂前有兩株巨大的西府海棠，雖不在春令花季，但結了滿株纍纍的珊瑚紅果實，配著經了風露蒼翠的葉子，煞是喜人。院中廊前新移植了一排桂樹，皆是新貢的禹州桂花，植在巨缸之中。花開繁盛，簇簇金黃綴於葉間，馥郁芬芳。遠遠聞見便如癡如醉，心曠神怡。堂後花園遍植梨樹，現已入秋，一到春天花開似雪，香氣怡人，是難得的美景。難怪叫「棠梨宮」，果然是個絕妙的所在。

我在院中默默地站了片刻，掃視兩邊規規矩矩跪著的內監宮女們一眼，微微頷首，隨口問：「是新移的桂花？」

身邊攙扶我的宮女恭謹地回答：「皇后吩咐，宮中新進貴人，所居宮室多種桂花，以示新貴入主，內宮吉慶。」

我心想，吉慶是好的，只是皇后這麼做太過隆重了一點，彷彿在刻意張耀什麼。面上卻不動聲色，由著她們小心地扶著我進了正殿坐下。

瑩心堂正間，迎面是地平台，紫檀木雕花海棠刺繡屏風前，設了蟠龍寶座、香几、宮扇、香亭，上懸先皇隆慶帝御書的「茂修福惠」匾額。這裡是皇上臨幸時正式接駕的地方。

我在正間坐下，流朱浣碧侍立兩旁。有兩名小宮女獻上茶來。棠梨宮首領內監康祿海和掌事宮女崔槿汐進西正間裡，向我叩頭請安，口中說著：「奴才棠梨宮首領內監正七品執守侍康祿海參見莞貴人，願莞貴人如意吉祥。」、「奴婢棠梨宮掌事宮女正七品順人崔槿汐參見莞貴人，願莞貴人如意吉祥。」

我看了他們倆一眼，康祿海三十出頭，一看就是精明的人，兩隻眼睛滴溜溜地會轉。崔槿汐三十上下，容長臉兒，皮膚白淨，雙目黑亮頗有神采，很是穩重端厚。我一眼見了就喜歡。

他們倆參拜完畢，又率其他在我名下當差的四名內監和六名宮女向我磕頭正式參見，一一報名。我緩緩地喝著六安茶，看著上頭的花梨木雕花飛罩，只默默地不說話。

我知道，在下人面前，沉默往往是一種很有效的威懾。果然，他們低眉垂首，連大氣也不敢出，整個瑩心堂靜得連一根針掉在地上也聽得見。

茶喝了兩口，我才含著笑意命他們起來。

我閤著青瓷蓋碗，也不看他們，只緩緩地對他們說：「今後，你們就是我的人了。在我名下當差，伶俐自然是很好的。不過……」我抬頭冷冷地掃視了一眼，說道：「做奴才最要緊的是忠心，若一心不在自己主子身上，只想著旁的歪門邪道，這顆腦袋是長不安穩的！當然了，若你們忠心不二，我自然厚待你們。」

站在地下的人神色陡地一凜，口中道：「奴才們絕不敢做半點對不起小主的事，必當忠心耿耿侍奉小主。」

我滿意地笑了笑，說一句「賞」，流朱、浣碧拿了預先準備好的銀子分派下去，一屋子內監宮女諾諾謝恩。

這一招恩威並施是否奏效尚不能得知，但現下是鎮住了他們。我知道，今後若要管住他們老實服帖地侍候辦事，就得制住他們。不能成為軟弱無能被下人蒙騙欺哄的主子。

槿汐上前說：「小主今日也累了，請先隨奴婢去歇息。」

我疑惑道：「不引我去參見本宮主位嗎？」

槿汐答道：「小主有所不知，棠梨宮尚無主位，如今是貴人位份最高。」

我剛想問宮中還住著什麼人，槿汐甚是伶俐，知我心意，答道：「此外，東配殿住著淳常在，是四日前進的宮；西配殿住的是史美人，進宮已經三年。稍候就會來與貴人小主相見。」

我含笑說一句「知道了」。

瑩心堂兩邊的花梨木雕翠竹蝙蝠琉璃碧紗櫥和花梨木雕並蒂蓮花琉璃碧紗櫥之後分別

是東西暖閣。東暖閣是皇帝駕幸時平時休息的地方，西暖閣是我平日休息的地方，寢殿則是在瑩心堂後堂。

槿汐扶著我進了後堂。後堂以花梨木雕萬福萬壽邊框鑲大琉璃隔斷，分成正次兩間，佈置得十分雅致。

我和言悅色地問槿汐：「崔順人是哪裡人？在宮中當差多久了？」

她面色惶恐，立即跪下說：「奴婢不敢。小主直呼奴婢賤名就是。」

我伸手扶她起來，笑說：「何必如此惶恐。我一向是沒拘束慣了的，咱們名分上雖是主僕，可是妳比我年長，經得事又多，我心裡是很敬妳的。妳且起來說話。」

她這才起身，滿臉感激之情，恭聲答道：「小主這樣說真是折殺奴婢了。奴婢是永州人，自小進宮當差，先前是服侍欽仁太妃的。因做事還不算笨手笨腳，才被指了過來。」

我的笑意越發濃，語氣溫和：「妳是服侍過太妃的，必然是個穩妥懂事的人。我有妳伺候自然是放一百二十個心。以後宮中雜事就有勞妳和康公公料理了。」

她面色微微發紅，懇切地說：「能侍奉小主是奴婢的福氣。奴婢定當盡心竭力。」

我轉頭喚來浣碧，說：「拿一對金鐲子來賞崔順人。」又囑浣碧拿了錠金元寶額外賞給康祿海。

康祿海受寵若驚地進來和槿汐恭恭敬敬地謝了，服侍我歇息，又去照料宮中瑣事。

四、華妃世蘭

才睡過午覺，猶自帶著慵懶之意。槿汐帶著宮女品兒、佩兒和晶清、菊清服侍我穿衣起床。她們四個的年紀都不大，品兒佩兒十四五的樣子，晶清和菊清大些，有十八了，跟著槿汐學規矩學伺候主子，也是很機靈的樣子。

才穿戴完畢，內監小印子在門外報史美人和淳常在來看我。

史美人身材修長，很有幾分姿色，尤其是鼻子，長得很是美麗。只是她眉宇間神色有些寂寥，想來在宮中的日子也並不好過，對我卻甚是客氣，甚至，還有點討好的意味。淳常在年紀尚小，才十三歲，個子嬌小，天真爛漫，臉上還帶著稚氣。大家十分客氣地見了禮，坐下飲茶。

史美人雖然位份雖然比我低，但終究比我年長，又早進宮，我對她很是禮讓，口口聲聲喚她「史姐姐」，又讓人拿了點心來一起坐著吃。淳常在年紀小，又剛進宮，還怯生生的，便讓人換了鮮牛奶茶給她，又多拿糖包、糖餅、炸散子、酥兒印、芙蓉餅等樣子好看的甜食給她。她果然十分歡喜，過不得片刻，已經十分親熱地喊我「莞姐姐」了。

我真心喜歡她，想起家中的玉姚和玉嬈，備覺親切。她們起身辭出的時候，我還特特讓品兒拿了一包糕點帶給她。

看她們各自回了寢宮，我淡淡的對槿汐說：「史美人的確美麗。」

她微微一愣馬上反應過來。極快地向四周掃了一眼，眼見無人，方走近我身畔說，說了一句：「華妃娘娘才貌雙全，寵冠後宮。」我心中暗讚她謹言慎行，這一句雖是貌似牛頭不對馬嘴，但我心中已是瞭然史美人的確已不受寵愛。

難怪她剛才看我的神色頗為古怪，嫉妒中夾雜著企盼，語氣很是謙卑。多半是盼望我獲寵後藉著與我同住一宮的方便能分得些許君恩。我微微搖頭，只覺得她可憐，不願再去想她。

獨自進晚膳，看見槿汐領著流朱浣碧垂手侍立一旁，門外雖站了一干宮女內監，卻是鴉雀之聲不聞，連重些的呼吸聲也聽不見，暗道宮中規矩嚴謹，非尋常可比。

用完了膳，有小宮女用烏漆小茶盤捧上茶來。芳若姑姑曾說過宮中用膳完畢奉上的第一盅茶是漱口用的，以解飯食後口中油膩。果然又捧過漱盂來讓我漱了口，這才奉上喝的茶水。我抿了一口，笑著說：「飯菜先別撤下去。你們也別乾站著了，就著這些菜吃了。別為了伺候我把自己個兒給餓壞了。」

幾個人忙著謝了恩端了去吃。

我自顧自走進暖閣歪著歇息，望著對面椅上的石青撒花椅搭，心緒茫然如潮，紛紛擾擾彷彿椅搭上繡著的散碎不盡的花紋。

一夜無話。

次日起來梳洗完畢，用過早膳，門外的康祿海尖細著嗓音高聲稟報有黃門內侍江福海來傳旨。我急忙起身去瑩心堂正間接旨，心知黃門內侍是專門服侍皇后的內監，必是有懿旨到了。

恭謹地跪下，聽懿旨：「奉皇后懿旨，傳新晉宮嬪於三日後卯時至鳳儀宮昭陽殿參見皇后及後宮嬪妃。」

居。

芳若姑姑說過，只有參見了后妃，才能安排侍寢。這三天權作讓新晉宮嬪適應宮中起

我忙接了旨，命槿汐好生送了出去。

黃門內侍剛走，又報華妃有賞賜下來。

華妃的宮中首領內監周寧海上前施禮請了安，揮手命身後的小內監抬上三大盒禮物，笑逐顏開地對我說：「華妃娘娘特地命奴才將這些禮物賞賜給小主。」

我滿面笑容地說：「多謝娘娘美意。請公公向娘娘轉達臣妾的謝意。公公，請喝杯茶歇歇再走。」

周寧海躬身道：「奴才一定轉達。奴才還要趕著去別的小主那裡，實在沒這功夫，辜負莞貴人盛情了。」

我看了浣碧一眼，她立刻拿出兩個元寶送上。我笑著說：「有勞公公。那就不耽誤公公的正事了。」周寧海雙目微垂，忙放入袖中笑著辭去。

品兒和佩兒打開盒子，盒中盡是金銀首飾綾羅綢緞。品兒喜滋滋地說：「恭喜小主。華主子對小主很是青眼有加呢。」我掃一眼其他人，臉上也多是喜色，遂命內監抬著收入庫房登記。

眼見眾人紛紛散了，流朱跟上來說：「才剛打聽了，除了眉莊小主與小姐的相差無幾，別的小主那裡並無這樣厚重的賞賜。」

我嘴角的笑意漸漸退去，流朱看我臉色，小聲地說：「華妃娘娘這樣厚賞，恐怕是想拉攏眉莊小主和小姐您。」

我看著朱紅窗欞上糊著的厚密的棉紙，沉聲道：「是不是這個意思還言之過早。」

華妃的賞賜一到，麗貴嬪和曹容華的賞賜隨後就到了。我從槿汐處已經得知麗貴嬪和曹容華是華妃的心腹，一路由華妃悉心培植提拔上來，在皇帝那裡也有幾分寵愛。雖不能和華妃並論，但比起其他嬪妃已是好了很多。

其他嬪妃的賞賜也源源不斷地送來，一上午車水馬龍，門庭若市。

等過了晌午，我已感覺疲累。只吩咐槿汐、流朱和浣碧三人在正間接收禮物，自己則穿著家常服色在暖閣次間的窗下看書。看了一會兒，眼見陽光逐漸暗了下去，在梅花朱漆小几上投下金紅斑駁的光影，人也有些懶懶的。忽聽見門外報沈小儀來看我，心中登時歡喜，擱下書起身去迎。才走到西正間，眉莊已笑盈盈地走了進來，口中說：「妹妹好悠閒。」

我笑著說：「剛進宮的人哪有什麼忙的？」假意嗔怪道：「眉姐姐也不早來看我，害我悶得慌！」

眉莊笑言：「妳還悶得慌？怕是接賞賜接得手軟吧。」

我笑意淡下來，見身邊只剩眉莊的貼身丫鬟采月在，才說：「姐姐難道不知道，我是不願意有這些事的？」

眉莊攜了我的手坐下，方才低聲說：「我得的賞賜也不少，這是好事。但也只怕是太招搖了，惹其他新晉的宮嬪側目。」

我微微歎了一聲：「我知道。也只有自己好自為之了。」

聊了一會兒，康祿海進來問：「晚膳已經備好了，貴人是現在用呢還是等下再傳。」

我道：「即刻傳吧，熱熱的才好。我與小儀小主一起用。」

眉莊笑說：「來看看妳，還擾妳一頓飯。」

我看著她說：「姐姐陪我吃才熱鬧呢，我看著姐姐能多吃一碗飯下去。」

眉莊奇道：「這是怎麼說？」

我眼睛一眨，學著講席夫子的樣子，虛捋著鬍子說：「豈不聞古人云『秀色可餐』也。」

眉莊笑著啐我：「沒有一點大家小姐的樣子！」

寂然飯畢，與眉莊一起坐在燈下看繡花樣子。

一抬頭見安陵容笑吟吟地站在碧紗櫥下，心裡驚喜，連忙招她一起坐下，一面嗔怪外面的內監怎麼不通報。陵容微微有些窘迫，道：「莞姐姐別怪他們，是我不讓他們傳的，想讓姐姐驚喜，不料卻讓姐姐惱了，是陵容的錯。」

我急忙笑道：「妳哪裡來的錯，妳是好意。我不過白說他們一句，妳別急。」

陵容這才展顏笑了，一同坐下。她對眉莊說：「方才去暢安宮看姐姐，想與姐姐一同過來拜會莞姐姐，不料姐姐存菊堂的宮女說姐姐先過來了，可是妹妹晚了一步。」

眉莊笑道：「一點不晚，正好一起看繡花樣子呢，嬛妹妹的手巧得很。」我臉上微微一紅，不接她的話。

浣碧斟了茶來：「安選侍請用茶。浣碧知道選侍不愛喝六安茶，特意換了香片。」

陵容笑著說：「多謝妳費心記著。」

浣碧福了福說：「陵容小主與眉莊小主與我家小姐情如姐妹，奴婢安敢不用心呢？」

眉莊笑起來：「好一張巧嘴！果然是妳身邊的人，有其主必有其僕。」

我臉上更紅：「眉姐姐向來愛拿我取笑。她哪裡伶俐呢，不過是服侍我久了，比別人多長著點記性罷了。」

眉莊道：「自然是自幼服侍咱們的丫頭體貼些。」又問陵容：「妳並沒帶貼身丫鬟進來，如今伺候妳的宮女有幾個？服侍的好不好？」

陵容答道：「好是還好，有四個，只不過有兩個才十二，也指望不上她們做什麼。好在我也是極省事的，也夠了。」

我皺了皺眉：「這點子人手怎麼夠？帶出去也不像話！」喚了屋外的槿汐進來，道：「先去回稟了皇后娘娘，再把我名下滿十八的宮女指一個過去伺候安選侍。」

槿汐答應了，過了些時候又過來回：「奴婢指了菊清，她曾在四執庫當差，人還算穩當。」

我點點頭，讓她下去，對陵容說：「待會兒讓她跟妳回去。妳有什麼不夠的，盡來告訴我和眉姐姐。」

眉莊點頭說：「有我們的自然也有妳的，放心。今日新得了些賞賜，有幾匹緞子正合妳穿，等下差人送去妳明瑟居。」

陵容很是感激：「姐姐們的情誼陵容只有心領了。」

我接口說：「這有什麼呢？妳我姐妹在這宮中互相照顧是應當的。」

我們三人互相凝視一笑，彼此心意俱是瞭然，六隻手緊緊交握在一起。

三日後才四更天就起了床沐浴更衣、梳妝打扮。這是進宮後第一次覲見後宮后妃，非同小可。一宮的下人都有些緊張，伺候得分外小心周到。

流朱浣碧手腳麻利地為我上好胭脂水粉，佩兒在一旁捧著一盤首飾說：「第一次覲見皇后，小主可要打扮得隆重些，才能艷冠群芳呢。」流朱回頭無聲地看她一眼，她立刻低下頭不敢再多嘴。

我順手把頭髮捋到腦後，淡淡地說：「梳如意高寰髻即可。」這是宮中最尋常普通的髮髻。佩兒端了首飾上來，我挑了一對玳瑁製成菊花簪，既合時令，顏色也樸素大方。髻後別一隻小小的銀鎦金的草蟲頭。又挑一件淺紅流彩暗花雲錦宮裝穿上，顏色喜慶又不出挑，怎麼都挑不出錯處的。心知我在新晉宮嬪中已佔盡先機招人側目，這次又有華妃在場，實在不宜太過引人注目，越低調謙卑越好。槿汐進來見我如斯打扮，朝我會心一笑。我便知道她很是贊成我的裝扮，心智遠勝諸人。我有心抬舉槿汐，只是與她相處不久，還不知根知底，不敢貿然信任，付以重用。

宮轎已候在門口，淳常在也已經梳洗打扮好等著我。兩人分別上了轎，康祿海和槿汐隨在轎後一路跟了去。過了好一會兒，才聽見轎外有個尖細的嗓音喊：「鳳儀宮到，請莞貴人下轎。」接著一個內監挑起了簾子，康祿海上前扶住我的手，一路進了昭陽殿。

十五名秀女已到了八九，嬪妃們也陸陸續續地到了。一一按身份位次坐下，肅然無聲。只聽得密密的腳步聲，一陣環珮叮噹，香風細細，皇后已被簇擁著坐上寶座。眾人慌忙跪下請安，口中整整齊齊地說：「皇后娘娘萬安。」

皇后頭戴紫金翟鳳珠冠，穿一身絳紅色金銀絲鸞鳥朝鳳繡紋朝服，氣度沉靜雍容。皇后笑容可掬地說：「妹妹們來得好早。平身吧！」

江福海引著一眾新晉宮嬪向皇后行叩拜大禮。皇后受了禮，又吩咐內監賞下禮物，眾人謝了恩。

皇后左手邊第一個位子空著，皇后微微一垂目，江福海道：「端妃娘娘身體抱恙，今日又不能來了。」

皇后「唔」一聲道：「端妃的身子總不見好，等禮畢你遣人去瞧瞧。」

江福海又朝皇后右手邊第一位一引，說：「眾小主參見華妃娘娘。」

我飛快地掃一眼華妃，一雙丹鳳眼微微向上飛起，說不出的嫵媚與淩厲。華妃衣飾華貴僅在皇后之下，體態穠纖合度，肌膚細膩，面似桃花帶露，指若春蔥凝唇，萬縷青絲梳成華麗繁複的縷鹿髻，只以赤金與紅寶石的簪釵裝點，反而更覺光彩耀目。果然是麗質天成，明豔不可方物。

華妃「嗯」了一聲，並不叫「起來」，也不說話，只意態閒閒地撥弄著手指上的一枚翡翠嵌寶戒指，看了一會兒，又笑著對皇后說：「今年內務府送來的玉不是很好呢，顏色一點不通翠。」

皇后微微一笑，只說：「妳手上的戒指玉色不好那還有誰的是好的呢？妳先讓諸位妹妹們起來吧。」

華妃這才作忽然想起什麼的樣子轉過頭來對我們說：「我只顧著和皇后說話，忘了你們還拘著禮，妹妹們可別怪我。起來吧。」

眾小主這才敢站起身來，我口中說著「不敢」，心裡卻道：好大的一個下馬威！逼得除了皇后之外的所有妃嬪必須處處顧忌她。

忽聽得華妃笑著問：「沈小儀與莞貴人是哪兩位？」

我與眉莊立刻又跪下行禮，口中道：「臣妾小儀沈眉莊。」

「臣妾貴人甄嬛參見華妃娘娘，願娘娘吉祥。」

華妃笑吟吟地免了禮，道：「兩位妹妹果然姿色過人，難怪讓皇上矚目呢。」

我與眉莊臉色俱是微微一變，眉莊答道：「娘娘國色天香，雍容華貴，才是真正令人矚目。」

華妃輕笑一聲：「沈妹妹好甜的一張小嘴。但說到國色天香，雍容華貴，難道不是更適合皇后嗎？」

我心中暗道：好厲害的華妃，才一出語就要挑眉莊的不是。於是出聲道：「皇后母儀天下，娘娘雍容華貴，臣妾們望塵莫及。」華妃這才嫣然一笑，撇下我倆與其他妃子閒聊。

華妃位下是慤妃。皇帝內寵頗多，可是皇后之下名位最高的只有華妃、端妃、慤妃三人。不僅正一品貴淑德賢四妃的位子都空著，連從一品的夫人也是形同虛設。端妃齊月賓，虎賁將軍齊敷之女，入宮侍駕最早，是皇帝身邊第一個妃嬪，又與當今皇后同日冊封為妃，資歷遠在華妃甚至兩任皇后之上，十餘年來仍居妃位，多半也是膝下無所出的緣故，更聽聞她體弱多病，常年見君王不過三數面而已。慤妃是皇長子生母，雖然母憑子貴晉了妃位，卻因皇長子資質平庸不被皇帝待見，連累生母也長年無寵。華妃入宮不過三四年的光景，能位列此三妃之首已是萬分的榮寵了。

當今皇后是昔日的貴妃，位分僅次於家姊純元皇后，一門之中出了太后之外，還有一后一妃，權勢顯赫於天下，莫能匹敵。當年與貴妃並列的德妃、賢妃均已薨逝。聽聞二妃之死皆與純元皇后仙逝有關，一日之間皇帝失了一后二妃和一位剛出生便歿了的皇子，傷痛之餘便無意再立位尊的妃嬪，寄情的後宮諸女除有所誕育的之外位分皆是不高。

一一參見完所有嬪妃，雙腿已有些痠痛。皇后和藹地說：「諸位妹妹都是聰明伶俐，以後同在宮中都要盡心竭力地服侍皇上，為皇家綿延子孫。妹妹們也要同心同德，和睦相處。」眾人恭恭敬敬地答了「是」。皇后又問江福海：「太后那邊怎麼說？」

江福海答道：「太后說眾位的心意知道了。但是要靜心禮佛，讓娘娘與各位妃嬪小主不用過去頤寧宮請安了。」

皇后點了點頭，對眾人說：「諸位妹妹都累了，先跪安吧。」

一時間眾人散去，我與眉莊、陵容結伴而行。身後有人笑道：「剛才兩位姐姐口齒好伶俐，妹妹佩服。」三人回過頭去一看，原來是同屆入宮的梁才人，只見她款步上前，語含挑釁：「兩位姐姐讓奴才們拿著那麼多賞賜，宮中可還放得下嗎？」

眉莊笑了笑，和氣地說：「我與莞貴人都覺得眾姐妹應該同享天家恩德，正想回到宮中後讓人挑些好的送去各位姐妹宮中。沒承想梁妹妹先到，就先挑些喜歡的拿去吧。」說著讓內監把皇后賞下的東西捧到梁才人面前。

不料梁才人看也不看，微微冷笑：「姐姐真是賢德，難怪當日選秀皇上也稱讚呢。看來姐姐還真是會邀買人心！」

眉莊縱使敦厚有涵養，聽了這麼露骨的話臉上也登時下不來，窘在那裡，氣得滿臉躁紅。我心中不忿，這樣德行的人竟也能選入宮中來，枉費了她一副好樣貌！但是我與眉莊行事已經惹人注目，若再起事端恐怕就要惹火燒身了。正猶豫間，眉莊緊緊握住我衣袖，示意我千萬不要衝動。

只見素日怯弱的陵容從身後閃出，走到梁才人面前微笑說：「聽聞梁姐姐出身書香門第？妹妹真是好生敬仰！」

梁才人傲然道：「我家中是潯陽出名的書香世家，豈是妳小小縣丞之女可比？真真是俗不可耐！」

陵容不慍不惱，依舊保持著得體的微笑，不卑不亢地說：「妹妹本來對姐姐慕名已久，可惜百聞不如一見。妹妹真是懷疑關於姐姐家世的傳聞是訛傳呢。」

梁才人猶自不解，絮絮地說：「妳若不信可去潯陽一帶打聽……」我和陵容眉莊實在忍不住笑出聲來，連身後的內監宮女都捂著嘴偷笑。世上竟有這樣蠢笨的人，還能被封為才人，真是滑天下之大稽！梁才人見我們笑得如此失態，才解過味來。頓時怒色大現，伸掌向陵容臉上摑去。我眼疾手快一步上前伸掌格開她的巴掌，誰料她手上反應奇快，另一手高舉直揮過來，眼看我避不過，要生生受她這掌摑之辱。她的手卻在半空中被人一把用力抓住，再動彈不得。

我往梁才人身後一看，立刻屈膝行禮：「華妃娘娘吉祥！」陵容眉莊和一干宮人都被梁才人的舉動嚇得怔住，見我行禮才反應過來，紛紛向華妃請安。

梁才人被華妃的近身內監周寧海牢牢抓住雙手，既看不見身後情形也反抗不了，看我們行禮請安已是嚇得魂飛魄散，渾身癱軟。華妃喝道：「放開她！」

梁才人雙腳站立不穩，一下子撲倒在地上磕頭如搗蒜，連話也說不完整，只懂得拚命說「華妃娘娘饒命。」

我們三人也低著腦袋，不知華妃會如何處置我們。華妃坐在宮人們端來的坐椅上，閒閒地說：「秋來宮中風光很好啊。梁才人怎不好好欣賞反而在上林苑中這樣放肆呢？」

梁才人涕淚交加，哭訴道：「安選侍出言不遜，臣妾只是想訓誡她一下而已。」

華妃看也不看她，溫柔的笑起來：「我以為中宮和我都已經不在了呢，竟要勞煩梁才人妳來訓誡宮嬪，真是辛苦。」她看一眼地上渾身發抖的梁才人，「只是本宮怕妳承擔不起這樣的辛苦，不如讓周公公帶妳去一個好去處吧！」她的聲音說不出的嫵媚，可是此情此景聽來不由得讓人覺得字字驚心，彷彿這說不盡的嫵媚中隱藏的是說不盡的危險。

她悠然自得地望著上林苑中鮮紅欲滴的楓樹，緩緩說：「今年的楓葉這樣紅，就賞梁才人『一丈紅』吧。」

我聞言悚然一驚，「一丈紅」是宮中懲罰犯錯的妃嬪宮人的一種刑罰，取兩寸厚五尺長的板子責打女犯臀部以下部位，不計數目打到筋骨皆斷血肉模糊為止，遠遠看去鮮紅一片，故名「一丈紅」。如此酷刑，梁才人這一雙腿算是廢了！

周寧海應了一聲，和幾個身強力壯的內監一同拖著梁才人走了。四周是死一般的寂靜，梁才人已然昏死過去！

我的心「怦怦」亂跳，華妃果然是心狠手辣，談笑間便毀了梁才人的雙腿。我愈想愈是心驚，靜寂片刻，才聞得華妃說：「剛才梁氏以下犯上，以位卑之軀意圖毆打貴人，讓三位妹妹受驚了。先下去歇息吧。」

眾人如逢大赦，急忙告辭退下。只聽「哎喲」一聲呻吟，卻是陵容已經嚇得腿也軟了。華妃輕笑一聲，甚是得意。

我和眉莊立刻扶了陵容離去，直走了一炷香時間才停下來。我吩咐所有跟隨的宮人們先回去，與她們兩個在上林苑深處的「松風亭」坐下。我這才取出絲巾擦一下額上的冷汗，絲巾全濡濕了；抬頭看眉莊，她臉色煞白，彷彿久病初癒；陵容身體微微顫抖；三人面面相覷，俱是感到驚懼難言。久久陵容才說一句「嚇死我了」。

我沉吟片刻說：「素聞華妃專寵無人敢攖其鋒，卻不想她如斯狠辣……」

眉莊長歎一聲：「只是可惜了梁才人，她雖然愚蠢狂妄，卻罪不至此。」

陵容急忙向左右看去，生怕被華妃的耳目聽了去，直到確信四周無人，才極小聲地說：「華妃嚴懲梁才人，似乎有意拉攏我們。」

我沉默良久，見眉莊眼中也有疑慮之色，她低聲說：「以後要仰人鼻息，日子可是難過了……」

三人聽著耳邊秋風捲起落葉的簌簌聲，久久無言。

五、百計避敵

回到瑩心堂已是夜幕降臨的時分，槿汐等人見我良久不回已經急得像熱鍋上的螞蟻。看我回來都是鬆了一口氣，說是皇后傳下了懿旨，從明晚起新晉宮嬪開始侍寢，特地囑咐我好生準備著。我聽了更是心煩意亂。晚膳也沒什麼胃口，只喝了幾口湯便獨自走到堂前的庭院裡散心。

庭院裡的禹州桂花開得異常繁盛，在澹澹的月光下如點點的碎金，香氣馥郁纏綿。我無心賞花，遙望著宮門外重疊如山巒的殿宇飛簷，心事重重。

華妃對我和眉莊的態度一直曖昧不明，似乎想拉攏我們成為她的羽翼又保留了一定的態度，所以既在昭陽殿當眾出言打壓又在上林苑中為我嚴懲梁才人出氣。可是她那樣刁猾，梁才人分明是說為訓誡陵容才出手，華妃卻把責罰她的理由說成是梁氏得罪我。但唯一可以肯定的是，我已樹敵不少。從梁才人的態度便可發現眾人的嫉妒和不滿。只是梁氏驕躁，才會明目張膽地出言不遜和動手。但這樣的明刀明槍至少還可以兵來將擋，水來土掩，若是明日頭一個被選中侍寢受到皇帝寵愛以致頻頻有人在背後暗算，那可真是防不勝防，恐怕我的下場比梁氏還要淒慘！

一想到此，我仍是心有餘悸。華妃雖然態度曖昧，但目前看來暫時還在觀望，不會對我怎麼樣。可是萬一我聖眷優渥危及她的地位，豈不是要成為她眼中釘肉中刺，必欲除之而後快。那我在這後宮之中可是腹背受敵，形勢大為不妙。爹娘要我保全自己，萬一我獲罪，連甄氏一門也免不了要受牽連！

我望著滿地細碎凋落的金桂，心中暗暗有了計較。

夜風吹過身上不由得漫起一層寒意，忽覺身上一暖，多了一件緞子外衣在身。回頭見浣碧站在我身後關心地說：「夜來風大，小姐小心著涼。」我疲倦地一笑：「我覺得身子有點不爽快，命小允子去請太醫來瞧瞧。記著，只要溫實初溫大人。」浣碧慌忙叫流朱一同扶了我進去，又命小允子去請溫實初不提。

溫實初很快就到了。我身邊只留流朱浣碧二人服侍，其他人一律候在外邊。溫實初搭了脈，又看了看我的面色，眼中閃過一絲疑惑，問道：「不知小主的病從何而起？」

我淡淡地說：「我日前受了些驚嚇，晚間又著了涼。」

我看他一眼，他立刻垂下眼瞼不敢看我。我徐徐地說：「當日快雪軒廳中大人曾說過會一生一世對甄嬛好，不知道這話在今日還是否作數？」

溫實初臉上的肌肉一跳，顯然是沒想到我會這麼問一句，立刻跪下說：「小主此言微臣承受不起。但小主知道臣向來遵守承諾，況且……」他的聲音低下去，卻是無比堅定誠懇：「無論小主身在何處，臣對小主的心意永誌不變。」

我心下頓時鬆快，溫實初果然是個長情的人，我沒有看錯。抬手示意他來：「宮中容不下什麼心意，你對我忠心肯守前約就好。」我聲音放得溫和：「如今我有一事相求，不知溫大人肯否幫忙？」

他道：「小主只需吩咐。」

我面無表情直視著明滅不定的燭焰，低聲說：「我不想侍寢。」

他一驚，轉瞬間神色恢復正常，說：「小主好生休息，臣開好了方子會讓御藥房送藥過來。」

我吩咐流朱：「送大人。」又讓浣碧拿出一錠金子給溫實初，他剛要推辭，我小聲說：「實是我的一點心意，況且空著手出去外邊也不好看。」他這才受了。

浣碧服侍我躺下休息。溫實初的藥很快就到了，小印子煎了一服讓我睡下。次日起來病發作得更厲害。溫實初稟報上去：莞貴人心悸受驚，感染風寒誘發時疾，需要靜養。皇后派身邊的劉安人來看望了一下，連連惋惜我病得不是時候。我掙扎著想起來謝恩卻是力不從心，劉安人便匆匆起身去回覆了。

皇后指了溫實初替我治病，同時命淳常在和史美人搬離了棠梨宮讓我好好靜養。我派槿汐親自去鳳儀宮謝了恩，開始了在棠梨宮獨居的生活。

病情一傳出，宮中人人在背後笑話我，無不以為我雖貌美如花卻膽小如鼠，是個中看不中用的繡花枕頭。眾人對華妃的畏懼更是多了一層。

開始的日子還好，華妃以下的妃嬪小主還親自來拜訪問候，華妃也遣了宮女來看望，很是熱鬧。

一個月後我的病仍無好轉之象，依舊纏綿病榻，溫實初的醫術一向被宮中嬪妃稱讚高明，他也治療得慇勤，可是我的病還是時好時壞的反覆。溫實初只好向上稟報我氣弱體虛，不敢濫用虎狼之藥，需要慢慢調養。這一調養，便是沒了期限。消息一放出去，來探望的人也漸漸少了，最後除了淳常在偶爾還過來之外，時常來的就是眉莊、陵容和溫實初了，真真是庭院冷落，門可羅雀。誰都知道，一個久病不癒的嬪妃，即使貌若天仙也是無法得見聖顏的，更不要說承恩獲寵了！好在我早已經料到了這種結果，雖然感歎宮中之人趨炎附勢，卻也樂得自在，整日窩在宮中看書刺繡，慢慢「調理」身體。

我雖獨居深宮，外面的事情還是瞞不過我，透過眉莊和陵容傳了進來。只是她們怕礙著我養病，也只說一句半句的。可是憑這隻字片語，我也明白了大概。梁才人事件和我受驚得病後，華妃的氣焰已經如日中天，新晉宮嬪中以眉莊最為得寵，侍寢半月後晉封為嬪，賜號「惠」。其次是良媛劉令嫻和恬貴人杜佩筠，只是還未成氣候。舊日妃嬪中欣貴嬪、麗貴嬪和秦芳儀也還受寵。眉莊入宮才一月，還不足以和華妃抗衡，所以事事忍讓倒也相安無事。只是妃嬪之間爭風吃醋的事情不斷，人們在爭鬥中也漸漸淡忘了我這個患病的貴人。

日子很清閒地過了月餘，我卻覺出了異樣。康祿海和他的徒弟小印子越來越不安分，漸漸不把我放在眼裡，我支使他們做些什麼也是口裡應著腳上不動，所有的差使和活計全落在小內監小允子和另一個粗使內監身上。康祿海和小印子一帶頭，底下有些宮女也不安分起來，仗著我在病中無力管教，總要生出些事情，逐漸和流朱、浣碧拌起嘴來。

有一日上午，我正坐在西暖閣裡間窗下喝槿汐做的花生酪，康祿海和小印子請了安進來，「撲通」跪在榻前，哭喊著說：「奴才再不能服侍小主了！」

我一驚，立即命他們起來說話。康祿海和小印子站在我面前，帶著哭音說麗貴嬪指名要了他們去伺候。我掃他一眼，他立刻低下頭拿袖子去擦眼角。我眼尖，一眼看見他擦過眼角的袖子一點淚痕也沒有，情知他作假，也不便戳穿他，只淡淡地說：「知道了。這是個好去處，也是你們的造化。收拾好東西過了晌午就過去吧。用心伺候麗主子。」我心中厭惡，說完再不去看他們，只徐徐喝著花生酪。一碗酪喝完，我想了想，把一屋子下人全喚了進來，烏壓壓跪了一地。

我和顏悅色地說：「我病了也有兩個多月了。這些日子精神還是不濟，怕是這病還得拖下去。我的宮裡奴才那麼多，我也實在不需要那麼些人伺候。說實話，那麼多人在跟前轉來轉去也是嫌煩。所以我今兒找你們進來，是有句話要問你們：我想打發幾個奴才出去，讓他們去別的妃嬪跟前伺候，也別白白耗在我這裡。你們有誰想出去的，來我這裡領一錠銀子便可走了。」

幾個小宮女臉上出現躍躍欲試的表情，卻是誰也不敢動，只妳看看我我看看妳。

我又說：「今兒麗貴嬪那裡已經指名要了康公公和印公公去伺候，收拾了東西就走。你們還不恭喜他們倆。」

眾人稀稀落落地說了幾句「恭喜」，流朱卻是忍耐不住，咬牙說：「康公公，小主素日待你不薄，有什麼賞賜也你得頭一份兒。怎麼如今攀上了高枝兒卻說走就走？」

小印子見她如此氣勢洶洶，早不自覺向後退了兩步，康祿海倒是神色不變說：「流朱姑娘錯怪了，奴才也是身不由己。奴才一心想伺候莞貴人，誰知麗主子指了名，奴才也是沒法子。」

流朱冷笑一聲：「好個身不由己，我卻不知道這世上竟有牛不喝水強按頭的道理！既是你一心想伺候貴人，這就給你個表忠心的機會，妳去辭了麗主子，告訴她你是個忠僕，一身不侍二主。麗主子自然不怪你，還要稱讚你這份忠心呢！」康祿海和小印子臉上一陣紅一陣白，被流朱搶白得十分尷尬。

我假裝嗔怒道：「流朱，康公公的『忠心』我自然知道，拿銀子給他吧！」

浣碧慢步走上前，把銀子放到康祿海手中，微笑著說：「康公公可拿穩了。這銀子可是你一心念著的莞貴人賞你的，你可要認得真真兒的。好好收藏起來，別和以後麗貴嬪賞賜的放混了，以表你身在曹營心在漢的忠心。」又給小印子：「印公公，你也拿好了。以後學著你師傅的忠心，前程似錦呢。」康祿海顯然十分羞惱，卻始終不敢在我面前發作，灰溜溜地胡亂作了個揖拉著小印子走出了棠梨宮。

我回頭看著剩下的人，語氣冰冷道：「今日要走便一起走了，我還有銀子分你們。將來若是吃不了跟著我的苦再要走，只有拉去慎刑司罰做苦役的份，你們自己想清楚。」日光一分分的向東移去，明晃晃地照到地上，留下雪白的印子，西裡間靜得像一潭死水。

終於有個女聲小小聲地說：「奴婢愚笨，怕是伺候不好小主。」我看也不看她，只瞟一眼浣碧，她把銀子扔在地上，「咚」地一聲響，又骨碌碌滾了老遠，那人終是小心翼翼地伏過去撿了，又有兩個人一同得了銀子出去。

大半天寂靜無聲，我回過身去，地上只跪著槿汐、品兒、佩兒、晶清和內監小允子和小連子。我一個一個掃視過去，見他們恭恭敬敬地伏在地上，連大氣也不敢出一聲兒，才沉下聲音說：「你們還有沒有想走的？」

槿汐直起身子，簡短利落地說了一句：「奴婢誓死忠心莞貴人！」品兒、佩兒和晶清也一起大聲說：「奴婢們誓死忠心小主，絕不敢做那些個沒人倫的事。」

小允子跪著挪到我跟前，扯住我衣角哭著說：「奴才受貴人的大恩，決不敢背棄貴人。」

我點點頭：「你知道了？」

小允子磕了個頭說：「上月奴才的哥哥病在御廚房幾天沒人理會，小主在病中仍惦念著，還特特請了溫大人去替他治病，奴才受了小主這等大恩，今生無以為報，只能盡心盡力侍奉小主。將來死了變個韋馱也要馱著小主成佛。」

我「噗嗤」笑出聲來：「真真是張猴兒的油嘴！」

小允子「砰砰」磕了幾個響頭說：「這都是奴才的真心話，決不敢誆騙小主！」

我示意他起來：「再磕下去可要把頭也磕破了，沒的叫溫大人再來看一次。」所有的人笑了起來。

我又問小連子：「你呢？」小連子正色說：「小主對奴才們的好奴才看在眼睛裡都記在心裡，奴才不是沒良心的人。」

我心中湧起一陣暖意，宮中也並不是人人都薄情寡義！我想了想說：「如今夜裡冷了，小允子和小連子在廊上上夜也不是個事兒，給他們一條厚被，讓他們守在配殿裡，別在廊上了。」兩人急忙謝了恩。我站起身一一扶起跪著的人，柔聲說：「你們跟著我連一天的福也沒享過。我只是個久病失勢的貴人，你們這樣待我，我也無法厚待你們。只是有我在的一日，絕不讓你們在這宮裡受虧待便是了。」眾人正色斂容謝了恩。我對流朱浣碧說：「你們好好去整治一桌酒菜，今晚棠梨宮的人不分尊卑，一起坐下吃頓飯！」話音剛落，見人人都已熱淚盈眶，我也不由得滿心感動。

棠梨宮已是冷清之地，天氣日漸寒冷，夜寒風大，淳常在和眉莊、陵容也很少在夜裡過來。夜來門上宮門便是一個無人過問的地方。

一夜飯畢，人人俱醉。宮中恐怕是有史以來第一次這樣主僕不分地醉成一團。我病勢反覆，槿汐等人也不敢讓我多喝，只是我堅持要盡興，多喝了幾杯就胡亂睡下了。

第二天醒來已是日上三竿，頭還有點昏昏的，槿汐便剪了兩塊圓圓的紅綾子膏藥貼在我兩邊太陽穴上。又拿了青鹽給我擦牙，服侍我用茶水漱了口，聽見窗外風聲大作就躺在床上懶得起來。

隔著老遠就聽見有人笑：「可要凍壞了！貴人好睡啊！」槿汐抱一個枕頭讓我歪著，見晶清引著兩個穿著大紅羽緞斗篷的人進來，揭下風帽一看，正是眉莊和陵容。眉莊上前來摸我的臉：「可覺得好些了？」

我微微一笑：「老樣子罷了。」陵容邊解斗篷邊說：「姐姐的膏藥貼成這樣子越發俏皮了，臉色也映得紅潤些。」

眉莊笑起來：「什麼俏皮？仗著沒人管越來越像個瘋婆子！妳別誇她，要不然她更得意了！」

我看著眉莊一身打扮微笑：「皇上新賞的料子和首飾嗎？」她微微臉紅，只一笑了事。我抿嘴笑著打量她頭上那對碧綠通透的玉鴉釵，道：「這個釵的樣子倒大方，玉色也好。」

陵容笑道：「果然是英雄所見略同，我剛才也是這麼說的。眉姐姐如今聖眷很濃呢。」

眉莊臉更紅，便道：「剛給妳送了幾簍銀炭來，妳的宮室冷僻，樹木又多，怕是過幾天更冷了對病情不好。」

我笑笑：「哪裡這樣嬌貴呢？份例的炭已經送來了。」

陵容說：「可不是擱在廊下的！那是黑炭，灰氣大，屋子裡用不得的。眉姐姐該去稟告皇后娘娘一聲兒，那些奴才怎麼這樣怠慢莞姐姐！」

我連忙攔下：「奴才都是這樣。且因妳受寵，他們也並不敢十分怠慢我，分例還是一點不少的。再說多一事不如少一事，你們不是給我送來了？雪中送炭，這情意最可貴，比一百簍銀炭都叫我高興。」

眉莊奇道：「剛才進來的時候怎麼覺得妳的宮裡一下子冷清了不少，連那炭都是小允子接的，康祿海和小印子呢？」

陵容插嘴說：「還有茶水上的環兒和灑掃的兩個丫頭？」

我淡淡一笑：「康祿海和小印子被麗貴嬪指名要了去，被要走了才來告訴我。其他的都被我打發走了。」

眉莊驚訝的很：「康祿海和小印子是妳名下的人，麗貴嬪怎麼能招呼都不打一聲就要了走？康祿海和小印子兩個畜生竟也肯去？」又問：「那些丫頭怎麼又被妳打發了？」

「心都不在這裡了，巴不得展翅高飛呢，只怕我困住了她們。這樣的人留在身邊遲早是個禍患。不如早早轟走。」

眉莊沉吟：「妳的意思是……」

我凝聲說：「奴才在精不在多。與其她們無心留在這裡，不如早走。一來留著真正忠心的好奴才；二來這裡人多口雜，你們常常往來，那些有異心的奴才若是被其他的人收買了利用來對付咱們可就防不勝防了。」

眉莊點點頭：「還是妳細心！我不曾防著這個，看來回去也要細細留心我那邊的奴才，陵容也是。」

陵容低聲說：「是。」仔細瞧著我微微歎息了一聲：「姐姐病中還這樣操心，難怪這病長久未癒，焉知不正是因為這操心太過呢？」

眉莊也是面有憂色：「照理說溫太醫的醫術是很好的，怎麼這病就是這樣不見大好呢？」

我安慰她：「病來如山倒，病去如抽絲。最近天氣寒冷就更難見好。不過，已比前些日子好了許多了。」

我又問：「華妃沒有對你們怎麼樣吧？」

眉莊看一眼陵容說：「也就這樣，面子上還過得去。」

我輕輕說：「我知道妳敦厚謹慎，陵容又小心翼翼。只是不該忍的還是要說話，別一味隱忍驕縱了她。」

眉莊會意，又問我：「上回送來的人參吃著可還好？」

我笑笑：「勞妳惦記著，很好。」

坐了會兒，看看天色也不早了，眉莊笑著起身告辭：「說了半天的話，妳也累了。不擾著妳歇息，我們先走了。」

我含笑命流朱送了她們出去。浣碧端了藥進來，略微遲疑說：「小姐，這藥可還吃嗎？」

我道：「吃。為什麼不吃？」

她面有難色：「好好的人吃著這藥不會傷身體？」

我微笑：「沒事。他的藥只是讓我吃了面有病色，身體乏力罷了。而且我隔段時間服一次，不會有大礙。」我看她一眼：「除了妳和流朱沒有別人發現吧？」

浣碧點頭，說：「溫大人的藥很是高明，沒人發現。只是小姐何苦連惠嬪小主和安選侍也瞞著？」

我低聲說：「正是因為我與她們情同姐妹，才不告訴她們。任何事都有萬一，一旦露餡也不至於牽連她們進來。再說知道的人越多就越容易走露風聲，對大家都沒有好處。」

碗裡的藥汁顏色濃黑，散發著一股酸甜的味道。我一仰頭喝了。

六、倚梅雪夜

不知不覺入宮已有三月了。時近新年，宮中也日漸透出喜慶的氣氛。在通明殿日夜誦經祈福的僧人也越來越多。到了臘月二十五，年賞也發下來了。雖是久病無寵的貴人，賞賜還是不少，加上眉莊陵容和淳常在的贈送，也可以過個豐足的新年了。棠梨宮雖然冷清，可是槿汐她們臉上也多是笑意，忙著把居室打掃一新，懸掛五福吉祥燈，張貼「福」字。

大雪已落了兩日，寒意越發濃，我籠著暖手爐站在窗子底下，看著漫天的鵝毛大雪簌簌飄落，一天一地的銀裝素裹。晶清走過來笑著對我說：「小主想什麼那麼入神？窗子底下有風漏進來，留神吹了頭疼。」

我笑笑：「我想著我們宮裡什麼都好，只是缺了幾株梅花和松柏。到了冬天院子裡光禿禿的，什麼花啊樹啊的都沒有，只能看看雪。」

晶清說：「從前史美人住著的時候最不愛花草的，嫌花比人嬌。尤其不喜歡梅花，說一冬天就它開著，人卻是凍得手腳縮緊，鼻子通紅，越發顯得沒那花好看。又嫌松柏的氣味不好，硬是把原先種著的給拔了。」

我笑：「史美人竟如此有趣！」

槿汐走過來瞪了晶清一眼，說道：「越發管不住自己的嘴了！切記奴才不可以在背後議論主子的。」

晶清微微吐了吐舌頭：「奴婢只在這宮裡說，絕不向外說去。」

槿汐嚴肅地說：「在自己宮裡說慣了就會在外說溜嘴，平白給小主惹禍。」

我笑著打圓場：「大年下的，別說她太重。」又囑咐晶清：「以後可要長記性了，別忘了姑姑教妳的。」

槿汐走到我身邊說：「貴人嫌望出去景色不好看，不如讓奴婢們剪些窗花貼上吧。」

我興致極高：「這個我也會。我們一起剪了貼上，看著也喜興一點。」

槿汐高興地應了一聲下去，不一會兒抱著一摞色紙和一疊金銀箔來。宮中女子長日無事多愛刺繡剪紙打發時光，宮女內監也多擅長此道。因此一聽說我要剪窗花，都一同圍在暖榻下剪了起來。

兩個時辰下來，桌上便多了一堆色彩鮮豔的窗花：「喜鵲登梅」、「二龍戲珠」、「孔雀開屏」、「天女散花」、「吉慶有餘」、「和合二仙」、「五福臨門」，還有「蓮、蘭、竹、菊、水仙、牡丹、歲寒三友」等植物的圖案。

我各人的都看了一圈，讚道：「槿汐的果然剪得不錯，不愧是姑姑。」槿汐的臉微微一紅，謙虛道：「哪裡比得上貴人的『和合二仙』，簡直栩栩如生。」

我笑道：「世上本無『和合二仙』，不過是想個樣子隨意剪罷了。若是能把真人剪出來一模一樣才算是好本事。」

話音剛落，佩兒嚷嚷道：「小允子會剪真人像的。」

小允子立刻回頭用力瞪她：「別在小主面前胡說八道的，哪有這回事？」

佩兒不服氣：「奴婢剛親眼看小允子剪了小主的像，袖在袖子裡呢？」

小允子臉脹得通紅，小聲說：「奴才不敢對小主不敬。」

我呵呵一笑：「那有什麼？我從來不拘這些個小節。拿出來看了便是。」

小允子滿臉不好意思地遞給我，我看了微微一笑：「果然精妙！小允子，你好一雙巧手。」

小允子道：「謝貴人誇獎。只是奴才手拙，剪不出貴人的花容月貌。」

我笑道：「一張油嘴就曉得哄我開心。已經把我剪得過分好看了，我很是喜歡。」

流朱笑瞇瞇地問：「就他是個機靈鬼兒。怎麼想著要剪貴人的小像？」

小允子一本正經地說：「自從小主讓溫太醫救了奴才哥哥的命，奴才與哥哥都感念小主大恩，所以特剪了小主的小像，回去供起來，日夜禮敬。」

我正色道：「你和你哥哥的心意我心領了，只是這樣做不合規矩，傳出去反而不好。不如貼在我宮裡就罷了。」

槿汐起身笑著說：「宮中有個習俗，大年三十晚上把心愛的小物件掛在樹枝上以求來年萬事如意。小主既然喜歡小允子剪的這張像，不如也掛在樹枝上祈福吧，也是賞了小允子天大的面子。」

我微笑說：「這個主意很好。」又讓浣碧去取了綵頭來賞槿汐和小允子。

正熱鬧間，有人掀了簾子進來請安，正是陵容身邊的宮女寶鵑，捧了兩盆水仙進來說：「選侍小主親手種了幾盆水仙，今日開花了，讓我拿來送給莞貴人賞玩。」

我笑道：「可巧呢，我們今日剛剪了水仙的窗花，妳家小主就打發妳送了水仙來。惠嬪小主那裡有了嗎？」

寶鵑答：「已經讓菊清送了兩盆過去了，還送了淳常在一盆。」

我點點頭：「回去告訴妳家小主我喜歡得很，再把我剪的窗花帶給妳小主貼窗子玩。

外頭雪大，妳留下暖暖身子再走，別凍壞了。」寶鵑答應著下去了。

大年三十很快就到了。眉莊陵容和淳常在依例被邀請參加皇上皇后一同主持的內廷家宴，自然不能來看我了。我身患疾病，皇后恩准我留宮休養，不必過去赴宴。一個人吃完了「年夜飯」，便和底下人一起守歲。品兒燒了熱水進來笑呵呵地說：「小主，外面的雪停了，還出了滿天的星子呢，看來明兒是要放晴了。」

「是嗎？」我高興地笑起來，「這可是不得不賞的美景呢！」

槿汐喜滋滋地說：「貴人正好可以把小像掛到院子裡的樹枝上祈福了。」

我道：「院子裡的枯樹枝有什麼好掛的，不如看看哪裡的梅花開了，把小像掛上去。」

小允子答道：「上林苑西南角上的梅花就很好，離咱們的宮院也近。」

我問道：「是白梅嗎？」

小允子道：「是臘梅，香得很。」

我微微蹙眉：「臘梅的顏色不好，香氣又那樣濃，像是酒氣。還有別的沒有？」

小允子比畫著道：「上林苑的東南角的倚梅園有玉蕊檀心梅，開紅花，像紅雲似的，好看得人都呆了。只是隔得遠。」

雪夜明月，映著這紅梅簇簇，暗香浮動，該是何等美景。我心中嚮往，站起身披一件銀白底色翠紋織錦的羽緞斗篷，兜上風帽邊走邊說：「那我便去那裡看看。」

小允子急得臉都白了，立刻跪下自己摑了兩個耳光勸道：「都怪奴才多嘴。小主的身子還未大好受不得冷。況且華妃日前吩咐下來說小主感染時疾不宜外出走動，若是傳到華妃耳中，可是不小的罪名。」

我含笑說：「好好的怪罪自己做什麼？這會子夜深人靜的，嬪妃們都在侍宴。我又特特穿了這件衣服，既暖和在雪地裡也不顯眼。況我病了那麼久，出去散散心也是有益無害。」小允子還要再勸，我已三步併作兩步跨到門外，回首笑道：「我一個人去，誰也不許跟著。若誰大膽再敢攔著，罰他在大雪地裡守歲一晚。」

才走出棠梨宮門，槿汐和流朱急急追上來，叩了安道：「奴婢不敢深勸貴人。只是請貴人拿上燈防著雪路難行。」

我伸手接過，卻是一盞小小的羊角風燈，輕巧明亮，更不怕風雪撲滅。遂微笑說：「還是你們細心。」

流朱又把一個小手爐放我懷裡：「小姐拿著取暖。」

我笑道：「偏妳這樣累贅，何不把被窩也搬來？」

流朱微微臉紅，嘴上卻硬：「小姐如今越發愛嫌我了，這麼著下去流朱可要成流淚了。」

我笑道：「就會胡說。越發縱得妳不知道規矩了。」

流朱也笑：「奴婢哪裡惦記著什麼規矩呢，惦記的也就是小姐的安好罷了。」槿汐也笑了起來。

我道：「拿回去吧。我去去就來，凍不著我。」說罷旋身而去。

宮中長街和永巷的積雪已被宮人們清掃乾淨，只路面凍得有些滑，走起來須加意小心。夜深天寒，嬪妃們皆在正殿與帝后歡宴，各宮房的宮女內監也守在各自宮裡畏寒不出。偶有巡夜的羽林侍衛和內監走過，也是比平日少了幾分精神，極容易避過。去倚梅園的路有些遠，所幸夜風不大，雖然寒意襲人，身上衣服厚實也耐得過。約莫走了小半個時辰也到了。

尚未進園，遠遠便聞得一陣清香，縈縈繞繞，若有似無，只淡淡地引著人靠近，越近越是沁人肺腑。倚梅園中的積雪並未有人掃除，剛停了雪，凍得還不嚴實。小羊羔皮的繡花暖靴踩在雪地上發出輕微的咯吱咯吱的響聲。園中一片靜寂，只聽得我踏雪而行的聲音。滿園的紅梅，開得盛意恣肆，在水銀樣點點流瀉下來的清朗星光下如雲蒸霞蔚一般，紅得似要燃燒起來。花瓣上尚有點點白雪，晶瑩剔透，映著黃玉般的蕊，殷紅寶石樣的花朵，相得益彰，更添清麗傲骨，也不知是雪襯了梅，還是梅托了雪，真真是一個「疏影橫斜水清淺，暗香浮動月黃昏。」的神仙境界！

我情不自禁走近兩步，清冽的梅香似乎要把人的骨髓都要化到一片冰清玉潔。我喜愛得很，挑一枝花朵開得最盛的梅枝把小像掛上，顧不得滿地冰雪放下風燈誠心跪下，心中默默祝禱：

甄嬛一願父母安康，兄妹平安；二只願能在宮中平安一世，了此殘生；想到此不由得心中黯然，想要不捲入宮中是非保全自身，這一生只得長病下去，在這深宮中埋葬此身，成為白頭宮娥，連話說玄宗的往事也沒有(1)。

這第三願想要「願得一心人，白頭不相離」更是癡心妄想，永無可期了。想到這，任憑我早已明白此身將要長埋宮中再不見天日，也不由得心中酸楚難言，長歎一聲道：「逆風如解意，容易莫摧殘。」(2)

話音剛落，遠遠花樹之後忽然響起一把低醇的男聲：「誰在那裡？」我大大地吃了一驚，這園子裡有別人！而且是個男人！我立刻噤聲，「呼」地吹熄風燈，閃在一棵梅樹後邊，那人停了停又問：「是誰？」

四周萬籟俱靜，只聞得風吹落枝上積雪的簌簌輕聲，半晌無一人相應。我緊緊用羽緞裹住身體。星光隱隱，雪地渾白，重重花樹亂影交雜紛錯，像無數珊瑚枝椏的亂影，要發現我卻也不容易。我屏住呼吸，慢慢地落腳抬步，閃身往外移動，生怕踩重了積雪發出聲響。

那人的腳步卻是漸漸地靠近，隱約可見石青色寶藍蛟龍出海紋樣的靴子，隔著幾叢梅樹停了腳步再無聲息。他的語氣頗有嚴厲之意：「再不出聲，我便讓人把整個倚梅園翻了過來。」

我立住不動，雙手蜷握，只覺得渾身凍得有些僵住，隔著花影看見一抹銀灰色衣角與我相距不遠，上面的團龍密紋隱約可見，心中更是驚駭，忽地回頭看見園子的小門後閃過一色翠綠的宮女衣裝，靈機一動道：「奴婢是倚梅園的宮女，出來祈福的，不想擾了尊駕，請恕罪。」

那人又問：「妳念過書嗎？叫什麼名字？」我心下不由得惶恐，定了定神道：「奴婢賤名，恐污了尊耳。」

聽他又近了幾步，急聲道：「你別過來——我的鞋襪濕了，在換呢。」那人果然止了腳步，久久聽不到他再開口說話，過了須臾，聽他的腳步聲漸漸往別處走了，再無半點動靜，這才回神過來，一顆心狂跳得彷彿要蹦出腔子，趕忙拾起風燈摸著黑急急跑了出去，彷彿身後老有人跟著追過來一般驚怕，踩著一路碎冰折過漫長的永巷跑回了棠梨宮。

槿汐浣碧一干人見我魂不守舍地進來，跑得珠釵鬆散，鬢髮皆亂，不由得驚得面面相覷，連聲問：「小主怎麼了？」

浣碧眼疾手快地斟了茶上來，我一口喝下，才緩過氣道：「永巷的雪垛旁邊窩著兩隻貓，也不知是誰養的，一下子撲到我身上來，真真是嚇壞人！」

流朱微笑道：「小姐自小就怕貓，一下子見了兩隻，可不是要受驚嚇了。」又揚聲喚道：「佩兒，煎一劑濃濃的薑湯來，給貴人祛風壓驚。」佩兒一迭聲應了下去。

槿汐道：「宮中女眷素來愛養貓的，那些貓性子又野，小主身子金貴可要小心。」又問：「小主可許下願了？」

我點點頭：「許了三個呢。可不知滿天神佛是否會怪我貪婪？」

槿汐端端正正行了個大禮，笑容滿面地說：「恭喜小主，常言說『貓帶吉運』。小主許完願便撞見了兩隻貓，可不是心願一定得償的吉兆呢。」

我微微一笑：「什麼不好的到了你們嘴裡都是好的。如真能了我這些心願，被牠嚇一嚇又有何妨呢。」說著讓晶清端了水來，重新為我勻面挽髻，換了衣裳坐下打馬吊。

心思一定下來，心下不免狐疑。今日後宮夜宴，並沒有宴請外臣公戚。除了皇上以外再沒有別的男子能出入後宮。腦中忽然浮現那雙石青色寶藍蛟龍出海紋樣的靴子……銀灰色團龍密紋的衣角。心下陡然一驚，團龍密紋乃是上用的圖紋，等閒親王也不得擅用，莫非倚梅園中的那人……萬幸自己脫身得快，否則入宮以來這一番韜晦之計便是白費心思了。槿汐和小允子察言觀色，見我有些懶懶的，故意連著輸了幾把哄我開心。我推說身子有些不爽快，先回了房中。槿汐跟了進來為我卸妝。

我閒閒問道：「今日後宮夜宴，皇上皇后可曾請了他人來？」

槿汐道：「按慣例，幾位王爺也會來。」我輕輕「哦」了一聲。

槿汐口中的王爺是先皇的大皇子岐山王玄洵、三皇子汝南王玄濟、六皇子清河王玄清和九皇子平陽王玄汾。先皇七子二女。五皇子、七皇子和八皇女早薨。

皇帝玄凌排行第四，與二皇女真寧長公主俱是當今太后所出。

岐山王玄洵乃宜妃也就是現在的欽仁太妃所出，雖是長子，但個性庸懦，碌碌無為，只求做一名安享榮華的親王。

襄城王玄濟乃玉厄夫人所出，玉厄夫人是博陵侯幼妹，隆慶十年博陵侯謀反，玉厄夫人深受牽連，無寵鬱鬱而死。玄濟天生臂力過人，勇武善戰，但是性格狷介，不為先皇所喜，一直到先皇死後才得了襄城王的封號，如今南征北戰，立下不少軍功，甚得玄凌的倚重。

清河王玄清聰穎慧捷，又因其母妃舒貴妃的緣故，自幼甚得皇帝鍾愛，數次有立他為太子的意思，只因舒貴妃的出身著實為世人所詬病，群臣一齊反對，只好不了了之。先帝駕崩之後舒貴妃自請出家，玄清便由素來與舒貴妃交好的琳妃也就是當今的太后撫養長大，與玄凌如同一母同胞，感情甚是厚密。玄清閒雲野鶴，精於六藝，卻獨獨不愛政事，整日與詩書為伴，器樂為伍，笛聲更是京中一絕，人稱「自在王爺。」

平陽王玄汾是先皇幼子，如今才滿十三歲。生母恩嬪出身卑微，曾是繡院一名針線上的織補宮女，先皇薨逝後雖晉封了順陳太妃，平陽王卻是自小由五皇子的母親莊和太妃撫養長大。

我默默聽著，心中總是像缺了什麼似的不安寧，只得先睡了。眾人也散了下去。迷迷糊糊睡到半夜間，我突然驚覺地坐起身來，身體猛然帶起的氣流激盪起錦帳，我想到了一樣讓我不安的東西——小像！

註釋：

(1)出自「白頭宮女在，閒坐話玄宗。」形容宮中女子的淒涼歲月。

(2)出自唐‧崔道融《梅花》

七、妙音娘子

我在夢中驚醒，心中惴惴不安，也顧不得夜深，立即遣了晶清讓她去倚梅園看看我掛著祈福的小像還在不在，晶清見我情急，也不敢問什麼原因，立刻換了厚衣裳出去了。只她一走，闔宮都被驚動了，我只好說是做了噩夢驚醒了。

過了許久，彷彿是一個長夜那麼久，晶清終於回來了，稟告說我的小像已經不見了，怕是被風吹走了。我心中霎時如被冷水迎頭澆下，怔怔的半天不出聲。槿汐等人以為我丟了小像覺得不吉利才悶悶不樂，忙勸慰了許久說笑話兒逗我開心。我強自打起精神安慰了自己幾句，許是真是被風刮走了或是哪個宮女見了精緻撿去玩兒了也不一定。話雖如此，心裡到底是怏怏的。好在日子依舊波平如鏡，不見任何事端波及我棠梨宮。我依舊在宮中待著靜養，初一日的闔宮朝見也被免了前去。

一日，用了午膳正在暖閣中歇著，眉莊挑起門簾進來，似笑非笑著說：「有樁奇事可要告訴給妳聽聽。」

我起身笑著說：「這宮裡又有什麼新鮮事？」

眉莊淡淡笑道：「皇上不知怎的看上了倚梅園裡的一個姓余的蒔花宮女，前兒個封了更衣。雖說是最末的從八品，可是比起當宮女，也是正經的小主了。」

我撥著懷裡的手爐道：「皇帝看上宮女封了妃嬪，歷代也是常有的事。順陳太妃不是……」眉莊看我一眼，我笑：「偏妳這樣謹慎，如今我這裡是最能說話的地方了。」

眉莊低頭撫著衣裙上的繡花，慢慢地說：「如今皇上可是很寵她呢。」

「她很美嗎？」

「不過爾爾。只是聽說歌聲甚好。」

我微笑不語，小手指上三寸來長的銀殼鑲碎玉的護甲輕輕摩挲著下巴的輕癢。半晌才說：「皇上也是一時的新鮮勁兒吧。再說了，即便如何寵她，祖制宮女晉妃嬪，只能逐級晉封，一時也越不過妳去。」

眉莊笑一笑道：「這個我知道。只是……陵容心裡到底不快活。」

我微一詫異：「陵容還是無寵嗎？」

眉莊略一點頭道：「入宮那麼久，皇上還未召幸過她。」說罷微微歎氣，「別人承寵也就罷了，偏偏是個身份比她還微賤的宮女，她心裡自然不好受。」

我憶起臨進宮那一夜獨立風露中的陵容，她對哥哥的情意……難道她與我一樣，要蓄意避寵？我遲疑道：「莫不是陵容自己不想承寵？」

眉莊疑惑的看我：「怎麼會？她雖是面上淡淡的，可是總想承寵的吧？否則以她的家世，如何在宮中立足？」

我遲疑道：「妳可知道她有無意中人？」

眉莊被我的話唬了一跳，臉上一層一層的紅起來：「不可胡說。我們都是天子宮嬪，身子和心都是皇上的，怎麼會有意中人？」

我也窘起來，紅著臉說：「我也不過是這麼隨口一問，妳急什麼？」

眉莊仔細想了想，搖了搖頭說：「我真的不知道她有沒有意中人。看她這樣子，應該是沒有的罷。」說罷轉了話題，聊了會子也就散了。

送走了眉莊，見佩兒端了炭進來換，裝作隨口問道：「聽說倚梅園裡的宮女被封了更衣？」

佩兒道：「可不是？都說她運氣好呢，聽說除夕夜裡和皇上說了兩句話，初二一早皇上身邊的李公公過來尋人，她答了兩句，便被帶走了。誰知一去竟沒再回來，才知道皇上已頒了恩旨，封了她做更衣了。」

我微微一笑，果然是個宮女，好個伶俐的宮女！替我擋了這一陣。看來宮中是從來不缺想要躍龍門的鯉魚的。說話間槿汐已走進來，斜跪在榻前為我捶腿，見佩兒換了炭出去，暖閣裡只剩下我和她，方才輕輕說：「那天夜裡小主也去倚梅園，不知可曾遇見旁人？」

我伸手取一粒蜜餞放嘴裡，道：「見與不見，又有什麼要緊？」

槿汐微一凝神，笑道：「也是奴婢胡想。只是這宮裡張冠李戴，魚目混珠的事太多了，奴婢怕是便宜了旁人。」

我把蜜餞的核吐在近身的痰盂裡，方才開口：「便宜了旁人，有時候可能也是便宜了自己。」

過了月餘，陵容依舊無寵，只是余更衣聰明伶俐，擅長歌唱，皇帝對她的寵愛卻沒有降下來，一月內連遷采女、選侍兩級，被冊了正七品妙音娘子，賜居虹霓閣。一時間風頭大盛，連華妃也親自賞了她禮物。余娘子也很會奉承華妃，兩人極是親近。余氏漸漸驕縱，連眉莊、劉良媛、恬貴人等人也不太放在眼中，語出頂撞。眉莊縱使涵養好，也不免有些著惱了。

雖說時氣已到了二月，天氣卻並未見暖，這兩日更是一日冷似一日，天空鉛雲低垂，烏沉沉的陰暗，大有雨雪再至的勢頭。果然到了晚上，雪花朵兒又密又集，又下了一天一夜的大雪。到了第二天夜裡，雪漸漸小了，小允子同小連子掃了庭院的積雪進來身上已是濡濕了，凍得直哆嗦，嘴裡嘟囔著「這鬼天氣」，又忙忙地下去換了衣裳烤火。

我放下手裡繡的手帕，說道：「今年這天氣果然不好，都二月二龍抬頭的日子了，還是下雪。恐怕這花花草草的都要凍壞了。」

流朱笑道：「小姐頂心疼那些花草，秋末的時候小內監們全給包上了稻草，凍不壞的。」

我微微一笑，又低頭去繡手帕上的黃鸝鳥兒。隱隱聽得遠處有轆轆的車聲迤邐而來，心下疑惑，棠梨宮地處偏僻，一向少有車馬往來，怎的這麼夜了還有車聲。抬頭見槿汐垂手肅然而立，輕聲道：「啟稟小主，這是鳳鸞春恩車的聲音。」我默默不語，鳳鸞春恩車是奉詔侍寢的嬪妃前往皇帝寢宮時專坐的車。

凝神聽了一會兒，那車聲卻是越來越近，在靜靜的雪夜中能聽到車上珠環玎玲之聲。隱約還有女子歌唱之聲，歌聲甚是婉轉高昂，唱的是宮中新製的賀詩「爐爇香檀獸炭癡，真珠簾外雪花飛。六宮進酒堯眉壽，舞鳳盤龍滿御衣。」我側耳聽了一陣子，方才道：「唱得不錯，難怪皇上賜她『妙音』的封號。」

小允子低頭小聲道：「這夜半在永巷高歌可不合宮中規矩。」

我頭也不抬，道：「這才足見皇上對她的寵愛啊！」再沒有人做聲，屋子裡一片靜默，只聽見炭盆裡嗶啵作響的爆炭聲，窗外呼嘯凜冽的北風聲和攪在風裡一路漸漸遠去的笑語之聲。她的笑聲那麼驕傲，響在寂靜的雪夜裡，在後宮綿延無盡的永巷和殿宇間穿梭……

這是我第一次聽到鳳鸞春恩車的聲音，那聲音聽來是很美妙的。我不知道這車聲一路而去會牽引住多少宮中女人的耳朵和目光，這小小的車上會承載多少女人的期盼、失落、眼淚和歡笑。很多個宮中的傍晚，她們靜靜站在庭院裡，為的就是等候這鳳鸞春恩車能停在宮門前載上自己前往皇帝的寢宮。小時候跟著哥哥在西廂的窗下聽夫子念杜牧的《阿房宮賦》，有幾句此刻想來尤是驚心——「雷霆乍驚，宮車過也；轆轆遠聽，杳不知其所之也。一肌一容，盡態極妍，縵立遠視，而望幸焉，有不得見者，三十六年！」三十六年，恐怕是很多女人的一生了！盡態極妍，宮中女子哪一個不是美若天仙，只是美貌，在這後宮之中是最不稀罕的東西了。每天有不同的新鮮的美貌出現，舊的紅顏老了，新的紅顏還會來，更年輕的身體，光潔的額頭，鮮艷的紅唇，明媚的眼波，纖細的腰肢……而她們一生做的最多最習慣的事不過是「縵立遠視，而望幸焉」罷了。在這後宮之中，沒有皇帝寵幸的女人就如同沒有生命的紙偶，連秋天偶然的一陣風都可以刮倒她，摧毀她。而有了皇帝寵幸的人就可以高枕無憂了嗎？恐怕她們的日子過得比無寵的女子更為憂心，「以色事他人，能得幾時好？」她們更害怕失寵，更害怕衰老，更害怕有更美好的女子出現。如果沒有愛情，帝王的寵幸是不會比絹紙更牢固的。而愛情，恐怕是整個偌大的帝王後宮之中最最缺乏的東西了。宮中女子會為了地位、榮華、恩寵去接近皇帝，可是為了愛情，有誰聽說過……

我只覺得腦中酸脹，放下手中的針線對浣碧說：「那炭氣味道不好，熏得我腦仁疼，去換了沉水香來。」

浣碧略一遲疑，道：「小姐，這月份例的香還沒拿來，已經拖了好幾日了，要不奴婢遣人去問問。」

心下明白，必定是內務府的人欺我無寵又剋扣份例了。「這幾日雪大，內務府的人懶怠遲延幾日也是有的。罷了，隨便有什麼香先點上罷。」

浣碧答應著匆匆出去了，才走至門外，「呀」的一聲驚道：「淳常在，您怎麼獨個兒站在風裡，怕不吹壞了？快請進來。」

我聽得有異，忙起身出去。果然淳常在獨自站在宮門下，鼻子凍得通紅，雙頰卻是慘白，只呆呆的不說話。我急忙問道：「淳兒，怎麼只妳一個人？」

淳常在聞言，只慢慢地轉過頭來，眼珠子緩緩的骨碌轉了一圈，臉上漸漸有了表情，「哇」地哭出聲來：「莞姐姐，我好害怕！」

我見狀不對，忙拉了她進暖閣，讓晶清拿了暖爐放她懷裡暖身子，又讓品兒端了熱熱的奶羹來奉她喝下，才慢慢問她原委。原來晚膳後大雪漸小，史美人在淳常在處用了晚膳正要回宮，淳常在便送她一程。天黑路滑，點了燈籠照路，誰知史美人宮女手中的紙燈籠突然被風吹著燃了起來，正巧妙音娘子坐著鳳鸞春恩車駛了過來，駕車的馬見火受了驚嚇，饒是御馬訓練純熟，車伕又發現的早，還是把車上的妙音娘子震了一下。本來也不什麼大事，可是妙音娘子不依不饒，史美人仗著自己入宮早，位分又比妙音娘子高，加之近日妙音受寵，本來心裡就不太痛快，語氣便不那麼恭順。妙音娘子惱怒之下便讓掖庭令把史美人關進了「暴室」[1]。我聞言不由得一驚，「暴室」是廢黜的妃嬪和犯了錯的宮娥內監關押服苦役的地方。史美人既未被廢黜，又不是犯錯的宮娥，怎能被關入「暴室」？

我忙問道：「有沒有去請皇上或皇后的旨意？難道皇上和皇后都沒有發話嗎？」

淳常在茫然的搖了搖頭，拭淚道：「她……妙音娘子說區區小事就不用勞動皇上和皇后煩心了，驚擾了皇上皇后要拿掖庭令是問。」

我心下更是納罕，妙音娘子沒有帝后手令，竟然私自下令把宮嬪關入「暴室」，驕橫如此，真是聞所未聞！

我的唇角慢慢漾起笑意，轉瞬又恢復正常。如此恃寵而驕，言行不謹，恐怕氣數也要盡了。

我安慰了淳常在一陣，命小連子和品兒好好送了她回去。真是難為她，小小年紀在宮中受這等驚嚇。

第二天一早，眉莊與陵容早早就過來了。我正在用早膳，見了她們笑道：「好靈的鼻子！知道槿汐做了上好的牛骨髓茶湯，便來趕這麼個早場。」

眉莊道：「整個宮裡也就妳還能樂得自在。外面可要鬧翻天了！」

我抿了口茶湯微笑：「怎麼?連妳也有沉不住氣的時候?」

陵容道：「姐姐可聽見昨晚的歌聲了?」

我含笑道：「自然聽見了。『妙音』娘子果然是名不虛傳，歌聲甚是動聽。」

眉莊默默不語，半晌方道：「恃寵而驕，夜半高歌！她竟私自下令把曾與妳同住的史美人打入了『暴室』。」

我微笑道：「那是好事啊。」

「好事?」眉莊微微蹙眉，陵容亦是一臉疑惑。

「她驟然獲寵已經令後宮諸人不滿，如此不知檢點，恃寵而驕，可不是自尋死路嗎?自尋死路總比有朝一日逼迫到妳頭上要妳自己出手好吧。」我繼續說：「如此資質尚不知自律，可見愚蠢，這樣的人絕不會威脅到妳的地位。妳大可高枕無憂了。」我舉杯笑道：「如此喜事，還不值得妳飲盡此盞嗎?」

眉莊道：「話雖然如此，皇上還沒發話懲治她呢？何況她與華妃交好。」

我淡然道：「那是遲早的事。昨日之事已傷了帝后的顏面，亂了後宮尊卑之序，就算華妃想保她也保不住。何況華妃那麼聰明，怎麼會去蹚這灘渾水？」

陵容接口道：「恐怕她如此得寵，華妃面上雖和氣心裡也不自在呢，怎會出手助她？」說罷舉起杯來笑道：「陵容以茶代酒，先飲下這一杯。」

眉莊展顏笑道：「如此，盛情難卻了。」

果然，到了午後，皇帝下了旨意，放史氏出「暴室」，加意撫慰，同時責令余氏閉門思過一旬，褫奪「妙音」封號，雖還是正七品娘子，但差了一個封號，地位已是大有不同了。

註釋：

(1)「暴室，在掖庭內，丞一人，主宮中婦人疾病者，其皇后、貴人、宮娥有罪者，亦就此室。」

八、春遇

時日漸暖，我因一向太平無事，漸漸也減少了服藥的次數和份量，身子也鬆泛了些。流朱私下對我說：「小姐常吃著那藥在屋裡躺著，臉色倒是蒼白了不少，也該在太陽底下走走，氣色也好些。」

春日裡，上林苑的景致最好，棠梨宮裡的梨花和海棠只長了葉子，連花骨朵也沒冒出來，上林苑裡的花已經開了不少，名花迎風吐香，佳木欣欣向榮，加上飛泉碧水噴薄瀲灩，奇麗幽美，如在畫中，頗惹人喜愛。宮中最喜歡種植玉蘭、海棠、牡丹、桂花、翠竹、芭蕉、梅花、蘭八品，諧音為：玉堂富貴，竹報平安，稱之為「上林八芳」，昭示宮廷祥瑞。棠梨宮處在上林苑西南角，本是個少有人走動的地方，週遭一帶也是罕有人至。所以我只在棠梨附近走動也並無人來吵擾約束。

出棠梨宮不遠便是太液池。太液池碧波如頃，波光瀲灩，遠遠望去水天皆是一色的湖藍碧綠，倒影生光。池中零星分置數島，島上廣築巍峨奇秀的亭台樓閣，更有奇花異草，別具情致風味。三四月裡的太液池風光正好，沿岸垂楊碧柳盈盈匝地，枝枝葉葉舒展了鮮嫩的一點鵝黃翠綠，像是宮女們精心描繪的黛眉，千條萬條綠玉絲條隨風若舞姬的瑤裙輕擺翩遷，連浣碧見了也笑：「綠玉妝成一樹高，萬條垂下綠絲絛。原來是這樣的好景色。那麼多柳樹，真真是宮裡才有的大氣。」新柳鮮花，池畔吹拂過的一帶涼風都染著鬱鬱青青的水氣和花香，令人心神蕩漾，如置身朝露晨曦之間。

我逗留了幾次甚是喜愛，回去後便命小連子小允子說在樹上紮了一架鞦韆。小允子心思靈動，特意在鞦韆上引了紫籐和杜若纏繞，開紫色細小的香花，枝葉柔軟，香氣宜遠。隨風蕩起的時候，香風細細，如在雲端。

這日下午的天氣極好，天色明澈如一潭靜水，日色若明輝燦爛的金子，漫天飛舞著輕盈潔白的柳絮，隨風輕揚復落。我獨自坐在鞦韆上，一腳一腳地輕踢那落於柔密芳草之上的片片落花。流朱一下一下輕推那鞦韆架子，和我說著笑話兒。薰暖的和風微微吹過，像一隻手緩緩攪動了身側那一樹繁密的杏花，輕薄如綃的花瓣點點的飄落到我身上，輕柔得像小時候娘撫摸我臉頰的手指。

我不自禁的抬頭去看那花，花朵長得很是簇擁，擠擠挨挨的半天粉色，密密匝匝間只看得見一星碧藍的天色。「杏花疏影裡，吹笛到天明」，前人彷佛是這麼寫的。我忽然來了興致，轉頭吩咐流朱：「去取我的簫來。」流朱應一聲去了，我獨自盪了會鞦韆，忽覺身後不知何時已多了一道陰影，直是唬了一跳，忙跳下鞦韆轉身去看。卻見一個年輕男子站在我身後，穿一襲海水綠團蝠便服，頭戴赤金簪冠，長身玉立，丰神朗朗，面目極是清俊，只目光炯炯的打量我，卻瞧不出是什麼身份。

我臉上不由得一紅，屈膝福了一福，不知該怎麼稱呼，只得保持著行禮的姿勢。靜默半晌，臉上已燙得如火燒一般，雙膝也微覺酸痛，只好窘迫地問：「不知尊駕如何稱呼？」

那人卻不做聲，我不敢抬頭，低聲又問了一遍，他仿若剛從夢中醒來，輕輕地「哦」了一聲，和言道：「請起。」

我微微抬目留意他的服色，他似乎是發覺了，道：「我是……清河王。」

我既知是清河王玄清，更是窘迫，嬪妃隻身與王爺見面，似有不妥。於是退遠兩步，略欠一欠身道：「妾身後宮莞貴人甄氏，見過王爺。」

他略想了想，「妳是那位抱病的貴人？」

我立覺不對，心中疑雲大起，問道：「內宮瑣事，不知王爺如何知曉？」

他微微一愣，立刻笑道：「我聽皇……嫂說起過，除夕的時候，皇兄問了一句，我正巧在旁。」我這才放下心來。

他和顏悅色的問：「身子可好些了？春寒之意還在，怎麼不多穿件衣裳？」

「有勞王爺費心，妾身已好多了。」正想告辭，流朱捧著簫過來了，見有陌生男子在旁，也是吃了一驚，我忙道：「還不參見清河王。」流朱急急跪下見了禮。

他一眼瞥見那翠色沉沉的簫，含笑問：「妳會吹簫？」

我微一點頭，「閨中無聊，消遣罷了。」

「可否吹一曲來聽？」他略覺唐突，又道：「本王甚愛品簫。」

我遲疑一下，道：「妾身並不精於簫藝，只怕有辱清聽。」

他舉目看向天際含笑道：「如此春光麗色，若有簫聲為伴，才不算辜負了這滿園柳綠花紅，還請貴人不要拒絕。」

我推卻不過，只得退開一丈遠，凝神想了想，應著眼前的景色細細地吹了一套《杏花天影》[1]，「何處玉簫天似水，瓊花一夜白如冰」。

綠絲低拂鴛鴦浦，想桃葉，當時喚渡。又將愁眼與春風，待去；倚闌橈更少駐。
金陵路，鶯吟燕舞。算潮水，知人最苦。滿汀芳草不成歸，日暮，更移舟，向甚處？

幼年時客居江南的姨娘曾教我用塤吹奏此曲，很是清淡高遠，此刻用簫奏來，減輕了曲中愁意，頗有流雪回風、清麗幽婉之妙。一曲終了，清河王卻是默然無聲，只是出神。

我靜默片刻，輕輕喚：「王爺。」他這才轉過神來。我低聲道：「妾身獻醜了，還請爺莫要怪罪。」

他看著我道：「妳吹得極好，只是剛才吹到『滿汀芳草不成歸』一句時，簫聲微有凝滯，不甚順暢，帶了嗚咽之感。可是想家了？」

我被他道破心事，微微發窘，紅著臉道：「曾聽人說，『曲有誤，周郎顧』，不想王爺如此好耳力。」

他略一怔忡，微微笑道：「本王也是好久沒聽到這樣好的簫聲了。自從……純元皇后去世後，再沒有人的簫聲能讓打動……本王的耳朵了。」他雖是離我不遠，那聲音卻是渺渺如從天際間傳來，極是感慨。

我上前兩步，含笑道：「多謝王爺謬讚。只是妾身怎敢與純元皇后相比。」欠一欠身「天色不早，妾身先行回宮了。王爺請便。」

他頷首一笑，也逕自去了。

流朱扶著我一路穿花拂柳回到宮中，才進瑩心堂坐下，我立即喚來晶清：「去打聽一下，今日清河王進宮了沒有?現在在哪裡？」晶清答應著出去了。

流朱疑道：「小姐以為今日與您品簫的不是清河王?」

我道：「多小心幾分也是好的。」

晶清去了半日，回來稟報道：「今日入宮了，現在皇上的儀元殿裡與皇上品畫呢。」

我暗暗點頭，放心去用膳。

隔了一日，依舊去那鞦韆上消磨時光。春日早晨的空氣很是新鮮，帶著湖水煙波浩淼的濕潤，兩岸柔柳依依的清新和鮮花初開的馨香，讓人有蓬勃之氣。鞦韆繩索的紫籐和杜若上還沾著晶瑩的未被太陽曬去的露水，鞦韆輕輕一蕩，便涼涼的落在臉上肩上，像是一陣陣小雨點兒。有早鶯棲在樹上滴瀝啼囀，鳴叫得極歡快。若要享受晨光，這時刻是最好不過的。

忽覺有人伸手大力推了一下我的鞦韆，鞦韆晃動的幅度即刻增大，我一驚，忙雙手握緊鞦韆索。鞦韆向前高高得飛起來，風用力拂過我的面頰，帶著我的裙裾迎風翩飛如一隻巨大的蝴蝶。我高聲笑起來：「流朱，妳這個促狹的丫頭，竟在我背後使壞！」我咯咯地笑：「再推高一點！流朱，再高一點！」話音剛落，鞦韆已疾速向後蕩去，飛快的經過一個人的身影，越往後看得越清，我驚叫一聲：「王爺！」不是清河王又是誰，這樣失儀，心中不由得大是驚恐。手勁一鬆，直欲從鞦韆上掉下來。

清河王雙臂一舉，微笑著看我道：「若是害怕，就下來。」

我心中羞惱之意頓起，更是不服，用力握緊繩索，大聲道：「王爺只管推鞦韆，我不怕！」

他滿目皆是笑意，走近鞦韆，更大力一把往前推去。只聽得耳邊風聲呼呼，刮得兩鬢髮絲皆直直往前後搖蕩。我愈是害怕，愈是努力睜著眼睛不許自己閉上，瞪得眼睛如杏子般圓。鞦韆直往那棵花朵繁茂的老杏樹上飛去，我頑皮之意大盛，伸足去踢那開得如冰綃暖雲般的杏花，才一伸足，那花便如急風暴雨般簌簌而下，驚得樹上的流鶯「嘀」一聲往空中飛翔而去，攪動了漫天流麗燦爛的陽光。

花瓣如雨零零飄落，有一朵飄飛過來正撞在我眼中。我一吃痛，不由自主的伸手去揉，手上一鬆，一個不穩從鞦韆上直墜而下，心中大是驚恐，害怕到雙目緊閉，暗道「我命休矣！」

落地卻不甚痛，只是不敢睜開眼睛，覺得額上一涼一熱，卻是誰的呼吸，淡淡的拂著，像這個季節乍寒還暖的晨風。靜靜無聲，有落花掉在衣襟上的輕軟。偷偷睜眼，迎面卻見到一雙烏黑的瞳仁，溫潤如墨玉，含著輕輕淺淺的笑。我沒有轉開頭，因為只在那一瞬間，我在那雙瞳仁裡發現了自己的臉孔。我第一次，在別人的目光裡看見自己。我移不開視線，只看著別人眼中的自己。視線微微一動，瞥見清河王如破春風的面容，雙瞳含笑凝視著我，這才想到我原是落在了他懷裡，心裡一慌，忙跳下地來，窘得恨不得能找個地洞鑽下去，聲如細蚊：「見過王爺。」

他呵呵笑：「現下怎麼羞了？剛才不是不怕嗎？還如女中豪傑一般。」

我深垂臻首，低聲道：「妾身失儀。並不知王爺喜歡悄無聲息站在人後。」

他朗聲道：「這是怪本王了。」伸手扶我一把：「本是無意過來的。走到附近憶及那日貴人的簫聲，特意又讓人取了簫來，希望能遇見貴人，再讓本王聆聽一番。」隨手遞一把藍田玉簫給我，通體潔白，隱約可見簫管上若有若無的絲絲淺紫色暗紋，簫尾綴一帶深紅纏金絲如意結，好一管玉簫！

我接過，「不知王爺想聽什麼？」

「貴人挑喜歡的吹奏便可。」

靜下心神，信手拈了一套《柳初新》[2]來吹：

東郊向曉星杓亞。報帝裡、春來也。柳抬煙眼，花勻露臉，漸覺綠嬌紅姹。妝點層台芳榭。運神功、丹青無價。

別有堯階試罷。新郎君、成行如畫。杏園風細，桃花浪暖，競喜羽遷鱗化。遍九陌、相將遊冶。驟香塵、寶鞍驕馬。

《柳初新》原是歌贊春庭美景，盛世太平的，曲調極明快的，他聽了果然歡喜，嘴角含著笑意道：「杏園風細？又是杏，妳很喜歡杏花嗎？」

我抬頭望著那一樹芳菲道：「杏花盛開時晶瑩剔透，含苞時稍透淺紅。不似桃花的艷麗，又不似寒梅的清冷，溫潤如嬌羞少女，很是和婉。」他的目光在我身上停留：「人如花，花亦如人。只有品性和婉的人才會喜歡品性和婉的花。」

我微一沉吟：「可是妾身不敢喜歡杏花。」

「哦？」他的眼瞼一揚，興味盎然的問：「說來聽聽。」

「杏花雖美好，可是結出的杏子極酸，杏仁更是苦澀。若是為人做事皆是開頭很好而結局潦倒，又有何意義呢？不如松柏，終年青翠，無花無果也就罷了。」

他雙眉挑起，「真……從未聽過這樣的見解，真是新鮮別緻。」

含笑道：「妾身胡言亂語，讓王爺見笑了。但願王爺聽了這一曲，再別嚇唬妾身即可。」

他撫掌大笑：「今日原是我唐突了。我有兩本曲譜，明日午後拿來與，妳一同鑒賞。望貴人一定到來。」

他的笑容如此美妙，像那一道劃破流雲濃霧凌於滿園春色之上的耀目金光，竟教我不能拒絕，我怔一怔，婉聲道：「恭敬不如從命。」

走開兩步，想起一事，又回轉身去道：「妾身有一事相求，請王爺應允。」

「妳說。」

「妾身與王爺見面已屬不妥，還請王爺勿讓人知曉，以免壞了各自清譽。」

「哦，既是清譽，又有誰能壞得了呢？」

我搖頭道：「王爺有所不知。妾身與王爺光明磊落，雖說『事無不可對人言』，但後宮之內人多口雜，眾口鑠金。終是徒惹是非。」

他眉頭微皺，口中卻極爽快的答應了。

註釋：

(1)《杏花天影》：作者姜夔。序：丙午之冬，發沔口。丁未正月二日，道金陵。北望淮楚，風日清淑，小舟掛席，容與波上。

(2)《柳初新》：作者柳永。

九、花籤

回到宮中還早，見一宮的內監宮女滿院子的忙著給花樹澆灌、鬆土。不由得笑道：「梨花才綻了花骨朵兒，你們就急著催它開花了。」

浣碧滿臉笑容的走上來道：「小姐，今日可有喜事呢！堂前的兩株海棠綻了好幾個花苞。」

我歡喜道：「果真嗎？我剛才只顧著往裡走，也沒仔細看，是該一同去瞧瞧。」宮人們都年輕，我這麼一提，誰不是愛熱鬧的，一齊擁著我走到堂外。果然碧綠枝葉間有幾星花蕾紅艷，似胭脂點點初染，望之綽約如處子。尚未開花，卻幽香隱隱撲鼻。我笑道：「前人《群芳譜》中記載：海棠有四品。即西府海棠、垂絲海棠、木瓜海棠和貼梗海棠。海棠花開雖然嬌艷動人，但一般的海棠花無香味，只有這西府海棠既香且艷，是海棠中的上品。」

小允子立即接口道：「小主博學多才，奴才們聽了好學個乖，到了別的奴才面前說嘴，多大的體面。」

我笑著在他腦門上戳了一指，引得眾人都笑了，流朱笑道：「就數小允子口齒伶俐能逗小姐高興，越發顯得我們笨嘴拙舌的不招人疼。」

小允子仰頭看著她笑道：「流姐姐若是笨嘴拙舌，那咱就是那牙都沒長齊全的了，怎麼也不敢在姐姐面前說嘴啊。」

流朱被他哄得得意，「這麼會哄我開心，趕明兒做雙鞋墊好好犒賞你。」

小允子一作揖，彎下腰道：「多謝姐姐，姐姐做的鞋咱怎麼敢穿，一定日日放床頭看著念著姐姐的好兒。」

流朱笑得忍不住啐了他一口，「揖都作下了，可見我是不能賴了，定給你好好做一雙。」

我道：「既做了，連小連子那雙也一道做上。」

兩人一齊謝了恩，眾人看了一會才漸漸散去。

轉眼到了夜間，用了膳便坐在紅漆的五蝠奉壽桌子前翻看《詩經》。窗外月華澹澹，風露凝香，極靜好的一個夜晚。《詩經》上白紙黑字，往日念來總是口角含香，今日不知怎的，心思老是恍恍惚惚。月色如綺，窗前的樹被風吹過，微微搖曳的影倒映在窗紙上，彷如是某人頎長的身影。神思游弋間，彷彿那書上一個一個的字都成了烏黑的瞳仁，夾在杏花疏影裡在眼前繚亂不定，一層靜一層涼。心思陡地一轉憶及白日的事，那一顆心竟綿軟如綢。眼前燭光灩灩，流轉反映著衣上緞子的光華，才叫我想起正身處在瑩心堂內，漸漸定下心來。只不知自己是怎麼了，面燥耳熱，隨手翻了一頁書，卻是《綢繆》[1]：

綢繆束薪，三星在天。今夕何夕，見此良人？子兮子兮，如此良人何？

綢繆束芻，三星在隅。今夕何夕，見此邂逅？子兮子兮，如此邂逅何？

綢繆束楚，三星在戶。今夕何夕，見此粲者？子兮子兮，如此粲者何？

心中又羞又亂，彷彿被人揭破了心事一般，慌亂把書一闔，又惱了起來。我與他身份有別，何來「良人」之說，更何來「三星」？莫名間又想起溫實初那句「一入宮門深似海」來，「啪」地把書拋擲在了榻上。槿汐聽得響聲唬了一跳，忙端了一盞櫻桃凝露蜜過來道：「小主可是看得累了，且喝盞蜜歇息會兒吧。」

我一飲而盡，仍是心浮氣躁，百無聊賴。我一眼瞥見那紅漆的五蝠奉壽桌子上斑駁剝落的漆，隨口問道：「這桌子上的漆不好，怎的內務府的人還沒來修補下再刷一層上去。」

槿汐面上微微露出難色，「小允子已經去過了，想來這幾日便會過來。」

我點點頭，「宮中事務繁瑣，他們忙不過來晚幾日也是有的。」

我「唔」了一聲只靜靜坐著。正巧佩兒在窗外與小允子低語：「怎的小連子今日下午回來臉色那樣晦氣？」

槿汐臉色微微一變，正要出聲阻止，我立刻側頭望住她，她只得不說話。

小允子「嘿」一聲，道：「還不是去了趟內務府，沒的受了好些冷言冷語回來。」

佩兒奇道：「不就為那桌子要上些漆的緣故，這樣顛三倒四的跑了幾次也沒個結果？」

「妳曉得什麼？」小允子聲音壓得更低，憤然道：「那些狗眼看人低的傢伙，說小連子幾句也就罷了，連著小主也受了排揎，說了好些不乾不淨的話！」

槿汐面色難看的很，只皺著眉想要出去。見我面色如常，也只好忍著。

只聽佩兒狠狠啐了一口道：「內務府那班混蛋這樣不把小主放在眼裡嗎？冬天的時候剋扣著小主份例的炭，要不是惠嬪小主送了些銀炭來可不是要被那些黑炭的煙氣熏死。如今越發無法無天了，連補個桌子也要擠對人！」

小允子急道：「小聲些，小主還在裡頭，聽了可要傷心的。」

佩兒的聲音強壓了下去，愁道：「可怎麼好呢？以後的日子還長，我們這些做奴婢的將就著也就罷了，可是小主……既在病中，還要受這些個閒氣。」說罷恨然道：「那個黃規全，仗著是華主子的遠親簡直猖狂得不知天高地厚！」

小允子道：「好姑奶奶，妳且忍著些吧！為著怕小主知道了心裡不痛快，小連子在跟前伺候的時候可裝得跟沒事人似的，妳好歹也給瞞著。」

兩人說了一會子也就各自忙去了。我心中微微一刺，既感動又難過，臉上只裝作從未聽見，只淡淡說：「既然內務府忙，將就著用也就罷了，也不是什麼了不得的事。」

槿汐低聲道：「是。」

我抬頭看著她道：「今晚這話，我從未聽見過，妳也沒聽見過，出去不許指責他們一言半語。」槿汐應了。我歎一口氣道：「跟著我這樣的小主，的確讓你們受了不少委屈。」

槿汐慌忙跪下，急切動容道：「小主何苦這樣說，折殺奴才們了。奴婢跟著小主，一點也不委屈。」

我讓她起來，歎道：「後宮中人趨炎附勢，拜高踩低也不過是尋常之事，他們何必要把我這久病無寵的小主放在眼裡。我們安分著度日也就罷了。」

槿汐默默半晌，眼中瑩然有淚，道：「小主若非為了這病，以您的容色才學，未必在華妃之下。」說罷神色略略一驚，自知是失言了。

我鎮聲道：「各人命中都有份數，強求又有何益。」

槿汐見我如此說，忙撇開話題道：「小主看書累了，刺繡可好？」

「老瞧著那針腳，眼睛酸。」

「那奴婢捧了箏來服侍小主撫琴。」

「悶得慌，也不想彈。」

槿汐察言觀色，在側道：「小主嫌長夜無聊悶得慌，不如請了惠嬪小主、安小主與淳小主一同來抽花籤玩兒。」

想想是個好主意，也只有這個好主意，道：「妳去準備些點心吃食，命品兒她們去一同請了小主們過來。」小宮女們巴不得熱鬧，立即提了燈一道去了。

過了半個時辰，便聽見嘈嘈切切的腳步聲，走到堂前去迎，已聽到淳常在咯咯的嬌笑聲：「莞姐姐最愛出新鮮主意了。我正不知道該怎麼打發這辰光呢。」

我笑道：「妳不犯睏也就罷了，成日價躲在自個兒的屋裡睡覺，快睡成貓了。」

淳常在笑著拉我的手：「姐姐最愛取笑我了，我可不依。」

眉莊攜著采月的手笑著進來：「老遠就聽見淳兒在撒嬌了。」又問：「陵容怎麼還沒到？」

我笑著看她：「要請妳可不容易，還得讓我的宮女兒瞅著看別驚了聖駕。」

眉莊笑罵著「這蹄子的嘴越來越刁了」一面伸手來擰我的臉。我又笑又躲，連連告饒。

正鬧著，陵容已帶著菊清慢慢進來了，菊清手裡還捧著一束杜鵑，陵容指著她手裡的花道：「我宮裡的杜鵑開了不少，我看著顏色好，就讓人摘了些來讓莞姐姐插瓶。」

我忙讓著她們進來，又讓晶清抱了個花瓶來插上。晶清與菊清素來要好，插了瓶告了安就拉著手一起去下房說體己話去了。我含笑對陵容說：「勞妳老想著我愛這些花兒朵兒的。除夕拿來的水仙很好，沖淡了我屋子的藥氣，要不一屋子的藥味兒，該怎麼住人呢。」

眉莊道：「還說呢？我倒覺得那藥味兒怪好聞的，比我那些香袋啊香餅的都好。」

進暖閣坐下，槿汐已擺了一桌的吃食：蜂蜜花生、核桃黏、蘋果軟糖、翠玉豆糕、栗子酥、雙色豆糕。

淳常在道：「御膳房裡傳下的菜真沒味兒，嘴裡老淡淡的。」

眉莊道：「他們那裡對付著慶典時的大菜是沒錯兒的，若真講起好來，還不如我們的小廚房裡來的新鮮合胃口。」

我朝淳常在道：「眾口難調罷了。妳不是上我這兒來嘗鮮了嗎？」

淳常在早已塞了一塊翠玉豆糕在嘴裡，手裡還抓著一塊蘋果軟糖，眼睛盯著那盤蜂蜜花生道含糊其詞道：「要不是莞姐姐這裡有那麼多好吃的，我可真要打饑荒了。」

眉莊憐愛地為她拿過一盞鮮牛奶茶，我輕輕地拍她的背心：「慢慢吃，看噎著了回去哭。」

流朱捧了一個黃楊木的的籤筒來，裡面放著一把青竹花名籤子，搖了一搖，放在當中。眉莊笑道：「我先說在前面，不過是閨閣裡的玩意、鬧著玩兒的，不許當真。」

眾人起鬨道：「誰當真了？玩兒罷了，妳先急什麼？」

眉莊臉微微一紅：「我不過白囑咐一句罷了。」

眾人比著年齡，眉莊年紀最長，我次之，然後是陵容和淳兒。眉莊邊搖著筒取了一根花籤邊道：「我先來罷，只看手氣那樣壞，失了綵頭。」抽出來自己先看一回，又笑著說：「果真是玩意罷了。」隨手遞給我們看，那竹籤上畫一簇金黃菊花，下面又有鐫的小字寫著一句唐詩「陶令籬邊色，羅含宅裡香」[2]。

陵容笑道：「妳性愛菊花，住的地方叫『存菊堂』，如今又得聖眷，可不是『羅含宅裡香』？真真是沒錯兒。」

眉莊啐道：「看把陵容給慣的，我才說一句，她就準備了十句的話在後頭等著我呢。」

淳常在道：「惠姐姐原是最喜歡菊花的。」

陵容捂著嘴笑：「看我沒說錯吧？淳妹妹也這麼覺得。」

眉莊打岔道：「我可是好了，該嬛兒了。」說著把籤筒推到我面前。

我笑道：「我便我吧。」看也不看隨便拔了一枝，仔細看了，卻是畫著一枝淡粉凝胭的杏花，寫著四字「浩蕩風光」，並也鐫了一句唐詩「女郎折得慇勤看，道是春風及第花。」[3]。我一看「杏花」圖樣，觸動心中前事，卻是連臉也紅了，如飛霞一般。

淳常在奇道：「莞姐姐沒喝酒啊，怎地醉了？」

陵容一把奪過看了，笑道：「恭喜恭喜！杏者，幸也，又主貴婿。杏花可是承寵之兆呢。」

眉莊湊過去看了也是一臉喜色：「是嗎？杏主病癒，看來妳的病也快好了。纏綿病榻那麼久，如今天氣暖了，也該好了。」

淳常在握著一塊栗子酥道：「籤上不是說『春風及第』嗎，可是姐姐要考女狀元了，姐姐可要做狀元糕吃？」

陵容撐不住笑，一把摟了她道：「只心心唸唸著吃，『春風及第』是說妳莞姐姐的春來了呢。」

我舉手去捂陵容的嘴：「沒的說這些不三不四的村話，還教著淳兒不學好。」又對眉莊說：「這個不算，我渾抽的，只試試手氣。」

「賴皮的見的多了，只沒見過這麼賴皮的。」眉莊笑：「誰叫妳是東道主，容妳再抽一回吧。只是這回抽了再不能要賴了。」

我道了「多謝」，把籤筒舉起細細搖了一回，才從中掣了一枝道：「這回該是好的了。」抬目看去，卻是一枝海棠，依舊寫著四字，是「海棠解語」，又有小詩一句「東風裊裊泛崇光」作解，我抿嘴笑道：「原是不錯。我住著棠梨宮，今日早上堂前那兩株西府海棠又綻了花苞。」

眉莊看了一回笑：「的確說得好，海棠又名『解語花』，妳不就是一株可人的解語花嗎？」

陵容已把酒遞到我唇邊：「來來，飲了此杯作賀。」

我舉杯仰頭一飲而盡，一時起了興致，喚了流朱浣碧進來，笑著說：「東坡後句是『只恐夜深花睡去，故燒高燭照紅妝』。你們去取兩盞紅燈籠來，要大，替我照著堂前那海棠，別叫它睡了。」兩人一疊聲應著去辦了。

眉莊撫著我的臉頰道：「這丫頭今天可是瘋魔了。」

又讓陵容：「妳也抽一枝玩。」

陵容笑著答「是」，取了一枝看，自己一瞧，手卻一鬆把籤掉在了地上，雙頰緋紅欲醉，道：「這玩意不好，說是閨閣裡的遊戲，可多少混賴話在上頭。」

眾人不解，淳兒忙拾了起來，卻是一樹夾竹桃，底下注著「弱條堪折，柔情欲訴，幾重淡影稀疏，好風如沐」。眉莊用手絹掩著嘴角笑道：「別的不太通，這『柔情欲訴』我卻是懂得，卻不知道陵容妹妹這柔情要訴給誰去。」

我猛地憶起舊時之事，臨進宮那一夜陵容壓抑的哭聲彷彿又在耳邊重響，心中一凜，面上卻依舊笑著，裝作無意的對眉莊道：「這柔情自是對皇上的柔情了，難不成還有別人嗎？我們既是天子宮嬪，自然心裡除了皇上以外再沒有別的男子了。」

我雖是面對眉莊，眼角卻時刻看著陵容的反應，她聽見這話，失神祇是在很短的一瞬間。她的目光迅速地掃過我的神色，很快對著我們燦然笑道：「陵容年紀還小，哪裡懂得姐姐們說的『柔情』這話。」我微笑不語，話我已經說到份上了，陵容自然也該是聽懂了。

眉莊道：「陵容無故掉了花籤，該罰她一罰。不如罰她三杯。」

陵容急忙告饒道：「陵容量小，一杯下肚就頭暈，哪禁得起三杯，不行不行。」

我見桌上燃著的紅燭燭火有些暗，拔了頭上一根銀簪子去剔亮，不想那燭芯「啪」的爆了一聲，燭焰呼的亮了起來，結了好大一朵燈花。眉莊道：「今兒什麼日子，這樣多的好兆頭都在妳宮裡？」

陵容亦是喜氣洋洋：「看來姐姐的身子果然是要大好了。不如這樣，妹妹唱上一首向姐姐道喜。」

「這個倒是新鮮雅致，我還從未聽過容妹妹唱歌呢。就勞妹妹唱一支我們聽罷。」

陵容斂了斂衣裳，細細的唱了一支《好事近》：

花動兩山春，綠繞翠圍時節。雨漲曉來湖面，際天光清徹。

移尊蘭棹壓深波，歌吹與塵絕。應向斷雲濃淡，見湖山真色。

一時寂然無聲，陵容唱畢，淳兒癡癡道：「安姐姐，妳唱得真好聽，我連最好吃的核桃黏也不想著吃了。」

我驚喜道：「好個陵容！果然是深藏不露，我竟不知道妳唱得這樣好。真是『此曲只應天上有，人間哪得幾回聞』啊！」

眉莊聽得如癡如醉，道：「若早聽了她唱的歌，『妙音』娘子又算什麼？『妙音』二字當非妳莫屬。」

陵容紅著臉謙道：「彫蟲小技罷了，反倒叫姐姐們笑話。」

「什麼笑話，聽了這歌我將三月不知肉味了。」

說笑了一陣，又催淳常在抽了花籤來看，她放在我手中說：「莞姐姐替我看吧，我卻不懂。」我替她看了，畫的是小小一枝茉莉，旁邊注著「雖無艷態驚群目，幸有清香壓九秋」，另有小字「天公織女簪花」。

我心中一寒，頓覺不祥，即刻又微笑著對她說：「這是好話呢。」又勸她：「愛吃什麼再拿點，小廚房裡還剩著些的，妳去挑些喜歡的我叫小宮女給妳包了帶回去。」她依言聽了，歡喜地跳著去廚房。

眉莊關切道：「怎麼？抽到不好的嗎？」

我笑笑：「也沒什麼，只是沒我們那兩支好。」想了想又說：「花是好的，只是那句話看了叫人刺心。」

陵容問：「怎麼說？」

「天公織女簪花。相傳東晉女子在天公節簪花是為……織女戴孝。」

陵容臉色微變，眉莊強笑道：「閨閣遊戲罷了，別當真就是。」

正說著，眉莊的丫頭采月進來道：「稟小主，皇上今兒在虹霓閣歇下了。」

眉莊淡淡道：「知道了。妳先下去。」

見她出去，才曼聲道：「好個余娘子，這麼快就翻身了！」

陵容疑惑：「不是才剛放了閉門思過出來嗎？」

眉莊拈了一粒花生在手，也不吃，只在手指間捻來捻去，附在花生面上的那層紅衣在她白皙的指縫間輕飄飄落下，落了一片碎碎的紅屑。眉莊拍了拍手道：「這才是人家的本事呢。今兒已經是第三晚了，放出來才幾天就承恩三次……」眉莊微一咬牙，卻不說下去了。

「怎的那麼快就翻了身了？」我問道。

「聽說，她跪在皇上儀元殿外唱了一夜的歌，嗓子都啞了，才使皇上再度垂憐。」陵容眉間隱有憂色，手指絞著手中的絹子道：「那一位向來與惠姐姐不睦。雖然位分低微卻囂張得很。如今看來，皇上怕是又要升她的位分。」說話間偷偷地看著眉莊的神色。

我站起身來，伸手拂去眉莊衣襟上沾著的花生落屑，道：「既然連妳也忌諱她了，別人更是如此。若是她那囂張的品性不改，恐怕不勞妳費神別人已經先忍不住下手了。」

眉莊會意：「不到萬不得已，我絕不會輕易出手。」

我嫣然一笑：「濁物而已，哪裡值得我們傷神。」

眾人皆是不語，端然坐著聽著更漏「滴答滴答」地一滴滴響著。眉莊方才展眉笑道：「時候也不早了，我們先告辭。」

我送她們出了宮門，才回後堂歇下。午夜夢裡隱約聽見更鼓響了一趟又一趟，老覺得有笑影如一道明晃晃的日光堪破了重重杏花疊影，照耀在我面前。

註釋：

(1)《國風·唐風·綢繆》：這是一首鬧新房時唱的歌。詩三章意思相同，首兩句是起興，創造纏綿的氣氛，並點明時間；下四句是用玩笑的話來戲謔這對新夫婦：問他在這良宵美景中，將如何享受這幸福的愛情。

(2)「陶令籬邊色，羅含宅裡香。」出自唐代李商隱《菊花》。

(3)「女郎折得慇勤看，道是春風及第花」一句出自唐代鄭谷《曲江紅杏》。

十、杏

清早起來卻是下雨了，起先只是淅淅瀝瀝的如牛毛一般，後來竟是愈下愈大，漸成覆雨之勢，嘩嘩如柱，無數水流順著殿簷的瓦鐺急急的飛濺下來，撞得簷頭鐵馬叮噹作響。天地間的草木清新之氣被水氣沖得瀰漫開來，一股子清冽冷香。

午後雨勢更大，我看一看天色，漫聲道：「流朱，取了傘與我出去。」

流朱臉色訝異道：「小姐，這麼大的雨哪兒也去不成啊。」

晶清上來勸道：「小主這是要上哪裡？這麼大的雨淋上身，越發不好了。」

槿汐亦勸：「不如待雨小了些小主再出門。」

我只說「去去就來」，再不搭理她們的勸告，流朱無奈道：「咱們小姐的脾氣一向如此，說一不二。」只得取了把大傘小心扶著我出去。

走至鞦韆旁，四周並無一人，杏花疏影裡只聞得雨水匝地的聲音。我低頭看了看被雨水打濕的繡鞋和裙角，微微歎了一口氣，原來他竟沒有來。自己想想也是好笑，人家堂堂王爺大雨天氣不待在王府裡賞雨吟詩，好端端的跑來宮裡作甚？也許他昨日只是一句戲語，只有我當真了；又或許他是真心邀我共賞曲譜，只是礙於天氣不方便進宮。胡思亂想了一陣，他還是未來。風雨中頗有寒意，流朱緊挨著我小聲問：「小姐，不如我們先回去吧。」

我望著眼前如千絲萬線織成的細密水簾只是默然，流朱不敢再言語，我微微側頭，看見她被雨水打得精濕的一邊肩膀，身體猶自微微發抖，心下油然而生憐意，道：「難為妳了，咱們先回去吧。」

流朱忙應了聲「是」，一路扶著我回去了。槿汐見我們回來，忙煮了濃濃的一劑薑湯讓我們喝下，我又讓流朱即刻下去換了衣裳。

雨夜無聊，我坐在暖閣裡撫琴，原是彈著一首《雨霖霖》，聽著窗外飛濺的的雨水聲，竟有些怔怔的，手勢也遲緩起來，浣碧端了新鮮果子進來，在一旁道：「小姐是在彈奏《山之高》嗎？」

我回過神來，道：「怎麼進了宮耳朵就不濟了？這是《雨霖霖》。」

浣碧驚訝道：「小姐自己聽著，可是《雨霖霖》嗎？」

我心下一驚，怎麼我信馬由韁的彈奏的曲子竟是《山之高》嗎，自己怎不曉得？我喚流朱進來，問：「我剛才彈的曲子如何？」

流朱道：「小姐是說剛才那首《山之高》嗎？從前聽來並不比其他的曲子好，今日聽了不知怎的心裡老酸酸的。」

我心裡一涼，半天才說：「去點一盞檀香來。」

流朱答了「是」，浣碧極小聲的說：「如今春日裡，可不是點檀香的季節。小姐可是心煩嗎？」

我瞅她一眼，說：「我累了，去睡吧。」

我躺在床上輾轉反側，難以入眠。檀香，原是靜神凝思的香。我知道，我怎能不煩亂呢？山之高，月出小。月之小，何皎皎！我有所思在遠道。一日不見兮，我心悄悄。向來琴聲流露人心，我竟是心有所思，且一日不見便心裡放不下嗎？這對於我來說是一件多麼可怕而危險的事情！

他是清河王，我是莞貴人，我們之間從來不可能有什麼交集，即使我只是一個幽居無寵的貴人。我明白，從我在雲意殿上被記錄名冊之後，我這一輩子注定是那個我從未看清容顏的皇帝女人。我竟這樣對旁的男人，尤其是皇帝的弟弟牽念，對我而言根本是有害無益。我「呼」地翻身從床上坐起，靜靜看著床邊蟠花燭台燃著的紅燭上小小的跳躍的火苗。暗自想道，從這一刻起，在我對他還能夠保持距離的時候，我再不能見他。

既然下定了心意，我連著三五日沒往鞦韆架那裡去。眉莊也連著幾日不來，說是皇帝前幾日淋了雨，受了些風寒，要前去侍駕。我心知皇帝身子不爽，清河王必定進宮探疾，更是連宮門也不出一步，生怕再遇上。

然而我心中也不好受，悶了幾日，聽聞皇帝的病好了，探疾的王公大臣們也各自回去了。這才放心往外邊走走散心。

素日幽居在棠梨宮內，不過是最家常的素淡衣裙，頭上也只零星幾點素淨珠翠，遠離盛裝華服。臨出門心裡還是緊了緊，彷彿有那麼一星期盼，怕是還會遇見。重又端坐在銅鏡前，挑了一枝翡翠簪子插上，又抓了一把釘螺銀插針疏疏在髻上插成半月形狀。正舉著手拿了一對點珠耳環要戴，一側頭瞧見銅鏡邊緣紋的嫦娥奔月的樣子，想起前人的詩句「看碧海青天，夜夜此心何所寄」，心下猛地微微一涼，手勢也緩了下來。手一鬆，那對點珠耳環落在妝台上，兀自滴溜溜轉著，隱隱流轉淡淡的珠光。我內心頗覺索落，只覺自己這樣修飾甚是愚蠢，向來「女為悅己者容」，我卻是最不該視他為悅己者的。

甄嬛啊甄嬛，枉妳一向自詡聰明，竟是連這一點也看不穿嗎？如此捫心一問，反倒更難過了起來，我是看穿了的，可是竟是我看穿了如此還是難以自抑嗎？我到底是怎麼了，失常如此，不過是一個萍水相逢可遇而不可得的男子罷了。越是這樣想，越是不免焦心。終是百無聊賴，獨自走了出去。流朱見我一人，也跟著出來伺候。

春雨過後花葉長得更是繁盛，一夜間花蕊紛吐。那一樹杏花經了大雨沒有凋萎落盡，反而開得更艷更多，如凝了一樹的晨光霞影。只是春景不謝，那日的人卻不見了。

我心下黯然，流朱見我面色不豫，道：「我推小姐遛會兒鞦韆吧，鬆鬆筋骨也好。」也不知是不是流朱心不在焉，她的手勢極緩，才徐徐遛了幾下，忽聽得身後有女子厲聲的呵斥：「什麼人在鞦韆上！怎的見了余娘子還不過來！」

我聽得有人這樣對我說話，已是不快，仍是忍住下了鞦韆回身去看。卻見一個身材修長，穿著宮嬪服色，頭戴珠翠的女子盈盈站在樹下，滿臉驕矜。身邊一個宮女模樣的人指著我喚：「還不過來，正是說妳。」我登時惱怒，仍極力忍著，維持著臉上的微笑，只站著不過去。流朱皺眉道：「我家小主是棠梨宮莞貴人。」

那宮女目光稍露怯色，打量我幾眼，見我衣著樸素，似是不信，只看著余娘子。余娘子掩口笑道：「宮中可有莞貴人這等人物嗎？我可從沒聽說過。」

那宮女像是極力回想著什麼，半晌道：「回稟小主，棠梨宮是住著位貴人，只是得了頑疾，甚少出門。」

余娘子目光一斂，走近前來道：「莞貴人好。」神色卻很是不恭，行禮也是稍稍點頭，連膝蓋也不屈一下。

我淡淡的笑道：「余娘子好。怎的這般有雅興出來往這些角落裡走動。」

余娘子眼角一飛，輕蔑的道：「妹妹要服侍皇上，哪像姐姐這般空閒？」停了停又說：「妹妹有句話想奉勸姐姐，姐姐既然身患頑疾就少出來走動好，免得傳染了別人越發招人嫌。」說完得意洋洋的笑著要走。我心中已然怒極，平白無故遭她羞辱一場，流朱惱得連眉毛也豎起來了。

我心念一轉，曼聲道：「多謝妹妹提醒，做姐姐的心裡有數了。不過姐姐也有一事要告訴妹妹。」

她「哦」了一聲，停住腳步驕矜的看著我：「不知姐姐有何高見？」

我含笑道：「聽聞皇上向來喜歡禮儀周全的女子。姐姐想告訴妹妹，妹妹剛才對著我行的那個禮甚是不好，想必是妹妹對宮中禮儀還不熟悉。不如這樣，我讓我的侍女流朱示範一下。」說著看一眼流朱。

流朱立刻領會，朝余娘子福一福道：「請小主看著。」說罷朝我屈膝彎腰行禮，低著頭道：「妹妹虹霓閣余娘子參見莞貴人，莞貴人好。」

我含笑說：「常聽宮中姐妹誇余妹妹聰明，一定學會了，請按著剛才流朱示範的向本貴人再行一次禮吧。」

余娘子聽完這話，早已氣得口鼻扭曲，厲聲道：「妳一個入宮無寵的貴人，竟敢讓本小主恭恭敬敬的對著妳行禮參拜，妳也配！」

她身邊的宮女急忙扯了下她的袖子道：「小主，她……莞貴人的位分的確在妳之上，不如……」

余娘子惱羞成怒，一個耳光甩在那宮女臉上，那宮女的臉頓時高高腫起，退後了兩步，她罵道：「吃裡扒外的東西！膽小怕事，一點都不中用。」又朝我冷笑：「莞貴人不是真的以為只憑位分就能定尊卑的吧？皇上寵愛誰誰就是尊，否則位分再高也只是卑賤之軀！何況妳的位分也就是只越過我兩級而已，憑什麼敢指使我？」

我正要張口，不遠處一個熟悉的聲音冷冷道：「如果是朕指使的，要妳向莞貴人行禮參拜呢？」

我聞聲看去，那一張臉再是熟悉不過，心頭頓時紛亂迭雜，像幼年時生的一場寒熱病，臉上冷一陣，又燙一陣，恍然的交替著，只不自覺怔怔瞧著他，不知該如何是好。彷佛是不信，卻由不得我不信，普天之下除了他還有誰敢自稱為「朕」。

余娘子神情陡變，慌忙和宮女跪在地上，恭謹的道：「皇上萬福。」

皇帝點了點頭，並不叫她起來，她小心翼翼的問：「皇上怎麼來這兒了？」

皇帝眉毛一挑：「那妳怎麼來這裡了？」

余娘子怯聲道：「臣妾聽說皇上近來愛來這裡散心，想必風景一定很美，所以也過來看看。」

皇帝微笑，語氣微含譏誚，道：「可見妳不老實，這話說的不盡不實。」

余娘子見皇帝面上帶笑。也不深思，媚聲道：「臣妾只想多陪伴皇上。」

皇帝聲音一凜，雖依舊笑著，目光卻冷冷的：「怎麼妳對朕的行蹤很清楚嗎？」

余娘子見狀不對，身子一顫，立刻俯首不再言語。

他朝我微微一笑，我只愣愣的看著他不說話，流朱情急之下忙推了一下我的胳膊，我才醒過神來，迷迷茫茫的朝他跪下去，道：「臣妾棠梨宮甄氏參見皇上，皇上萬福。」流朱也急忙跪下磕了頭下去。

他一把扶起我，和顏悅色道：「妳的身子尚未痊癒，何苦行這樣大的禮。」又湊近我耳邊低聲說：「那日朕失約了，並不是存心。」

我紅了臉道：「臣妾不敢。」

「這幾日我日日來這裡等妳，妳怎麼都不出門？」

我急道：「皇上。」一邊使眼色瞟著余娘子，暗示他還有旁人在場。

他喚了流朱起來，道：「好生扶著妳家小主，她身子弱。」收斂了笑意，看著跪在地上大氣也不敢出的余娘子，緩緩道：「妳的老毛病沒有改啊，看來是朕上次給妳的懲罰太輕了。」

余娘子聽見我與皇帝的對話，額上的汗早已涔涔而下，如今聽皇帝的語氣中大有嚴懲之意，忙跪行上前兩步，扯住皇帝的袍角哭喊道：「皇上，臣妾知錯了。臣妾今日是糊塗油蒙了心才會衝撞了貴人姐姐，臣妾願意向莞貴人負荊請罪，還請皇上恕了臣妾這一回。」

皇帝厭惡地看了她一眼，並不答話，余娘子見勢不對，忙摘下了珠釵耳環膝行到我身前叩首哭泣道：「妹妹今日犯下大錯，不敢乞求貴人原諒。但求貴人看在與我都是一同侍奉皇上的份上，求皇上饒了我吧。」

我瞥一眼披頭散髮，哭得狼狽的余娘子，不禁動了惻隱之心，推開流朱的手走到皇帝面前婉聲道：「知錯能改，善莫大焉。臣妾想余娘子是真心知錯了，還請皇上饒了她這一次。」

皇帝瞥她一眼，道：「既是莞貴人親自開口替妳求情，朕也不好太拂了她的面子。只是妳屢教不改，實在可惡！」皇帝遠遠走出幾丈，拍手示意，幾叢茂密的樹後走出一個五十來歲的黃門內侍並十幾個羽林侍衛，上前請了安，又向我行禮，皇帝皺眉道：「就知道你們跟著朕。罷了，李長，傳朕的旨意下去，降余氏為更衣，即日遷出虹霓閣！」李長低著頭應了「是。」，正要轉身下去，皇帝看一眼瑟瑟發抖的余娘子，道：「慢著。余更衣，妳不是說莞貴人的位分只比妳高了兩級嗎。李長，傳旨六宮，晉貴人甄氏為莞嬪。」

李長嚇了一跳，面色為難道：「皇上，莞……小主尚未侍寢就晉封，恐怕……不合規矩。」

皇帝變了神色，言語間便有了寒意：「妳如今的差事當的越發好了，朕的旨意都要多問。」

李長大驚，忙磕了兩個頭告了罪下去傳旨。

皇帝笑吟吟的看我：「怎麼歡喜過頭了？連謝恩也忘了。」

我跪了下去正色道：「臣妾一於社稷無功，二於龍脈無助，三尚未侍寢，實實不敢領受皇上天恩。」

皇帝笑道：「動不動就跪，也不怕累著自己。朕既說妳當得起妳就必然當得起。」

我心下感動，皇帝看也不看余氏，只對著余氏身邊嚇得面無人色的宮女，口氣淡薄：「狗仗人勢的東西，去慎刑司做苦役罷！」兩人趕緊謝了恩攙扶著跌跌撞撞的走了。

十一、棠梨莞嬪

眾人見事畢，皆退了下去。流朱不知何時也不見了，只餘我與皇帝玄淩二人。我心裡微微發慌，暖暖的風把鬢角的散碎髮絲吹到臉上，一陣一陣的癢。皇帝攏了我的手默默往前走，淺草在腳下發出細微的嗦嗦聲音，和著衣聲悉碎。他的手有一點點暖，可以感覺得到掌心凜冽的紋路。我不敢縮手，臉像是燙得要燃燒起來，只曉得低著頭靜靜行走。低頭綽約看見腳下一雙軟緞繡花鞋，是閒時繡得的愛物。極淺的水銀白色夾了玫瑰紫的春蠶絲線繡成的片片單薄嬌嫩的海棠花瓣，像是我此刻初曉世事的一顆單薄的心。鞋尖上繡的一雙比翼齊飛的蝴蝶，蝶鬚上綴有細小圓潤的銀珠子，一步一走踏在碧青鮮嫩的青草之上，款款微有玲玲輕聲，仿若步步蓮花一路盛開。那蝴蝶也似撲在了心上，翅膀一搧一搧搧得我的心撲怦怦地跳得厲害。走到近旁不遠的寄瀾亭，不過是幾十步路，竟像是走了極遠的羊腸山路，雙腿隱隱的痠軟不堪。

進了亭子，皇帝手微微一鬆，我立刻把手袖在手中，只覺掌心指上膩膩的一層潮又是一層濕。他只負手立在我面前，看著我輕輕道：「那日大雨，朕並不是故意爽約。」我不敢接話，但是皇帝說話不答便是不敬，只好低首極輕聲的答了句「是」。他又說：「那日朕本來已到了上林苑，太后突然傳旨要朕到皇后殿中一聚，朕急著趕去，結果淋了雨受了幾日風寒。」

我聞言一急，明知他身子已經痊癒，正好端端站在我面前和我說話，仍是不由自主的脫口而出：「皇上可大好了？」說完自己也覺得問得愚蠢，大是失態，不由又紅了臉，低聲道：「臣妾愚鈍。」

他寬和的笑，說：「後來朕想著，那日的雨那麼大，妳又在靜養，定是不會出來了。」

我的聲音幾乎細不可聞：「臣妾並沒有爽約。」

他目光猛地一亮，喜道：「果真嗎？那妳可淋了雨，有沒有傷著身子？」

他這樣問我，我心中既是感泣又是歡喜，彷彿這幾日的苦悶愁腸都如濃霧遇見日光般散盡了，道：「多謝皇上關懷。臣妾沒淋著雨，臣妾很好。」

我的頭幾乎要低到胸前，胸口稀疏的刺繡花樣蹭在下巴上微微的刺癢。他右手的大拇指上戴著一枚極通透的翠玉扳指，綠汪汪的似太液池裡一湖靜水。四指托起我的下巴迫我抬頭，只見他目光清冽，直直的盯著自己，那一雙瞳仁幾乎黑得深不可測，唯獨看見自己的身影和身後開得燦若雲錦的杏花。我心中怦怦亂跳，自己也覺得花色紅灩灩的一直映到酡紅的雙頰上來，不由自主的輕聲道：「皇上為何欺騙臣妾？」

他嘴角上揚，笑影更深：「朕若早早告訴了，妳早就被朕的身份嚇得如那些嬪妃一般拘束了。還怎敢與朕無拘無束品簫賞花，從容自若？」

我垂下眼瞼盯著繡鞋：「皇上戲弄臣妾呢，非要看臣妾不知禮數的笑話。」

皇帝朗聲笑起來，笑了一會兒，才漸漸收斂笑容，看著我道：「若我一早說破了，妳只會怕我，畏我，獻媚於我，那不是真正的妳。」他轉手搭在朱色亭欄上極目眺望著遠處，像是要望破那重重花影，直望到天際深處去，「朕看重妳，也是因為妳的本性。若妳和其他的妃子沒什麼兩樣，朕也不會重視和妳的約定。」

我低頭看著他赤色的一角袍腳，用玄色的絲線密密的繡著夔紋，連綿不絕的紋樣，面紅耳赤答：「是。」又道：「臣妾愚鈍，竟一點都沒看出來。」

皇帝微微得意：「朕存心瞞妳，怎能讓妳知道。只是辛苦了六弟，常被朕召進宮來拘著。」

我屈一屈膝：「皇上心思縝密，天縱奇才，臣妾哪能曉得。」

他突然伸手握一握我的手，問：「怎麼手這樣冷？可是出來吹了風的緣故？」

我忙道：「臣妾不冷。」

他「唔」了一聲，「妳出來也久了，朕陪妳回去。」

我正急著想說「不敢」，他忽地一把打橫將我抱起，我輕輕驚呼一聲，本能地伸出雙臂抱住他的頸，長長的裙裾輕軟曳過，似一張飛拂張開的蝶翅，驚艷的明媚一晃。他笑道：「步行勞累，朕抱妳過去。」

我大是惶恐，又不敢掙扎，只是說：「這會招來非議叫別人議論皇上，臣妾萬萬不敢。」

皇帝含笑道：「朕心疼自己喜歡的妃子，別人愛怎麼議論就議論去。」說著臉上閃過一絲促狹的笑意：「反正朕也不是第一次抱妳了。」

我羞得不敢再言語，只好順從的縮在玄凌懷裡，任由他抱著我回宮。我和他靠得這樣近，緊貼著他的胸口，他的身上隱約浮動陌生的香氣，這香氣雖極淡薄，卻似從骨子裡透出來，叫人陶陶然的愉悅。他著一身寬衽儒袖的赤色緙金袍，我著的碧湖青色糯裙被永巷長街的風輕輕拂起，裙上淺碧色的絲帶柔柔的一搭一搭吹在玄凌的衣上，軟綿綿的無聲。一路有內監宮女見了此情此景，慌忙跪在地上畢恭畢敬的三呼「萬歲」，低著頭不敢抬眼，卻是偷眼看去。玄淩的步子只是不急不緩，風聲裡隱約聽得見我頭上釵環輕輕搖動碰撞的微聲，玲玲一路而去。

棠梨宮這座自我入住以來除了太醫外從沒有男人踏足的宮室，因為皇帝玄淩的到來而有了不同尋常的意義。當皇帝抱著我踏入這座平日裡大門緊閉的宮苑時，所有在庭院裡灑掃收拾的內監宮女全都唬了一跳，又驚又喜地慌著跪下請安。顯然流朱已經讓所有的人都知道我被晉封為嬪，只是沒有想到我回來的方式是如此出乎人的意料。

乍然見了朝夕相處的那些人，又窘又羞，輕輕一掙，皇帝卻不放我下來，也不看他們一眼，只隨口說著「起來」，逕直抱著我進了瑩心堂才放我下地。皇帝看了一眼一溜跟進來低眉垂手站在眼前的宮人們，淡淡的問：「妳做貴人時就這麼幾個人伺候著？」

我恭聲答道：「臣妾需要靜養，實在不用那麼些奴才伺候。」

「那也不像話。誰是這宮裡的首領內監和掌事宮女？」

槿汐跪下道：「奴婢棠梨宮掌事宮女正七品順人崔槿汐參見皇上。回稟皇上，棠梨宮裡並無首領內監。」皇帝微露疑惑之色，槿汐道：「原本康祿海是宮中首領內監，麗貴嬪要了他去當差事了。」

皇帝面色稍稍不豫，靜了靜道：「這也是小事。」又對我說：「妳宮裡沒個首領內監也不行。朕明日叫內務府裡挑幾個老成的內監，妳選一個在妳宮裡管事。」

我含笑道：「哪裡這樣麻煩。不如就讓我宮裡的小允子先頂了這差使，我瞧著他還行，就讓他歷練歷練吧。」

小允子立刻機靈地俯在地上道：「奴才謝皇上恩典，謝小主賞識。奴才一定盡心竭力伺候好小主。」

皇帝笑著對我道：「妳說好就好吧，省得外頭調來的人摸不準妳的脾性。」又對小允子道：「妳家小主賞識你給你體面，你更要好好辦事，別讓你小主煩心。」

小允子忙了磕了三個響頭，大聲道：「是，奴才遵旨。」

皇帝道：「如今晉了嬪位，該多添幾個人了。明日讓內務府挑選些人進來，揀幾個好的在宮裡。」

我微笑道：「謝皇上，但憑皇上做主。」

皇帝溫和的道：「妳早些歇息，好好靜養著。朕過兩天再來看妳。」

我跟隨他走到宮門前，見宮外早停了一架明黃肩輿，幾十個宮女內監並羽林侍衛如雕像般站著，見皇帝出來，才一齊跪下請了安，我屈膝恭謹道：「恭送皇上。」

見那一群人迤邐而去，那明黃一色漸漸遠了，方才回到堂中。

眾人一齊跪下向我道喜，小允子含淚道：「恭喜小主，小主終於苦盡甘來了。」

眾人眼中俱是淚光，我含笑道：「今兒是好日子，哭什麼呢。」又看著小允子道：「如今你出息了，可要好生當著差。妳還年輕，有事多跟著崔順人學，別一味的油嘴滑舌，該學著沉穩。」

小允子鄭重其事的答應了。

我道一聲「乏了」，便吩咐他們散了。

我信步走進西暖閣裡，隱藏的心事漸漸湧了上來。我竟是避不開這紛紛擾擾的宮闈之鬥嗎？還是命中早已注定，我這一生的良人就是皇帝了呢？這宮闈間無盡的鬥爭真是叫我害怕和頭痛。

我非常清楚的知道，從今日皇帝出聲的那一刻起，我再不是棠梨宮中那個抱病避世的莞貴人了。想必後宮之中盡人皆知，我已成為皇帝的新寵，尚未侍寢而晉陞為嬪，又被皇帝一路招搖的抱回宮中，恐怕已是六宮側目，議論紛紛了罷。

然而我也並非不歡喜，我所喜歡的人正是這世間唯一一個堂堂正正與我相愛的人，再不用苦苦壓抑自己的情思。只是這分情意，是逼得我要捲入後宮無休無止的鬥爭中了。這份情意，到底是要還是不要？恐怕於我於玄凌都是由不得不要了，他待我如此恩寵，而我對他真的是能割捨得下嗎？我曾祈求「願得一心人，白頭不相離」，而我的一心人偏偏是這世間最無法一心的人，可以供他選擇和享用的太多太多。我望著窗外滿目春色，心裡如一團亂麻攪在一起。

正在心神不定間，卻聽得眉莊和陵容攜了手進來。眉莊滿臉喜色，興奮得臉都紅了，一把拉著我的手緊緊握住，喜極而泣道：「好！好！終於有了出頭之日了！」

陵容急忙向我福一福道：「參見莞嬪小主。」

我慌忙扶她道：「這是做什麼？沒的生分了。」

陵容笑著道：「眉姐姐歡喜瘋了，我可還醒著神。規矩總是不能廢的，要不然知道的說姐姐妳大度不拘小節，不知道的可要說我不識好歹了。」

三人牽著手坐下，浣碧捧了茶進來，問了安。眉莊笑道：「好，你們小姐得意，這一宮的奴才也算熬出頭了。」浣碧笑著謝了退了下去。

陵容嗔怪道：「姐姐怎麼悄沒聲息的就成了莞嬪，瞞得這樣好，一絲風聲也不露。」

我笑道：「好妹妹，我也實是不知道，只不過在上林苑裡偶然遇見了皇上。」

眉莊打趣道：「古人云『不鳴則已，一鳴驚人』，說的就是妳吧。我在宮中坐著，聽得消息還以為是訛傳。」

陵容接口道：「還是皇上身邊的李內侍傳了旨意下來，我們才信了。急忙拉了眉姐姐來給妳道喜。」轉身向眉莊道：「我說的不錯吧。我們可是拔了頭籌第一個到的。」轉身向眉莊道：「那天夜裡抽的花籤果然有幾分意思，可不是妳承寵了嗎。」忽而看了看左右，壓低聲音道：「皇上可臨幸妳了？」

我不由得面紅耳赤，陵容也紅了臉。我低頭嗔道：「姐姐怎麼這麼問。」

「妳且說，自家姐妹有什麼好害臊的。」我搖了搖頭。眉莊驚訝道：「果真沒有？妳不欺我？」

我紅著臉，低聲道：「妹妹在病中，怎好侍寢。」

眉莊拍手道：「皇上果然看重妳！這未曾侍寢而晉封的大周開朝以來怕是少有的啊！」

我並不如眉莊期待般歡喜，靜了片刻，才道：「正是因為未曾侍寢而晉封，這隆寵太盛，恐怕反是不妙啊。」

陵容亦是皺眉道：「怕是明裡暗裡的已經有人蠢蠢欲動了。」

眉莊微一變色，沉吟片刻道：「如今妳深受皇恩，她們也不敢太把妳怎麼樣。只要妳榮寵不衰，行事小心，也不會有礙了。」又問：「聽說余娘子突然遭皇上厭棄降為最末等的更衣，與妳晉封的旨意幾乎是同時傳下來的，中間可有什麼緣故？」

我歎氣道：「正是她在上林苑中出言羞辱我，才引起了皇上注意。」

眉莊挑眉輕輕冷笑一聲，道：「瞧她那個輕狂樣子，連比她位分高的小主都敢出言羞辱，當真是自取其辱！」

陵容接口道：「這樣更好。有了她做榜樣，就沒人再敢輕易招惹姐姐了。」

我仍是發愁：「若是弄巧成拙，一旦失寵，豈不是連累甄家滿門。」

眉莊握住我手，正色道：「事到如今，恐怕不是妳一己之力避得開的。妳已經受人矚目，若是現在逃避，將來也只有任人宰割的份。」她手上加力一握，「況且，有皇上的保護總比妳一個人來的好吧？」

陵容拍拍我的手安慰道：「姐姐別憂心，現下最要緊的就是把身子養好，成為名副其實的莞嬪。」

眉莊眼中閃著明亮的光芒，點頭道：「陵容說的不錯。只要妳我三人姐妹同心，一定能在這後宮之中屹立不倒。」

十二、侍兒扶起嬌無力

眉莊和陵容走後，棠梨宮中又熱鬧起來。那熱鬧從皇帝豐厚而精美的賞賜一樣一樣的進入我的宮室開始，由於有了皇帝介入的緣故，這熱鬧遠遠勝於我入宮之初。

我突如其來的晉封和榮寵引起了這個表面波瀾不驚的後宮極大的震動和衝擊，勾起了無數平日無所事事的人的好奇心，以至於幾乎在我晉封的同一刻被貶黜的余更衣的故事像是被捲入洶湧波濤中的一片枯葉般被迅速湮沒了，除了少數的幾個人之外沒人再關心她的存在，昔日得寵高歌的余更衣的消失甚至不曾激起一絲浪花。而後宮眾人的好奇心伴隨著羨慕和妒恨以禮物和探望的形式源源不斷的流淌到我的宮中，讓我應接不暇。

日暮時分，皇帝終於下了旨意，要我除他和太醫之外閉門謝客好好養病。終於又獲得暫時的清閒。

我在這生疏而短暫，充滿了好奇、敵意和討好的熱鬧裡下了一個很重要的決定。我決定以迎接戰鬥的姿態接受皇帝的寵愛，奉獻上我對他的情意和愛慕。我不知道這是不是一條充滿了危險和荊棘的道路。但是那個春光明媚的下午和皇帝玄凌的笑容為我開啟了另一扇門，那是一個充滿誘惑和旖旎繁華的世界，是我從未接觸過的，儘管那裡面同時也充斥著刀光劍影和毒藥的脂粉香氣，但是我停止不了我對它的嚮往。

這個晚上我在鏡子前站立了良久，只做了一件事，就是把自己獨自關在後堂裡，然後點燃了滿室的紅燭，看著鏡子裡的自己。我穿上最美麗的衣服，戴上最華麗的首飾，然後把衣服一件一件穿上又脫下。我凝視著鏡子裡自己美好的年輕的臉龐和身體，忽然懷疑我是否要這樣一生沉寂下去，在這寂寂深宮裡終老而死。這讓我想起曾經在書上看到的兩個成語，叫做「孤芳自賞，顧影自憐。」

玄凌的出現讓我突然愛上《詩經》和樂府裡那些關於愛情的美妙的詩句。即使我在以為他是清河王之後決定扼殺自己對他思念，可是我無法扼殺自己的想像。在我的想像裡，那些美好的愛情故事的男女主角一律成了我和他。在那幾天裡我一直懷疑這樣的想像會不會持續我的一生，成為我沉寂枯燥的生命裡唯一的樂趣；有時，我會想，溫實初冒昧的求婚和這個明朗的春天是否會成為我唯一值得追憶和念念不忘的事。我甚至想，如果如眉莊所說，依靠皇帝的力量，我的家族能否有更好的前途，我的人生因為他也許稀薄也許厚重的寵愛而變得更有意義一些。

我在自己的身體和面容上發現了一些蟄伏已久的東西，現在我發現它們在蠢蠢欲動。很好，它們想的和我一樣。

既然已經決定了，那麼，我要一個最好的開場，讓我一步一步踏上後宮這個腥風血雨之地。

我一件一件無比鄭重的穿上衣服，打開門時我的神色已經和往常沒有什麼兩樣，我對小連子說：「去太醫院請溫大人來。」

溫實初到來的速度比以往任何一次都快。我摒開所有人，只留了流朱浣碧。見他急切的神情，我已瞭然他聽聞了這件事。

宮闈之事，盛衰榮辱，永遠是不長腳又跑得最快的，可以遍佈到宮廷的每一個犄角旮旯裡，連最細小的門縫裡，都隱藏著溫熱的傳聞和流言。

我開門見山道：「躲不過去了。」

他的神色瞬間黯淡了下來，轉瞬間目光又被點燃，道：「臣可以向皇上陳情，說小主的身體實在不適宜奉駕。」

我看著他：「如果皇上派其他的太醫來為我診治呢？我的身體只是因為藥物的緣故才顯病態，內裡好的很。若是查出來，你我的腦袋還要不要？你我滿門的腦袋還要不要？」

他的嘴微微張了張，終是沒說出什麼，目光呆滯如死魚。

我瞟他一眼，淡淡道：「溫大人有何高見？」

他默然，起來躬身道：「臣，但憑莞嬪小主吩咐。」

我溫和的說：「溫大人客氣了。我還需要你的扶持呢，要不然後宮步步陷阱，嬛兒真是如履薄冰。」

溫實初道：「臣不改初衷，定一力護小主周全。」

我含笑道：「那就好。請溫大人治好嬛兒的病，但是不要太快治好，以一月為期。」

「那臣會逐漸減少藥物的份量，再適時進些補藥就無大礙了。」

浣碧送了他出去，流朱道：「小姐既對皇上有意，何不早早病癒？是怕太露痕跡惹人疑心嗎？」

我點頭道：「這是其一。更重要的是皇帝的心思。我的病若是好得太快，難免失於急切。妳要知道，對於男人，越難到手就是越是珍惜，越是放不下，何況他是帝王，什麼女子沒有見過，若我和別的女子一樣任他予取予求，只會太早滿足了他對我失去興趣。若是時間太久，一是皇上的胃口吊的久了容易反胃；另外後宮爭寵，時間最是寶貴。若是被別人在這時間裡捷足先登，那就悔之晚矣了。」

流朱暗暗點頭：「奴婢記下了。」

我奇道：「妳記下做什麼？」

流朱紅了臉，囁嚅道：「奴婢以後嫁了人，也要學學這馭夫之術。」

我笑得喘氣：「這死丫頭，才多大就想著要夫婿了。」

流朱一扭身道：「小姐怎麼這樣，人家跟妳說兩句體己話妳就笑話我。」

我勉強止住笑：「好，好，我不笑妳，將來我一定給妳指一門好親事，了了妳的夙願。」

次日，內務府總管黃規全親自帶了一群內監和宮女來我宮裡讓我挑選。見了我忙著磕頭笑道：「莞主子吉祥！」

我微笑道：「黃總管記差了吧，我尚居嬪位，只可稱『小主』，萬不可稱『主子』。」

黃規全吃了個閉門羹，訕笑道：「瞧奴才這記性。不過奴才私心裡覺得小主如此得聖眷，成為主子是遲早的事，所以先趕著叫了聲兒給小主預先道賀。」

我含笑道：「我知道妳是好意。可旁人不知道的會以為你當了這麼多年的內務府總管還不懂規矩，抓了你的小辮子可就不好了。也沒的叫人看著我輕狂僭越。」

一席話說完，黃規全忙磕著頭道：「是是是，奴才記住小主的教誨了。」

我命了黃規全起來，他躬著腰，臉上堆滿了小心翼翼的討好的笑容，畢恭畢敬的說：「啟稟主子，這些個宮女內監全是精挑細選出來的，個個拔尖兒。請小主選個八個內監和六個宮女。」

我掃了地下烏鴉鴉的一群人，細心挑了樣子清秀、面貌忠厚、手腳靈便的十來個人，對小允子和槿汐道：「就這幾個了，帶下去好好教導著。」

黃規全見小允子領了人下去，陪笑指著身後跪著的一個小太監道：「奴才昏聵。因前幾日忙著料理內務府的瑣事，把給小主宮裡的桌椅上漆那回事指給了小路子辦。誰知這狗奴才辦事不上心，竟渾忘了。奴才特特帶了他來給小主請罪，還請小主發落。」

我還不及答話，佩兒見我裙上如意佩下垂著的流蘇被風吹亂了，半蹲著身子替我整理，口中道：「黃公公的請罪咱們可不敢受，哪裡擔待得起呢？沒的背後又聽見些不該聽見的話，叫人嗆得慌！」

我嗔斥道：「越發不懂規矩了，胡說些什麼！」佩兒見我發話，雖是忿忿，也立刻噤了聲不敢言語。

黃規全被佩兒一陣搶白，臉色尷尬，只得訕笑著道：「瞧佩姑娘說的，都是奴才教導下面的人無方。」

我微笑道：「公公言重了。公公料理這內務府中的事，每天少說也有百來件，下面的人一時疏忽也是有的，何來請罪之說呢。只是我身邊的宮女不懂事，讓公公見笑了。」

黃規全暗自鬆一口氣，道：「哪裡哪裡。多謝小主寬宥，奴才們以後必定更加上心為小主效力。」又笑道：「奴才已著人抬了一張新桌子來，還望小主用著不嫌粗陋。」

我點頭道：「多謝你心裡想著。去吧。」

黃規全見我沒別的話，告了安道：「莞嬪小主要是沒有別的事情奴才這就下去了，恭祝莞嬪小主身體泰健。」

眼見黃規全出去了。我沉下臉來呵斥佩兒：「怎麼這樣浮躁？言語上一點不謹慎。」

佩兒第一次見我拿重話說她，不由生了怕，慌忙跪下小聲說：「就這黃規全會見風使舵，先前一路剋扣著小主的用度，如今眼見小主得寵就一味的拿了旁人來頂罪拍馬……」

「我怎麼會不知道？自己心裡明白曉得提防就行，這樣當著撕破臉，人家好歹也是內務府的總管，這樣的事傳出去只會叫人家笑話我們小氣輕浮，白白的落人口實。」我微微歎氣：「我知道妳是為我好，只是不該爭一時的意氣。跟紅頂白的事見得多了，宮中人人都會做，不是只他黃規全一個。」

佩兒垂了頭，臉色含愧，低聲道：「奴婢知錯了。」

「記著就好。不過妳警醒那奴才兩句也好，也讓他有個忌憚，只是凡事都不能失了分寸。」

我喚了槿汐過來道：「妳去告訴底下的人，別露了驕色，稱呼也不許亂。如今恐怕正有人想捉我們的錯處呢。」

槿汐答「是」，又道：「有件事奴才想啟稟小主。」

「妳說。」

「黃規全是華妃娘娘的遠親……」

我舉手示意她不必再說下去，「我知道了。正想跟妳說這事，這些新來的內監宮女雖是我親自挑的，但都是外面送來的人。妳和小允子打起十二分的精神給我好好的盯著，不許他們有什麼手腳。另外，只派他們做粗活，我近身的事仍由你們幾個伺候。」

槿汐道：「奴婢和允公公必定小心謹慎。」

我問道：「今日的藥煎好了沒？好了讓流朱拿進來我喝。」

自從玄凌親自關心起我的病情，太醫院更是謹慎，不敢疏忽，溫實初每日必到我宮中為我請脈。

藥量之事更不許別人插手，一點一點酌情給我減少，親自調製我藥量才交於宮女去煎。同時又以藥性不相沖的補藥為我調養。

皇帝隔一天必來看我，見我精神漸漸振作，臉上也有了血色，很是高興。

一日清早，我剛起了身，皇帝身邊的內監小合子滿臉喜氣來傳話，說皇帝下了早朝就要過來看我，讓我準備著。

晶清道：「皇上就要過來，小主要不要換身鮮亮的衣服接駕，奴婢幫小主梳個迎春髻可好？」

我只笑著不答，轉頭去問槿汐：「宮中后妃接駕大多是艷妝麗服吧？」

「是。宮中女子面聖，為求皇上歡喜，自然極盡艷麗。」

我含笑點頭，讓浣碧取了衣裳來。淺綠色銀紋繡百蝶度花的上衣，只袖子做得比一般的寬大些，迎風颯颯。腰身緊收，下面是一襲鵝黃繡白玉蘭的長裙。梳簡單的桃心髻，僅戴幾星乳白珍珠瓔珞，映襯出雲絲烏碧亮澤，斜斜一枝翡翠簪子垂著細細一縷銀流蘇。

晶清試探著說：「小主穿著好美，只是素淡了些。」

我只笑著，「這樣就好了。」宮中女子向來在皇帝跟前爭奇鬥艷，極盡奢麗，我只穿得素雅，反而能叫他耳目一新。

梳妝打扮停當，過不片刻皇帝就到了。我早早在宮門前迎候，見了他笑著行了禮。他攙住我道：「外頭風大，怎麼出來了。快隨我一同進去。」

我謝了恩站起身來，玄凌見了我的服飾，果然目光一亮，含笑道：「清水出芙蓉，天然去雕飾。朕的莞嬪果然與眾不同。」

我聽他讚許，心中歡喜，含羞道：「皇上不嫌棄臣妾蒲柳之質罷了。」

進堂坐下，早有小宮女備下了錦緞墊子鋪在蟠龍寶座上，又焚了一把西越所貢的瑞腦香在座側的錯金波斯文紐耳銅爐裡，淡白若無的輕煙絲絲縷縷沒入空氣中，一室馥郁裊繞。我見玄凌坐下，才在他身側的花梨木交椅上坐了。

玄陵微微頷首道：「此香甚好。聽了一早上朝臣的奏折，正頭昏腦脹的。」我抿嘴一笑，看來我沒讓人預備錯。

我婉聲道：「皇上一早下了朝便過來看臣妾。想必皇上也累了，臣妾去奉一盞茶來好不好？」

玄凌微笑道：「這種事讓下人去做也就罷了，何必妳親自動手。」

「臣妾親自奉上的茶怎是旁人可以比的，還請皇上稍候。」我一笑翩然走進暖閣，少頃捧了一盞和闐白玉茶盞出來走到他面前，含笑道：「臣妾烹的茶，不知是否對皇上的脾胃?皇上可不要嫌棄才好。」嘴上說笑，心裡卻不由得有些忐忑，盼他品了茶能歡喜，又怕茶味不合他的意，若是他皺了眉頭不喜歡可怎麼好。

玄凌道：「妳親手調的，這心意朕最歡喜。」他接過去打開細白如玉的瓷碗一看，盞中盈盈生碧似裊裊的煙霞，茶香襲人肺腑，讚道「好香的茶」，飲了一小口，微微蹙眉沉思，又飲了一口。我心中一沉，以為他不喜，正惶然無措間，玄凌的眉毛慢慢舒展開來，笑意漸濃，看著我問：「這茶的味道格外清洌沁香，朕品了半日，茶葉是越州寒茶，有松針和梅花的氣味，其餘卻不分明，妳來告訴朕還放了什麼？」

我笑道：「皇上好靈的舌頭，這道茶叫『歲寒三友』，取松針、竹葉和梅花一起用水烹了，那水是夏天日出前荷葉上的露珠，才能有如斯清新。」

「古人云『茶可以清心也』，今日喝了莞卿妳的茶，朕才知古人之言並不虛。」

我臉上微微一紅，「皇上過獎了。也是機緣湊巧，臣妾去歲自己收了兩甕捨不得喝，特意帶了一甕進宮一直埋在堂後梨樹下，前兩日才叫人挖了出來的。」

「如今在棠梨宮裡還住得慣嗎？朕瞧著偏遠了些。」

「多謝皇上關懷。臣妾覺著還好，清靜的很。」我的聲音微微低下去：「臣妾不太愛那些熱鬧。」

玄凌的指尖滑過我的臉頰，抬手捋起我鬢角的碎髮，彷佛是滾燙的一道隨著他的手指條忽凝滯在了臉頰，只聽他輕輕說：「朕明白。棠梨清靜，地氣好，也養人。」他只笑著，一雙清目只細細打量我，片刻道：「朕瞧著妳氣色好了不少，應該是大好了。」

「原也不是什麼大病，是臣妾自己身子虛罷了。如今有皇上福澤庇佑，自然好得更快。」

玄凌只看著我含笑不語，目光中隱有纏綿之意。我見他笑容頗有些古怪，正悶自不解，一眼瞥見身畔侍立的槿汐紅了臉抿嘴微笑，忽然心頭大亮，不由得臉上如火燒一般直燒得耳根也如浸在沸水之中。

玄凌見我羞急，微笑道：「莞卿害羞起來真叫朕愛不釋手。」

我想到還有宮女太監侍立在側，忙想縮手，急聲道：「皇上……」

他的笑意更濃，「怕什麼？」

我回頭去看，不知什麼時候槿汐她們已退到了堂外，遙遙背對著我們站著。玄凌拉著我的手站起身來，輕輕把我擁入懷中。他的衣襟間有好聞的龍涎薰香，夾雜著瑞腦香的清苦味道，還有他身上那種盛年男子陌生而濃烈的氣息，直叫我好奇並沉溺。他的氣息暖暖的拂在脖頸間，有點點濕熱的意味，像夏日裡只穿了輕薄的衣衫貪一歇涼快。

窗外海棠的枝條上綻滿了欲待吐蕊的點點緋紅，玄凌靜靜的擁著我。時日暖和，瑩心堂內的窗紗新換成了的江寧織造例貢上用雨過天青色蟬翼紗，朦朧如煙，和暖的風吹得那輕薄的窗紗微微鼓起若少女微笑的腮。風吹過樹葉的聲音漱漱，像是極親密的低語喁喁。那聲音隔得那樣遠，彷彿是在遙不可及的彼岸，向我溫柔召喚。我雖是膽大不拘，此時只覺得掌心裡一點綿軟向週身蔓延開來，腦中茫茫然的空白，心底卻是歡喜的，翻湧著滾熱的甜蜜，只願這樣閉目沉醉，不捨得鬆一鬆手。

十三、正是新承恩澤時

玄凌甫走，槿汐走到我身邊耳語道：「聽敬事房說已經備下了小主的綠頭牌，看來皇上的意思是不日內就要小主侍寢了呢。」說罷滿面笑容行禮道：「恭喜小主。」

我羞紅了臉嗔道：「不許胡說。」庭院裡的風拂起我的衣帶裙角，翻飛如蝶。我用手指繞著衣帶，站了半晌才輕聲道：「我是否應該去向皇后娘娘問安了？」

槿汐輕聲道：「既然皇上沒有吩咐下來，小主暫時可以不必去，以免諸多紛擾。」想一想又道：「皇上既然已吩咐了敬事房，皇后娘娘想必也已知道，按規矩小主侍寢次日一早就要去拜見皇后娘娘。」

我「嗯」了一聲，徐徐道：「起風了。我們進去吧。」

此後幾日，皇帝三不五時總要過來一趟與我閒話幾句，或是品茗或是論詩，卻是絕口不提讓我侍寢的事。我也只裝作不曉得，與他言談自若。

那日早晨醒來，迷濛間聞到一陣馥郁的花香，彷彿是堂外的西府海棠開放時的香氣，然而隔著重重帷幕，又是初開的花朵，那香氣怎能傳進來？多半是錯覺，焚香的氣味罷了。起來坐在鏡前梳洗的時候隨口問了浣碧一句：「堂前的海棠開了沒？」

浣碧笑道：「小主真是料事如神，沒出房門就知道海棠已經開花了。奴婢也是一早起來才見的。」

我轉身奇道：「真是如此嗎？我也不過隨口那麼一問。若是真開了，倒是不能不賞。」

梳洗更衣完畢，出去果然見海棠開了，纍纍初綻的花朵如小朵的雪花，只是那雪是緋紅的，微微透明，瑩然生光。忽見那一刻，心裡突然湧起了一點預兆般的歡悅，笑道：「不枉我日日紅燭高照，總算是催得花開了。」

黃昏，我正在窗下閒坐，暮影沉沉裡窗外初開的海棠一樹香氣鬱郁醉人。有內監急促而不雜亂的腳步進來，聲音恭敬卻是穩穩，傳旨道：「皇上旨意，賜莞嬪泉露池浴。棠梨宮掌事崔槿汐隨侍。」循例接旨謝恩，我與槿汐互視一眼，知道這是侍寢的前兆。傳旨的內監客客氣氣的對槿汐道：「請崔順人趕快為小主快收拾一下，車轎已經在宮門外等候。」

泉露池，和闐白玉砌就。引宮苑近側嵋山溫泉入池，加以清晨露水。漢武帝為求長生不老，曾築仙人玉盤承接天上露水服用，謂之「仙露」。故名「泉露池」，意比神仙境界。賜浴泉露池於嬪妃而言是極大的榮寵。

泉露池分三湯，分別是帝、后、妃嬪沐浴之處。皇帝所用的「蓮花湯」進水處為白玉龍首，池底雕琢萬葉蓮花圖案；皇后所用的「牡丹湯」處為碧玉鳳凰半身，池底雕琢千葉牡丹圖案；妃嬪所用的「海棠湯」進水之處是三尊青玉鸞鳥半身。

整個泉露宮焚著大把寧神的香，白煙如霧。一宮的靜香細細，默然無聲，只能聞得水波晃動的柔軟聲音。白玉池雕琢滿無窮無盡的海棠連枝圖案，池水清澈如月光，燭光熒熒一閃，卻閃出無數七色星芒璀璨，如天際燦然的虹彩，映著池底漾出碩大無際的輕晃的海棠花瓣。

我微笑，早起的棠梨宮中也新開了海棠呢，於是有些熟悉的安心。那海棠花瓣一瓣瓣是棠梨宮裡的親切，又是泉露宮中的陌生。柔軟的皮膚觸在堅硬而溫熱的花紋上，是對未知的驚惶和預料中的穩妥，彷彿那玉琢的花瓣也在微癢地撩撥著起伏不定的心潮。水溫軟舒和，似一雙溫柔的手安撫著我徬徨的少女心境。熱氣騰騰地烘上面來裹住心，讓人暫時忘了身在何處的緊張。

轉眼瞥見一道陰影映在垂垂的軟帷外，不是侍立在帷外低首的宮女內監，帷內只有槿汐在側，誰能這樣無聲無息的進來？本能的警覺著轉過身去，那身影卻是見得熟悉了，此刻卻不由得慌亂，總不能這樣赤裸著身子見駕。過了片刻，我見他並不進來，稍微放心，起身一揚臉，槿汐立即將一件素羅浴衣裹我身上，瞬息間又變得嚴實。我這才輕輕一笑，揚聲道：「皇上要學漢成帝嗎？臣妾可萬萬不敢做趙合德。」

聽我出聲，帷幕外侍浴的宮人齊刷刷鉤起軟帷，跪伏於地，只玄凌一人負手而立，「嗤」一聲笑，隨即綳著臉佯怒道：「好大膽子，竟敢將朕比做漢成帝。」

我並不害怕，只屈膝軟軟道：「皇上英明睿智，才縱四海，豈是漢成帝可比分毫？只怕成帝見了皇上您也要五體投地的。」

玄凌臉雖綳著，語氣卻是半分責怪的意味也沒有，只有鬆快：「雖是奉承的話，朕聽著卻舒服。只是妳身在後宮怎知朕在前朝的英明？不許妄議朕的朝政。」

我垂首道：「臣妾不出宮門怎知前朝之事。只是一樣，皇上坐擁天下，后妃美貌固在飛燕合德之上，更重要的是賢德勝於班婕妤，成帝福澤遠遠不及皇上，由此可見一斑。」

他仰聲一笑：「朕的莞卿果然伶牙俐齒！」他抬手示意我起身，手指輕輕撫上我的鬢角，「莞卿美貌，可憐飛燕見妳也要倚新妝了。」

我微微往後一縮，站直身子，看著玄凌道：「臣妾不敢與飛燕合德相較，願比婕妤卻輦之德。」話語才畢，忽然想起班婕妤後來失寵於成帝，幽居長信宮侍奉王太后鬱鬱而終，心上猶蒙上了一層陰翳，不由得微覺不快。

玄凌卻是微笑，「仰傾城之貌，稟慧質之心，果真是朕的福氣。」他伸出右手在我面前，只待我伸手搭上。

有一瞬間的遲疑，是矜持還是別的什麼？只覺那溫泉的蒸氣熱熱的向湧上身來，額上便沁出細密的汗珠。濕髮上的水淋漓滴在衣上，微熱的迅速淌過身體，素羅的浴衣立刻緊緊附在身上，身形畢現。我大感窘迫，輕聲道：「皇上容臣妾換了衣飾再來見駕。」

他不由分說扯過我手，宮人皆低著頭。我不知道他要做什麼，連忙看向槿汐，槿汐不敢說話，剛取了外袍想跟上來。只聽玄凌道：「隨侍的宮女呢？」

槿汐答了聲「是」立即把衣服披我身上，寬鬆的袍子搖曳在地。他的聲音甚是平和，向外道：「去儀元殿。」逕直拉了我的手緩步出去。

永巷的夜極靜，夜色無邊，兩邊的石座路燈裡的燭火明明的照著滿地的亮。一溝清淺的新月遙遙在天際，夜風帶著辛夷花香徐徐吹來，把這個寧靜的夜晚薰出一種莫名的詩情畫意來。玄凌的手很暖，只執著我的手往前走，並不說一句話。他袖口密密的箭紋不時擦到我的袍袖，唏唏嗦嗦的微響，像是一種無意的親近。跟隨在身後的內侍宮女皆是默默無聲，大氣不聞。

泉露宮到儀元殿的路並不遠。漢白玉階下夾雜種著一樹又一樹白玉蘭和紫玉蘭，在殿前的宮燈下開著聖潔的花朵，像鴿子潔白的翅。

我隨著玄凌一步步拾階而上，心中已經瞭然等待我的將是什麼。我的步子有些慢，一步步實實的踩在台階上，甚是用力。

儀元殿是皇帝的寢殿，西側殿作御書房用，皇帝素來居於東側殿，方是正經的寢宮。並不怎的金碧輝煌，尤以精雅舒適見長。玄凌與我進去，我只低著頭跟著他走。澄泥金磚漫地的正殿，極硬極細的質地，非常嚴密，一絲磚縫也不見，光平如鏡。折向東金磚地盡頭是一闌朱紅門檻，一腳跨進去，雙足落地的感覺綿軟而輕飄，是柔軟厚密的地毯，明黃刺朱紅的顏色看得人眼睛發暈。

有香氣兜頭兜腦的上來，並不濃，卻是無處不在，瀰漫一殿。是熟悉的香，玄凌身上的氣味。抬起頭來，二十四扇通天落地的雪白鮫紗帷帳以流蘇金鉤挽起，直視寢殿深處。往前過一層，便有宮人放下金鉤，一層在身後翩然而垂。越往裡走，輕密的紗帷越多，重重紗帷漫漫深深，像是重疊的雪和霧，彷彿隔了另一個世界。

寬闊的御榻三尺之外，一座青銅麒麟大鼎獸口中散出淡薄的輕煙徐徐。榻前一雙仙鶴騰雲靈芝蟠花燭台，紅燭皆是新燃上的，加以雲絲刺繡如意團花圖案的大燈罩，一點煙氣也無。硬木雕花床罩雕刻著象徵子孫昌盛的子孫萬代葫蘆與蓮藕圖案，黃綾騰龍帷帳高高挽起，榻上一幅蘇繡彈花五福萬壽的錦被整齊平攤著。我只瞧了一眼，便窘了。

玄凌鬆開我手站住，立刻有宮人無聲無息上前，替他更衣換上寢衣。我見他當著我的面更衣，一驚之下立刻扭轉身去。玄凌在我身後「嗤」一聲笑，我更是窘迫。槿汐忙替我褪下外袍，她的手碰觸到我的手時迅速看了我一眼。我知道，我的手指是冰涼的。一時事畢，他揮一揮手，宮人皆躬身垂首無聲地退了下去。遙遠的一聲殿門關閉的「吱呀」，我極力控制著不讓自己去看被高大的殿門隔在外邊的槿汐，心裡不由自主的害怕。

有聲音欺在我耳後，低低的笑意，「妳害怕？」

我極力自持著鎮靜，雖在殿內緩緩的說：「臣妾不怕。」

「怎麼不怕?妳不敢看我。」他頓一頓，「向來妃嬪第一次侍寢，都是怕的。」

我轉過身來，靜靜直視著玄凌，娓娓道：「臣妾不是害怕。臣妾視今夜並非只是妃嬪侍奉君上。於皇上而言，臣妾只是普通嬪妃，臣妾視皇上如夫君，今夜是臣妾新婚之夜，所以臣妾緊張。」

玄凌微微一愣，並沒想到我會說出這樣一篇話來。片刻才溫言道：「別怕，也別緊張。想必妳身邊的順人早已教過妳該怎麼侍奉。」

我搖一搖頭：「臣妾惶恐。順人教導過該怎生侍奉君上，可是並未教導該怎樣侍奉夫君。」我徐徐跪下去：「臣妾冒犯，胡言亂語，還望皇上恕罪。」

雙膝即將觸地那一刻被一雙有力的手托起。玄凌頗動容：「從來妃嬪侍寢莫不誠惶誠恐，百般謹慎，連皇后也不例外。從沒人對朕說這樣的話。」他的聲音像是一汪碧波，在空氣中柔和的漾：「既是視朕為夫君，在夫君面前，不用這般小心翼翼。」

心中一暖，眼角已覺濕潤。雖是在殿中，只著薄薄的寢衣在身，仍是有一絲涼意。身體微微一顫，他立時發覺了，伸臂緊緊擁住我，有暖意在耳中：「別怕。」

雪白輕軟的帷帳委委安靜垂地，週遭裡靜得如同不在人世，那樣靜，靜得能聽到銅漏的聲音，良久，一滴，像是要驚破纏綿中的綺色的歡夢。

錦衾太光滑，彷彿是不真實一般，貼在肌膚上激起一層奇異的麻麻的栗粒，越發顯出我的生澀與懵懂。他的唇落在我的唇上時有一瞬間感覺窒息。身體漸次滾燙起來，彷彿有熊熊烈火自心尖燃燒。吻越深越纏綿，背心卻透著一絲絲冷意瀰漫開來，彷彿呼吸全被他吞了下去，皆不是我自己的。我輕輕側過頭，這是個明黃的天地，漫天匝地的蛟龍騰躍，似乎要耀花了眼睛。只餘我和他，情不自禁的從喉間逸出一聲「嚶嚀」，痛得身體躬起來，他的手一力安撫我，溫柔拭去我額上的冷汗，唇齒蜿蜒嚙住我的耳垂，漸漸墮入漸深漸遠的迷濛裡。

夜半靜謐的後宮，身體的痛楚還未褪盡。身邊的男子閉著眼沉睡，掙扎著起身，半幅錦被光滑如璧，倏忽滑了下去，驚得立刻轉過頭去，他猶自在夢中，紋絲未動。暗暗放心，躡手躡腳把錦被蓋在他身上，披衣起身。仙鶴騰雲靈芝蟠花燭台上的燭火燃燒了半夜，燭淚垂垂凝結如一樹燦爛的珊瑚樹，連那淚跡亦彷彿是含羞而愉悅的。燭火皆是通明如炬，並未有絲毫暗淡之像。只是這宮中靜謐，那明光也似無比柔和照耀。

「妳在做什麼？」玄淩的聲音並不大，頗有幾分慵意。

我轉過身淺笑盈盈，喜孜孜道：「臣妾在瞧那蠟燭。」

他支起半身，隨手扯過寢衣道：「蠟燭有什麼好瞧，妳竟這樣高興？」

「臣妾在家時聽聞民間嫁娶，新婚之夜必定要在洞房燃一對紅燭洞燒到天明，而且要一雙燭火同時熄滅，以示夫妻舉案齊眉，白頭到老。」

「哦？」他頗感興味。

我微感羞澀，「不過民間燃的皆是龍鳳花燭，眼前這雙紅燭，也算是了。」

「妳見那紅燭高照，所以高興。」我低了頭只不說話。他坐起身來，伸手向我，我亦伸手出去握住他手，斜倚在他懷裡。

我見他含著笑意，卻是若有所思的神態，不由輕聲道：「皇上可是在笑臣妾傻？」

他輕輕撫住我肩膀：「朕只覺妳赤子心腸，坦率可愛。」他的聲音略略一低，「朕這一生之中，也曾徹夜燃燒過一次龍鳳花燭。」

我微微一愣，脫口問道：「不是兩次嗎？」

他搖了搖頭，口氣有一絲不易察覺的生硬：「宜修是繼後，不需洞房合巹之禮。」我大感失言，怕是勾起了皇帝對純元皇后的傷逝之意，大煞眼前風景，不由得默默，偷眼去看他的神色。

玄凌卻是不見有絲毫不悅與傷神，只淡淡道：「天下男子，除卻和尚道士，多半都有一次洞房合巹之夜。」他略一停，只向我道：「妳想與朕白頭偕老？」

我靜靜不語，只舉目凝視著他，燭影搖紅，他的容色清俊勝於平日，淺淺一抹明光映在眉宇間甚是溫暖，並無一分玩笑的意味。

我低低依言：「是。」嘴角淡淡揚起一抹笑，「天下女子，無一不作此想。臣妾也不過是凡俗之人。」臉上雖是凝著笑意，心底卻漫漫泛起一縷哀傷，絞雜著一絲無望和期盼，奢望罷了，奢望罷了。握著他手的手指不自覺的一分分鬆開。

他只凝神瞧著我，眼神閃過一色微藍的星芒，像流星炫耀天際，轉瞬不見。他用力攥緊我的手，那麼用力，疼得我暗暗咬緊嘴唇。聲音沉沉，似有無限感歎：「妳可知道？妳的凡俗心意，正是朕身邊最缺憾的。」他擁緊我的身體，懇然道：「妳的心意朕視若瑰寶，必不負妳。」

如同墜在驚喜與茫然的雲端，彷彿耳邊那一句不是真切的，卻是實實在在的耳畔。不知怎的，一滴清淚斜斜從眼角滑落，滴在明黃的軟枕上迅速被吸得毫無蹤跡。

他摟過我的身體，下頷抵在我的額上，輕輕拍著我的背道：「別哭。」

我含笑帶淚，心裡歡喜，彷彿是得了一件不可期望的瑰寶，抬頭道：「皇上寢殿裡有筆墨嗎？」

「要筆墨來做什麼？」

「臣妾要記下來。白紙黑字皇上就不會抵賴。」

玄凌朗朗而笑：「真是孩子氣。朕是天子，一言九鼎，怎會賴妳。」

我自己也覺得好笑，輕笑一聲方道：「還請皇上早些安寢，明日還要早朝。」

他以指壓在我唇上，笑道：「妳在身旁，朕怎能安寢？」

我羞得扭轉身去，「哧」一聲輕笑出來。

十四、椒房

醒來天色微明，卻是獨自在御榻上，玄淩已不見了蹤影。我心裡發急，揚聲道：「誰在外頭？」有守在殿外的一隊宮女捧著洗漱用具和衣物魚貫而入，首的竟是芳若。乍見故人，心裡猛然一喜，不由得脫口喚她：「芳若姑姑。」

芳若也是喜不自勝的樣子，卻得守著規矩，領著人跪下行禮道：「小主金安。」我忙示意她起來，芳若含笑道：「皇上五更天就去早朝了，見小主睡得沉，特意吩咐了不許驚動您。」

我憶起昨晚勞累，羞得低下頭去。芳若只作不覺，道：「奴婢侍奉小主更衣。」說罷與槿汐一邊一個扶我起身。

我由著她們梳洗罷了，方問芳若：「怎麼在這裡當差了？」

芳若道：「奴婢先前一直在侍奉太后誦經。前兒個才調來御前當差的。」

「是好差事。如今是幾品？」

「承蒙皇上與太后厚愛，如今是正五品溫人。」

我褪下手上一副金釧放她手心：「本沒想到會遇見妳，連禮都沒備下一份，小小心意妳且收下。」

芳若跪下道：「奴婢不敢當。」

我含笑執了她手：「此刻我與妳不論主僕，只論昔日情分。」

芳若見我這樣說，只得受了，起身端了一盞湯藥在我面前：「這是止痛安神的藥，小主先服了吧。用完早膳即刻就要去昭陽殿給皇后娘娘請安。」

皇后素性不喜焚香，又嫌宮中只有女子脂粉香氣太俗，因此每日叫人放了時新瓜果在殿中，或湃在水甕裡，或端正擱於案几上。聽史美人說起，皇后這樣的巧意，如果在夏天，滿廊子底下都是香氣，連呼吸間也會感到甜絲絲的舒服。若是冬天，一掀簾子進去，暖氣帶著香氣撲過來，渾身都會感到軟酥酥的溫馨，別有一派清新味道。

按規矩妃嬪侍寢次日向皇后初次問安要行三跪九叩大禮，錦墊早已鋪在鳳座下，皇后端坐著受了禮。禮方畢，忙有宮女攙了我起來。

皇后很是客氣，囑我坐下，和顏悅色道：「生受妳了。身子方好便要行這樣的大禮，只是這是這祖宗規矩不能不遵。」

我輕輕答了「是」，道：「臣妾怎敢說『生受』二字，皇后母儀天下，執掌六宮，能日日見皇后安好，便是六宮同被恩澤了。」

皇后聞言果然歡喜，道：「難怪皇上喜歡妳，果然言語舉動討人喜歡。」說罷微微歎口氣，「以莞嬪妳的才貌，這份恩寵早該有了。等到今日才……不過也好，雖是好事多磨，總算也守得雲開見月明了。」

依言答了謝過。

皇后又道：「如今侍奉聖駕，這身子就不只是自己的身子了，頂要好好將養，才能上慰天顏，下承子嗣。」

「娘娘的話臣妾必定字字謹記在心，不敢疏忽。」

皇后言罷，有宮女奉了茶盞上來，皇后接了飲著，她身側一個宮女含笑道：「自從莞小主病了，皇后三番五次想要親自去視疾。怎奈何太醫說小主患的是時疾，怕傷了娘娘鳳體，只好作罷，娘娘心裡可是時常記掛著小主的。」

我見她約莫二十七八年紀，服色打扮遠在其他宮女之上，長得很是秀氣，口齒亦敏捷，必定是皇后身邊的得臉的宮女，忙起身道：「勞娘娘記掛，臣妾有娘娘福澤庇佑才得以康健，實在感泣難當。」

皇后笑著點了點頭，「宮中女子從來得寵容易固寵難。莞嬪侍奉皇上定要盡心盡力，小心謹慎，莫要逆了皇上的心意。後宮嬪妃相處切不可爭風吃醋，壞了宮闈祥和。」我一一聽了。絮語半日，見陸陸續續有嬪妃來請安，才起身告退。

皇后轉臉對剛才說話的宮女道：「剪秋，送莞嬪出去。」

剪秋引在我左前，笑道：「小主今日來得好早，皇后娘娘見小主這樣守禮，很是歡喜呢。」

「怎麼還有嬪妃沒來請安？想是我今日太早了些。」

剪秋抿嘴一笑，「華妃娘娘素來比旁人晚些，這幾日卻又特別。」

心裡微微一動，無緣無故與我說這些做什麼，只作不聞，道：「華妃娘娘一向協理六宮，想是操勞，一時起晚了也是有的。」

剪秋輕笑一聲，眉目間微露得意與不屑，「莞小主這樣得寵，恐怕華妃娘娘心裡正不自在呢。不過憑她怎樣，卻也不敢不來。」

我迅速掃她一眼，剪秋立刻低了頭，道：「小主恕罪。奴婢也是胡言亂語呢。」

我稍一轉念，畢竟是皇后身邊的人，怎能讓她看我的臉色。立刻燦然笑道：「剪秋姑娘怎麼這樣說，這是教我呢，我感激得很。我雖是入宮半年，卻一直在自己宮裡閉門不出，凡事還要姑娘多多提點，才不至於行差踏錯呢。」

剪秋聽我這樣說，方寬心笑道：「小主這樣說可真是折殺奴才了。」

轉眼到了鳳儀宮外，剪秋方回去了。槿汐扶著我的手慢慢往棠梨宮走，我道：「妳怎麼說？」

「剪秋是皇后身邊近身服侍的人，按理不會這樣言語不慎。」

我「嗯」一聲，道：「皇后一向行事穩重，也不像會是授意剪秋這麼說的。」

「華妃得寵多時，言行難免有些失了分寸。即使皇后寬和，可是難保身邊的人不心懷憤懣，口出怨言。」

我輕輕一笑：「不過也就是想告訴我，華妃對我多有敵意，但任憑華妃怎樣也越不過皇后去，皇后終究是六宮之主。我們聽著也就罷了。」

走到快近永巷處，老遠見小允子正候在那裡，見我過來忙急步上前，槿汐奇道：「這個時辰不在宮裡好好待著在這裡打什麼饑荒？」

小允子滿面喜色的打了個千兒：「先給小主道喜。」

槿汐笑道：「猴兒崽子，大老遠就跑來討賞，必少不了你的。」

「姑姑這可是錯怪我了。奴才是奉了旨意來的，請小主暫且別回宮。」

我詫異道：「這是什麼緣故？」

小允子一臉神秘道：「小主先別問，請小主往上林苑裡散散心，即刻就能回宮。」

上林苑並不多北國大氣之景，而多有江南秀麗清新的意境，樹木蔥翠輝映著如錦繁花，其間錯落幾座小巧別緻的殿宇亭台，古意盎然，在紅紅翠翠中格外有情致。太液池迴環旖旎，兩岸濃蔭迎地，香花籐蘿開之不盡，清風拂過碧水柔波中層層片片的青萍之末，漣漪微動似心湖泛波。

天色尚早，上林苑裡並沒什麼人。三月的天氣，上林花事正盛，風露清氣與花的甜香膠合在一起，中人欲醉。靜靜的走著，彷彿昨夜又變得清晰了。站在上林苑裡遙遙看見儀元殿明黃的一角琉璃飛簷在晨旭下流淌如金子般耀目的光澤，才漸漸有了真實的感覺，覺得昨夜之事是真真切切，並非夢中情景。

一路想得出神，冷不防有人斜刺裡躥出來在面前跪下，恭恭敬敬的道：「參見莞嬪小主，小主金安。」聲音卻是耳熟得很，見他低頭跪著，一時想不起來是誰。命他起來了，卻是康祿海。小允子見是他，臉上不由得露了鄙夷的神氣。我只作不覺，隨即笑道：「康公公好早，怎的沒跟著麗貴嬪？」

「麗娘娘與曹容華一同去像皇后娘娘請安。奴才知道小主回宮必定要經過上林苑，特地在此恭候。」

「哦？」我奇道：「是否妳家主子有什麼事要你交代與我？」

康祿海堆了滿臉的笑，壓低了聲音道：「不是麗主子的事，是奴才私心裡有事想要求小主。」

我看他一眼，「你說。」

康祿海看看我左右的槿汐和小允子，搓著手猶豫片刻，終是忍不住道：「奴才先恭喜小承恩之喜。奴才自從聽說小主晉封為嬪，一直想來給小主請安道喜，沒奈何七零八碎的事太多老走不開，皇上又下了旨意不許擾了小主靜養。奴才盼星星盼月亮盼得脖子也長了總要給小主問了安好才心安……」

我聽他囉嗦，打斷他道：「你且說是什麼事？」

康祿海聽我問得直接，微一躊躇，笑容諂媚道：「小主晉封為嬪，宮裡頭難免人手不夠，外頭調進來的怕是手腳也不夠利索。奴才日夜掛念小主，又私想著奴才是從前服侍過小主的，總比外面來的奴才曉得怎麼伺候小主。若是小主不嫌棄奴才粗笨，只消一聲吩咐，奴才願意侍奉小主，萬死不辭。」

一番話說的甚是噁心，縱使槿汐，也不由皺了眉不屑。

我道：「你這番想頭你家主子可知道？」

「這……」

「現如今你既是麗主子的人，若是這想頭被你家主子知道了，恐怕她是要不高興。更何況我怎能隨意向麗貴嬪開口要她身邊的人呢？」

康祿海湊上前道：「小主放心。如今小主恩澤深厚，只要您開一句口誰敢違您的意思呢？只消小主一句話就成。」

心裡直想冷笑出來，恬不知恥，趨炎附勢，不過也就是康祿海這副樣子了。

有一把脆亮的女聲冷冷在身後響起，似拋石入水激起漣漪：「難怪本宮進了昭陽殿就不見你伺候著，原來遇了舊主！」

聞聲轉去看，容色嬌麗，身量豐腴，不是麗貴嬪是誰？麗貴嬪身側正是曹容華，相形之下，曹容華雖是清秀頎長，不免也輸了幾分顏色。不慌不忙行下禮去請安，麗貴嬪只扶著宮女的手俏生生站著，微微冷笑不語，倒是曹容華，忙客氣讓了我起來。

麗貴嬪一句也不言語，只瞟了一眼康祿海。康祿海甚是畏懼她，一溜煙上前跪下了。

麗貴嬪朝向我道：「聽說皇上新撥了不少奴才到莞嬪宮裡，怎麼莞嬪身邊還不夠人手使喚嗎？竟瞧得上本宮身邊這不中用的奴才。」

我微微一笑，不卑不亢道：「貴嬪姐姐說得差了。康祿海原是我宮裡的奴才，承蒙貴嬪姐姐不棄，才把他召到左右。既已是貴嬪姐姐的奴才，哪有妹妹再隨便要了去的道理。妹妹我雖然年輕不要懂事，也斷然不會出這樣的差池。」

麗貴嬪冷哼一聲，「妹妹倒是懂規矩，難怪皇上這樣寵妳，尚未侍寢就晉妳的位分，姐姐當然是望塵莫及了。」

「貴嬪姐姐這樣說，妹妹怎麼敢當。皇上不過是看妹妹前些日子病得厲害，才可憐妹妹罷了。在皇上心裡自然是看重貴嬪姐姐勝過妹妹百倍的。」

麗貴嬪聽得我這樣說，面色稍霽。轉過臉二話不說，劈面一個乾脆刮辣的耳光上去，康祿海一邊臉頓時腫了。扶著她的宮女忙勸道：「主子仔細手疼。」又狠狠瞪一眼康祿海：「糊塗奴才，一大早就惹娘娘生氣！還不自己掌嘴！」康祿海嚇得一句也不敢辯，忙反手「辟辟啪啪」左右開弓自己掌起了嘴。那宮女年紀不大，自然品級也不會在康祿海之上，敢這樣對他疾言厲色，可見康祿海在麗貴嬪身邊日子並不好過。

我只冷眼瞧著，即使有憐憫之心，也不會施捨分毫給他。世事輪轉，早知今日，又何必當初。

麗貴嬪行事氣性多有華妃之風，只是脾氣更暴戾急躁，喜怒皆形於色，半分也忍耐不得，動手教訓奴才也是常有之事。曹容華想是見得多了，連眉毛也不抬一下，只勸說：「麗姐姐為這起子奴才生什麼氣，沒的氣壞了自己的身子。」

麗貴嬪道：「只一心攀高枝兒，朝三暮四！可見內監是沒根的東西，一點心氣也沒有，一分舊恩也不念著！難道是本宮薄待了他嗎？」

曹容華聽她出語粗俗，不免微皺了秀眉，卻也不接話，只拿著絹子拭著嘴唇掩飾。

麗貴嬪歇一歇，恨恨道：「如今這些奴才越發不把本宮放在眼裡了，吃裡扒外的事竟是做的明目張膽，當本宮是死了嗎？不過是眼熱人家如今炙手可熱罷了，也不想想當年是怎麼求著本宮把他從那活死人墓樣的地方弄出來的？如今倒學會身在曹營心在漢這一齣了！」

話說的太明瞭，不啻於是當著面把我也罵了進去。氣氛有幾分尷尬，曹容華聽著不對，忙扯了扯麗貴嬪的袖子，輕輕道：「麗姐姐。」

麗貴嬪一縮袖子，朝我挑眉道：「本宮教訓奴才，倒是叫莞嬪見笑了。」

說話間康祿海已挨了四五十個嘴巴，因是當著麗貴嬪的面，手下一分也不敢留情，竟是用了十分力氣，面皮破腫，面頰下巴俱是血淋淋的。我見他真是打的狠了，心下也不免覺得不忍。

臉上猶自帶著淺淺笑意，彷彿麗貴嬪那一篇話裡被連諷帶罵的不是我，道：「既是貴嬪姐姐的奴才不懂規矩，姐姐教訓便是，哪怕是要打要殺也悉聽尊便。只是妹妹為貴嬪姐姐著想，這上林苑裡人多眼雜，在這當子教訓奴才難免招來旁人閒言碎語。姐姐若實在覺得這奴才可惡，大可帶回宮裡去訓斥。姐姐可覺得是？」

麗貴嬪方才罷休，睨一眼康祿海道：「罷了。」說罷朝我微微頷首，一行人揚長而去了。

康祿海見她走得遠了，方膝行至我跟前，重重磕了個頭含愧道：「謝小主救命之恩。」

我看也不看他，「你倒乖覺。」

康祿海俯在地上，「小主不如此說，麗主子怎肯輕易放過奴才。」

扶了槿汐的手就要走，頭也不回道：「麗貴嬪未必就肯輕饒了你，你自己好自為之。」

「小主……」我停住腳步，有風聲在耳邊掠過，只聽他道：「小主也多保重，小主才得恩寵就盛極一時，麗……她們已經多有不滿，怕是……」

康祿海猶豫著不再說下去，我緩緩前行，輕聲道：「要人人順心如意，哪有這樣的好事？我能求得自身如意就已是上上大吉了。」

小允子見我只是往前走，神色巋然不動，猶疑片刻方試探著道：「麗貴嬪那話實在是……」

嘴角浮起一道弧線，「這有什麼？我還真是喜歡麗貴嬪的個性。」小允子見我說得奇怪，不由得抬頭瞧著我。

宮中歷來明爭暗鬥，此起彼伏，哪一日有消停過？只看妳遇上什麼樣的敵手。麗貴嬪這樣的性子，半點心思也隱藏不得，不過讓她逞一時口舌之快而已。反倒是那些不露聲色暗箭傷人的才是真正的可怕。

暗自咬一咬牙，昨夜才承寵，難道今日就要豎下強敵？麗貴嬪也就罷了，可是誰不知道麗貴嬪的身後是華妃。只有在這宮裡存活一日，即便尊貴風光如皇后，怕是也有無窮無盡的委屈和煩惱吧，何況我只是個小小的嬪妾，忍耐罷了。

棠梨宮外烏鴉鴉跪了一地的人，眉眼間俱是掩抑不住的喜色。斜眼看見黃規全也在，心裡暗自納悶。才進庭院，就覺棠梨宮似乎與往日不同。

黃規全打了個千兒，臉上的皺褶裡全溢著笑，聲調也格外高：「恭賀小主椒房之喜，這可是上上榮寵，上上榮寵啊。」說罷引我進了瑩心堂，果然裡外煥然一新，牆壁似新刷了一層，格外有香氣盈盈。

黃規全道：「今兒一早皇上的旨意，奴才們緊趕慢趕就趕了出來，還望小主滿意。」

槿汐亦是笑：「椒房是宮中大婚方才有的規矩。除歷代皇后外，等閒妃子不能得此殊寵。向來例外有此恩寵的只有前朝的舒貴妃和如今的華妃，小主是這宮中的第三人。」

椒房，是宮中最尊貴的榮耀。以椒和泥塗牆壁，取溫暖、芳香、多子之義，意喻「椒聊之實，蕃衍盈生」。想到這裡，臉不由得燙了起來。多子，玄凌，你是想要我誕下我們的孩子嗎？

黃規全單手一引，引著我走進寢殿：「請小主細看榻上。」

只見帳簾換成了簇新的彩繡櫻桃果子茜紅連珠綀絲帳，櫻子紅的金線鴛鴦被面鋪得整整齊齊，我知道這是妃嬪承寵後取祥瑞和好的意頭，除此再看不出異樣。疑惑著上前掀被一看，被面下撒滿金光燦爛的銅錢和桂圓、紅棗、蓮子、花生等乾果。心中一暖，他這樣把我的話放在心上。眼中倏然溫熱了起來，淚盈於睫。怕人瞧見，悄悄拭了才轉過身道：「這是……」

「皇上聽聞民間嫁娶有『撒帳』習俗，特意命奴才們依樣辦來的。」

見我輕輕頷首，槿汐道：「小主也累了，你們且先退下，流朱浣碧留下服侍小主休息。」於是引了眾人出去。

流朱高興得只會扯著我的手說一個「好」字。浣碧眼中瑩然有光：「如今這情形，皇上很是把小主放在心上呢。煎熬了這大半年，咱們做奴婢的也可以放心了。」

一切來的太快太美好，好的遠在我的意料之外，一時難以適應，如墜在五里雲端的茫然之中。無數心緒洶湧在心頭，感慨道：「皇上這樣待我，我也是沒想到。」

從來宮中得寵難，固寵更難，誰知讓玄凌如此厚待於我的是姿容、慧黠還是對他懷有的那些許讓他覺得新鮮難得的對於情緣長久的執著呢？或許都是，又或許都不是。揉一揉因疲倦而酸脹的腦仁，命流朱浣碧把「撒帳」的器具好生收藏起來，方才合衣睡下。舉目滿床滿帳的鮮紅錦繡顏色，遍繡鴛鴦櫻桃，取其恩愛和好，子孫連綿之意。鴛鴦，鴛鴦，願得紅羅千萬匹，漫天匝地繡鴛鴦……

十五、嬛嬛

天色尚未暗下來，敬事房的總領內監徐進良便來傳旨要我預備著侍寢，鳳鸞春恩車一早候在外頭，載我入了儀元殿的東室。宮車轆轆滾動在永巷石板上的的聲音讓我驀然想起了那個大雪的冬夜，一路引吭高歌春風得意的妙音娘子。不知怎的會突然想起這個因我而失寵的女子，她昔日的寵眷與得意，今時此刻不知她正過著何種難捱的日子，被皇帝厭棄的女子……縱然她驕橫無禮，心裡仍是對她生出了一絲憐憫。這輛車，也是她昔日滿懷歡喜、期待與驕傲乘坐而去的，不過十數日間，乘坐在這輛鳳鸞春恩車上奉詔而去的人已經換成了我。心底微微抽一口涼氣，她是我的前車之鑒，今後無論何時何地哪怕寵冠後宮，謹慎與隱忍都是一條可保無虞之策。

芳若迎候在殿外，見了我忙上來攙扶，輕聲道：「皇上還在西室批閱奏折，即刻就好。請小主先去東室等候片刻。」

芳若引了我進東室便退了下去。獨自等了須臾，玄凌尚未來。一個人走了出去，西室燈火通明，因是御書房的緣故，嬪妃等閒不能進去。我不敢冒失，隻身走到儀元殿外，在朱紅盤龍通天柱邊止了步子。

月亮淺淺一鉤，月色卻極明，如水銀般直傾洩下來，整個紫奧城都如籠在淡淡水華之中。後宮之中，東西築攬雁、問星兩台，遙遙相對，是宮中最高之所。除此之外便是皇帝居住的儀元殿。站在殿前極目遠望，連綿的宮闕樓台如山巒重疊，起伏不絕。月光下所有宮闈殿宇的琉璃華瓦，粼粼如星光下的碧波爍爍。

殿前的玉蘭半開半合，形態甚是高潔優雅。夜風有些大，披散著的長髮被風吹到了眼裡迷了眼睛。於是輕喚槿汐：「去折一枝玉蘭來。」

是一折紫玉蘭，花梗堅硬而長，花苞初綻，亭亭如小荷，隨手用玉蘭鬆鬆把頭髮挽起，髮間就有了清淡迷離的香氣。風愈大，玉渦色的長衣裙裾無聲的飛起，衣裳被風吹得緊貼在身上，不由得舉起寬大的袖子掩了掩。

聽見玄凌走到身邊，「春日夜裡還有些涼，別站在風口上。隨朕進去。」又笑一笑，「朕給妳預備了樣東西。」

微感好奇，進了東室，見桌上擱著一碗熱騰騰的餃子。玄凌與我一同坐下，向我道：「餓不餓？朕叫人預備了點心給妳。」

看上去味道似乎很好，卻只有一碗，看著玄凌讓道：「臣妾不餓。皇上先用吧。」

「朕已在西室用過了，妳且嘗嘗合不合口。」

依言咬了一口，不由得蹙眉吐了出來，推開碗道：「生的。」

玄凌聞言笑得促狹而曖昧：「這可是妳自己說的。」

方才醒悟過來是上了他的當，羞急之下輕輕啐了他一口，賭氣扭轉了身子。玄凌起身走至我身前，又扭了身子不看他，如此幾次，自己也覺得不成樣子，兀自低了頭。他俯下腰身看我，輕笑道：「朕的莞卿生起氣來更叫人覺得可愛可憐。」

我低聲道：「皇上戲弄臣妾。」

「好了好了。」他輕拍我的背，「朕並非存心戲弄妳。這一碗餃子合該昨晚就讓妳嘗了，朕聽聞民間嫁娶這是不可或缺的。宮裡有規矩拘著，朕雖不能一一為妳辦來，能辦的自然也全替妳辦了。」

想起早上的「撤帳」，心裡感動，身子依向他輕輕道：「皇上這樣待臣妾……」心中最深處瞬間軟弱，再說不下去，只靜靜依著他。

他的聲音漸漸失了玩笑的意味，微有沉意，「朕那日在上林苑裡第一次見妳，妳獨自站在那杏花天影裡，那種淡然清遠的樣子，彷彿這宮裡種種的紛擾人事都與妳無干，只妳一人遺世獨立。」

我低低道：「臣妾沒有那樣好。宮中不乏麗色才德兼備的人，臣妾遠遠不及。」

「何必要和旁人比，甄嬛即是甄嬛，那才是最好的。」面前這長身玉立的男子，明黃天子錦衣，眉目清俊，眼中頗有剛毅之色，可是話語中摯誠至深，竟讓人毫無招架之力。

我抬頭看著他，他亦瞧著我，他的目光出神卻又入神，那迷離的流光，滑動的溢彩，直叫人要一頭扎進去。不知這樣對視了多久，他的手輕輕撫上我的髮際，緩緩滑落下去碰到那枝紫玉蘭，微笑道：「好別緻。」話語間已拔下了那枝玉蘭放在桌上，長髮如瀑滑落。他唇齒間溫熱的氣息越來越近……

七夜，一連七夜，鳳鸞春恩車如時停留在棠梨宮門前，載著我去往儀元殿東室。玄凌待我極是溫柔，用那樣柔和的眼神看我，彷若凝了一池太液春水，清晰的倒映出我的影子。龍涎香細細，似乎要透進骨髓肌理中去。

接連召幸七日是從未有過的事，即便盛寵如華妃，皇帝也從未連續召幸三日以上。如是，後宮之中人盡皆知，新晉的莞嬪分外得寵，已是皇帝跟前炙手可熱的人了。於是巴結趨奉更甚，連我身邊的宮人也格外被人另眼相待，只是他們早已得了我嚴誡，半分驕色也不敢露。

第七日上，循例去給皇后請安。那日嬪妃去得整齊，雖不至於遲了，但到的時候大半嬪妃已在，終是覺得不好意思。依禮見過，守著自己的位次坐下與眾嬪妃寒暄了幾句，不過片刻，也就散了。

眉莊與我一同攜了手回去。才出鳳儀宮，見華妃與麗貴嬪緩緩走在前面，於是請了安見過。華妃吩咐了起來，麗貴嬪道：「莞嬪妹妹給皇后娘娘請安一向早得很，今日怎麼卻遲了，當真是希罕。」

我微感窘迫，含笑道：「眾位姐姐勤勉，是妹妹懶怠了。」

麗貴嬪冷冷一笑：「倒不敢說是莞嬪妹妹妳懶怠，連日伺候聖駕難免勞累，哪裡像我們這些人不用侍駕那樣清閒。」

心頭一惱，紫脹了臉。這個麗貴嬪說話這樣露骨，半分忌諱也沒有。若只一味忍讓益發興得她無所顧忌。於是慢裡斯條道：「貴嬪姐姐侍奉聖駕已久，可知非禮勿言四字。」

麗貴嬪臉色一沉便要發作，我笑道：「妹妹入宮不久，凡事都不太懂得。若是言語有失，還望貴嬪姐姐大度，莫要見怪。」麗貴嬪看一眼華妃，終究不敢在她面前太過出言不遜，只得忍氣勉強一笑。

華妃在一旁聽了只作不聞，向眉莊道：「惠嬪近來也清閒的很，不知有沒有空替本宮抄錄一卷《女論語》，也好時時提醒後宮諸人恪守女范，謹言慎行。」

眉莊順從道：「娘娘吩咐，妹妹怎會不從。只不知娘娘什麼時候要。」

華妃以手撫一下臉頰，似乎是沉思，半晌方道：「也不急，妳且慢慢抄錄。本宮若是要了自會命人去取。」說著看看眉莊道：「惠嬪似乎清減了些，可是因為皇上最近沒召妳的緣故。」

眉莊大窘，仍維持著儀態道：「華妃娘娘見笑了，不過是冬日略微豐腴，如今衣裳又穿得少才顯得瘦些罷了。」

華妃輕輕一笑，麗色頓生，徐徐道：「原來如此。惠嬪與莞嬪一向交好。本宮還以為這一廂莞嬪聖恩優隆，惠嬪心裡不自在的緣故呢。」說著又向我道：「莞嬪聰敏美貌，得皇上眷顧也是情理中事。」她話鋒一轉，「旁人也就罷了，莞嬪既與惠嬪情同姐妹，怎的忘了專寵之餘也該分一杯羹給自己的姐妹，要不然可是連管夫人和趙子兒也不如了。」

華妃話中機鋒已是咄咄逼人了。不知眉莊是否也因我得寵的緣故生了不滿，不由得抬眼去看她，正巧眉莊也朝我看過來，兩人互視一眼，俱知華妃蓄意挑撥，彼此頓時心意瞭然，溫然一笑。

眉莊淡淡笑道：「娘娘讓妹妹抄錄《女論語》是為訓示六宮女眷，妹妹又怎能不知嫉妒怨恨為女子德行之大虧。眉莊雖無才愚鈍，德行卻萬萬不敢有虧。」

華妃道：「妳雖然德行無虧，難保別人也不是如此。本宮在宮中多年，人心涼薄反覆無常的事看得也多了。」

話中句句意有所指，眉莊尚未來得及反應，我亦微笑道：「多謝娘娘提點教誨。娘娘既讓姐姐抄錄《女論語》訓示後宮眾人，為的就是防止後宮爭寵招惹事端。娘娘用心良苦，妹妹們恭謹遵奉還來不及，怎還敢逆娘娘的意思而行呢。何況……」我看著華妃鬢邊輕輕顫動的金鳳珠釵道，「呂后凶殘，戚妃專寵，管夫人與趙子兒均下場慘淡。如今皇后與華妃賢德，高祖後宮怎能與我朝相比。」

華妃唇邊的笑意略略一凝，麗貴嬪察言觀色，上前一步立即要反唇相識。華妃眼角斜斜一飛：「貴嬪今日的話說的不少了，小心閃了舌頭。」麗貴嬪聞言，只得忍氣默默退後。華妃轉瞬巧笑倩兮：「妹妹的話聽著真叫人舒坦。」說著目光如炬瞧著眉莊，「惠嬪與莞嬪處得久了，嘴皮子功夫也日漸伶俐，真是不可小覷了啊。」

眉莊嘴唇微微一動，似乎想說什麼，終究沒有說出來，只是默默。

華妃揉一揉太陽穴，道：「一早起來給皇后問安，又說了這麼會子話，真是乏了。回去罷。」說著扶了宮女的肩膀，一行人浩浩蕩蕩一路穿花拂柳去了。

眉莊見華妃去得遠了，臉一揚，宮人們皆遠遠退下去跟著。眉莊看著華妃離去的方向幽幽的歎了一口氣，「她終於也忍不得了。」攜了我的手，「一起走走罷。」

眉莊的手心有涼涼的濕，我取下絹子放她手心。眉莊輕輕道：「妳也算見識了罷。」春風和暖，心裡卻涼濕的像眉莊的手心，輕吁道：「華妃也就罷了。姐姐，」我凝視著眉莊：「妳可怪我？」

眉莊亦看著我，她的臉上的確多了幾分憔悴之色。在我之前，她亦是玄凌所寵。本就有華妃打壓，旁人又虎視眈眈，若無皇帝的寵愛，眉莊又要怎樣在這宮裡立足。眉莊，她若是因玄凌的緣故與我生分了……我不敢再想，手上不由自主的加了力，握緊眉莊的手。

眉莊輕拍我的手，「不是妳，也會有別人。如果是別人，我寧願是妳。」她的聲音微微一抖：「別怪我說句私心的話。別人若是得寵只怕有天會來害我。嬛兒，妳不會。」

我心中一熱，「眉姐姐，我不會，絕不會。」

「我信妳不會。」眉莊的聲音在春暖花開裡瀰漫起柔弱的傷感與無助，卻是出語真誠，「嬛兒，這宮裡，那麼多的人，我能信的也只有妳。陵容雖與我們交好，終究不是一同長大的情分。如若妳我都不能相互扶持，這寂寂深宮數十年光陰要怎麼樣撐過去。」

「眉姐姐……」我心中感動，還好有眉莊，至少有眉莊。「有些事雖非嬛兒意料，也並非嬛兒一力可以避免。但無論是否得寵，我與姐姐的心意一如從前。縱使皇上寵愛，姐姐也莫要和我生分了。」

眉莊看著煙波浩淼的太液池水，攀一枝柔柳在手，「以妳我的天資得寵是意料中事，絕不能埋沒了。即使不能寵眷不衰，也要保住這性命，不牽連族人……」

我苦苦一笑，黯然道：「更何況華妃已把妳我當成心腹大患。咱們已是一榮俱榮，一衰俱衰的命數了。」

眉莊點一點頭，「不只妳我，只怕在旁人眼裡，連陵容和淳兒也是脫不了干係的。」眉莊口中說話，手裡擺弄著的柳枝越擰越彎，只聽「啪嗒」一聲已是折為兩截了。

柳枝斷裂的聲音如鼓槌「砰」一下擊在心，猛地一警神，伸手拿過眉莊手中的斷柳。張弛有度，一鬆一緊，才能得長得君王帶笑看。若是受力太多，即便這一枝柳枝韌性再好也是要斷折的。我仰起頭看著太液池岸一輪紅日，輕聲道：「多謝姐姐。」

眉莊猶自迷茫不解：「謝我什麼？」

默然半晌，靜靜的與眉莊沿著太液池緩緩步行。太液池綿延遼闊，我忽然覺得這條路那樣長，那樣長，像是怎麼也走不完了。

夜間依舊是我侍寢。半夜下起了淅淅瀝瀝的小雨，因心中有事，睡眠便輕淺，一醒來再也睡不著。寵幸太過，鋒芒畢露，我已招來華妃的不滿了。一開始勢頭太勁，只怕後繼不足。如同弦繃的太緊容易斷折是一樣的道理。

輕輕一翻身，夾了花瓣的枕頭悉悉索索的響，不想驚醒了玄凌，他半夢半醒道：「怎麼醒了？」

「臣妾聽見外頭下雨了。」小雨打在殿外花葉上，清脆的沙沙作響。

「妳有心事？」

我微微搖頭，「並沒有。」微蒙的橘紅燭光裡，長髮如一匹黑綢散在他臂上枕間。

「不許對朕說謊。」

轉過身去靠在他胸前，明黃絲綢寢衣的衣結鬆散了，露出胸口一片清涼肌膚。我抬起手慢慢替他繫上，「皇上，臣妾害怕。」

他的口氣淡淡，「有朕在，妳怕什麼？」

「皇上待臣妾這樣好。臣妾……」聲音漸次低下去，幾乎微不可聞，「皇上可聽過集寵與一身，亦是集怨於一身。」

玄凌的聲音微微透出凌厲：「怎麼？有人難為妳了？」

「沒有人為難臣妾。」心中頗覺酸苦，可是這話不得不說，終於也一字一字吐了出來：「雨露均沾，六宮祥和，才能綿延皇家子嗣與福澤。臣妾不敢專寵。」

攬著我身體的手鬆開了幾分，目光輕漫，卻逼視著我，「若是朕不肯呢？」

我知道他會肯，六宮妃嬪與前朝多有盤根錯節的關係，牽一髮而動全身，他不會不肯。心下一陣黯然，如同殿外細雨綿綿的時氣，慢慢才輕聲啟齒：「皇上是明君。」

「明君？」他輕哼一聲，喉間有涼薄意味，像是他常用來清醒神志的薄荷油，那樣涼苦的氣味。

「已經八日了。皇上在前朝已經政務繁忙，六宮若成為怨氣所鍾之地，不啻於後院起火，只會讓皇上煩心。」他靜靜聽著，只是默然的神氣，我繼續說：「皇上若專寵於我而冷落了其他后妃，旁人不免會議論皇上男兒涼薄，喜新忘舊。」雙手蜷住他的衣襟，語中已有哽咽，「臣妾不能讓皇上因臣妾一人而煩心，臣妾不忍。」說到最後一句，語中已有哀懇之意。

或許是起風了，重重的鮫綃軟帳輕薄無比，風像只無形的大手，一路無聲穿簾而來，帳影輕動，紅燭亦微微搖曳，照得玄凌臉上的神情明滅不定。雙足裸露在錦被外，卻無意縮回，有涼意一點一點蔓延上來。

玄凌的手一分分加力，臉頰緊緊貼在他鎖骨上，有點疼。他的足繞上我的足，有暖意襲來。他闔上雙目，良久才道：「知道了。」

我亦閉上雙目，再不說話。

是夜，玄凌果然沒有再翻我的牌子。小允子一早打聽了，皇帝去看已長久無寵的愨妃，應該也會在她那裡留宿了。雖然意外，但只要不是我，也就鬆了一口氣。

總有七八日沒在棠梨宮裡過夜了，感覺彷彿有些疏遠。換過了寢衣，仍是半分睡意也無。心裡宛如空缺了一塊什麼，總不是滋味。愨妃，長久不見君王面的愨妃會如何喜不自勝呢？又是怎樣在婉轉承恩？

悵悵的歎了口氣，隨手撥弄青玉案上的一尾鳳梧琴，琴弦如絲，指尖一滑，長長的韻如溪水悠悠流淌，信手揮就的是一曲《怨歌行》。

十五入漢宮，花顏笑春紅。君王選玉色，侍寢金屏中。薦枕嬌夕月，卷衣戀春風。寧知趙飛燕，奪寵恨無窮。沉憂能傷人，綠鬢成霜蓬。一朝不得意，世事徒為空。鷫鸘換美酒，舞衣罷雕龍。寒苦不忍言，為君奏絲桐。腸斷弦亦絕，悲心夜忡忡。

未成曲調先有情，不過斷續兩三句，已覺大是不吉。預言一般的句子，古來宮中紅顏的薄命。彷彿是內心隱秘的驚悚被一枚細針銳利的挑破了，手指輕微一抖，調子已然亂了。

怨歌行，怨歌行，宮中女子的愛恨從來都不能太著痕跡，何況是怨，是女子大忌。又有什麼好怨，是我自己要他去的。不能不如此呵……

略靜一靜心神，換了一曲《山之高》[1]：

山之高，月出小。月之小，何皎皎！我有所思在遠道。一日不見兮，我心悄悄。

巡巡幾遍，流朱不由得好奇道：「小姐，這曲子妳怎麼翻來覆去只彈上半闋？」

心思付在琴音上，眉目不動，淡淡道：「我只喜歡這上半闋。」

流朱不敢多問，只得捧了一盞紗燈在案前，靜靜侍立一旁。彈了許久，寬大的衣袖滑落在肘下，月光隔著窗紗清冷落在手臂上，彷彿是在臂上開出無數雪白的梨花，冷然有微明的光澤。指端隱有痛楚，翻過一看原來早已紅了。

推開琴往外走。月白漩紋的寢衣下襬長長曳在地上，軟軟拂過地面寂然無聲。安靜揚頭看天，月上柳稍，今日已是十四了，月亮滿得如一輪銀盤，玉輝輕瀉，映得滿天星子也失了平日的顏色。其實，並不圓滿，只是看著如同圓滿了的而已。明日方是正經的月圓之夜，月圓之夜，皇帝按祖制會留宿皇后的昭陽殿。冷眼瞧了大半年，玄凌待皇后也不過如此——的確是相敬如賓。只是，太像賓了，流於彼此客氣與尊崇。每月的十五，應該是皇后最期盼的日子吧。如此一想，不免對皇后生了幾分同情與憐憫。

此時風露清綿，堂前兩株海棠開得極盛，枝條悠然出塵，淺綠英英簇簇，花色嬌紅綽約如處子，恍若曉天明霞，鋪陳如雪如霧。月色冷淡如白霜，只存了隱約迷濛的輪廓。

風乍起，花朵蔌蔌如雨，一朵一朵沾在衣間袖上，如凝了點點胭脂。微風拂起長髮，像紛飛在花間的柳絲，枝枝有情。我只是悄然站著不動，任風捲著輕薄的衣袖拂在腕骨上，若有似無的輕。偶爾有夜鶯滴瀝一聲，才啼破這清輝如水的夜色。

我曉得他來了，熟悉的龍涎香隱約浮在花香中，什麼香也遮不住他的。他不出聲，我亦只是站著仿若無人之境。

他終於說話，「妳要這樣站多久？」卻不轉身，聽得他走得近了，靴子踏在滿地落花之上猶有輕淺的聲響。嘴角揚起一抹淺笑，他果然來了。倏忽把笑意隱了下去。緩緩的轉身，像是乍然見了他，遲疑著喚：「皇上。」

還隔著半丈遠他已展開了雙臂，雙足一動撲入他懷裡。他的金冠上有稀薄的露水，在月下折出一星明晃晃的光。手輕輕撫著我的肩膀，「這樣讓朕心疼，叫朕怎麼放得下妳？」

像是想起什麼，掙開他的懷抱，輕聲疑道：「皇上不是去看慤妃了嗎？怎麼來了棠梨？」

他一笑：「看過她了。走過來見今兒的月色好，想來瞧瞧妳在做什麼。」他的唇輕貼在我的額頭，「朕若不來，豈不是白白辜負了妳的《山之高》。這樣好的琴聲，幸好朕沒有錯過。」

別過頭「噗嗤」一笑，頰上如飲了酒般熱：「皇上這樣說，臣妾無地自容。」以指頭刮他的臉，「堂堂君王至尊，竟學人家『聽壁角』？」

他握住我的手指，佯裝薄怒，「越發大膽了！罰妳再去彈一首來折罪。」

攜手進了瑩心堂，槿汐等人已沏好一壺新茶，擺了時新瓜果恭候，又有隨身的內監替玄凌更了衣裳。見眾人退下掩上了門，我微微蹙眉道：「皇上這一走，慤妃許會難過的。」

食指抬起我的下巴，長目微眯，有重重笑意：「妳捨得推朕去旁人那裡？」

推他一推，退開兩步，極力正色道：「臣妾說了，皇上是聖明的君主。」

玄凌無聲而笑，在我耳邊輕輕道：「昏君自有昏君的好處——朕明日再做回明君罷。」

再忍耐不住笑：「那臣妾亦明日再做賢妃罷，去向慤妃姐姐負荊請罪。」側一側頭，「四郎，你想聽我彈什麼曲子？」

他怔了一怔，彷彿是沒聽清楚我的話，片刻方道：「妳方才喚朕什麼？」

方察覺自己說錯了話，腦中一凜似有冰雪濺上，順勢屈膝下去，「臣妾失儀……」

他的手已經擋住了我的跪勢，彎腰半抱在懷中抱了起來，眼中有一閃奇異的我從未見過的明耀的光芒，「很好。這樣喚朕，朕喜歡得很。」他把我抱在膝上，語氣溫軟如四月春陽煦煦：「妳的閨名是甄嬛，小字是什麼？」

「臣妾沒有小字，都叫臣妾『嬛兒』。」

「唔。朕叫妳『嬛嬛』好不好？」

低垂臻首，瞥眼看見椒泥牆上燭光掩映著我與玄凌的身影，心如海棠花般胭脂色的紅，輕輕的「嗯」了一聲。

懶懶的靠在玄凌身上，他的聲音似飲了酒樣沉醉，吻細細碎碎落在頸中，「朕方才瞧了妳許久。嬛嬛，妳站在那海棠樹下，恍若九天謫仙。嬛嬛，彈一曲《天仙子》罷。」

依言起身，試了試調子，朝他嫵然一笑：「其實嬛嬛彈得不算精妙，眉莊姐姐琴技遠在我之上，還需她時時點撥。」

他展目道：「惠嬪嗎？改日再聽她好好彈奏一曲吧。」

琴聲淙淙，只覺得燈馨月明，滿室風光旖旎。

才要睡下，門上「篤篤」兩下響。內侍尖細的嗓音在門外恭聲喚道：「皇上。」

玄淩有些不耐煩：「什麼要緊事？明日再來回。」

那內侍遲疑著答了「是」，卻不聽得退下去。

我勸道：「皇上不妨聽聽吧，許是要事。」

玄淩披衣起身，對我道：「妳不必起來。」方朝外淡然揚聲：「進來。」

因有嬪妃在內，進來回話的是芳若。素來宮人御前應對聲色不得溢於言表，芳若只不疾不徐道：「啟稟皇上，惠嬪小主溺水了。」

我猛地一驚，一把掀開帳簾失聲道：「四郎，眉姐姐是不懂水性的！」

註釋：

(1)《山之高》：選自《蘭雪集》。宋代女詩人張玉娘作。全文如下：「山之高，月出小。月之小，何皎皎！我有所思在遠道。一日不見兮，我心悄悄。采苦采苦，於山之南。忡忡憂心，其何以堪。汝心金石堅，我操冰雪潔。擬結百歲盟，忽成一朝別。朝雲暮雨心來去，千里相思共明月。」上半闕表達相思之情，情志不渝，下半闕寫離別變故，相逢難期，憂思難解。

十六、池魚

暢安宮與棠梨宮並不太遠，一路與玄淩乘著步輦趕去，遠遠看見整個暢安宮燈火通明，如同白晝一般。暢安宮主位馮淑儀早得了消息，帶了宮中妃嬪與合宮宮人在儀門外等候。見了御駕忙下跪請安。玄淩道一聲「起來」，方問：「怎麼樣了？」

馮淑儀回道：「太醫已在裡頭搶治了，惠嬪現時還未醒過來。」停一停道：「臣妾已打發了人去回皇后娘娘。」

「嗯。這時候皇后該睡下了，再打發人去告訴讓皇后不用過來了。」

「是。」馮淑儀一應聲，忙有小內監悄悄退了下去回話。

玄淩對眾妃嬪道：「既然太醫到了，這麼一窩蜂人進去反倒不好。你們且先去歇著吧。淑儀與莞嬪同朕進去。」

暢安宮主殿為馮淑儀居所，眉莊的存菊堂在主殿西側。太醫們見皇帝來慌忙跪了一屋子。玄淩一揮手命他們起身，我已按捺不住，發急道：「惠嬪姐姐的情形到底如何？」為首的江太醫回道：「回皇上和莞嬪小主的話，惠嬪小主已經沒有大礙，只是嗆水受了驚所以一時還未能醒轉過來。」聽得太醫如此說，我方鬆了一口氣，一路緊緊攥著的拳頭此時才鬆了開來，攥得太緊，指節都微微有些泛白。

江太醫見玄淩「唔」一聲，才接著道：「臣等已經擬好了方子，惠嬪小主照方調養身子應該會很快康復。只是……」江太醫略一遲疑。

「只是什麼……」皇帝道：「說話莫要吞吞吐吐。」

江太醫肯首道：「是。是。只是小主受驚不小，怕是要好好調養一段日子精神才能完全恢復。」

「如此你們更要加意伺候，不得大意。」

眾太醫唯唯諾諾，見玄凌再不發話，方才退了下去。

進了內堂，眉莊的貼身侍女采月和白苓臉上猶掛著淚痕，半跪在床邊忙不迭的替眉莊收拾換下的濕衣，用熱水擦拭額頭。見我們進來忙施了禮。

三人佇立床邊。玄凌與馮淑儀猶可，我已忍不住探身細看眉莊。

眉莊已然換過衣服，頭髮猶是濕的，洇得頸下的香色彈花軟枕上一片黯淡凌亂的水跡。面色蒼白無血，襯著紫紅的米珠帳簾和錦被，反而有種奇異的青白。因整個人昏迷不醒，連那青白也是虛浮的，像覆在臉上的紗，飄忽不定。一滴水從她額前劉海滑落，逕直劃過腮邊垂在耳環末梢的金珠上，只微微晃動著不掉下來，一顫又一顫，越發顯得眉莊如一片枯葉僵在滿床錦繡間，了無生氣。

鼻尖一酸，眼眶已盡濕了。馮淑儀歷來端莊自持，見眉莊如此情狀也不由觸動了心腸，拿起絹子輕輕拭一拭眼淚。玄凌並不說話，只冷冷看著內堂中服侍的宮人，一一掃視過去。目光所及之處，宮人們神色皆是不由自主的一凜，慌忙低下了頭。

玄凌收回目光再不看他們，道：「怎麼服侍小主的？」語氣如平常一般淡淡，並不見疾言厲色，宮人們卻唬得跪了一地。

馮淑儀怕玄凌動了肝火，忙回頭朝地上的宮人道：「還不快說是怎麼回事！惠嬪好好的怎會溺水？」

采月和一名叫小施的內監嚇得身子猛地一抖，膝行到玄凌跟前哭訴道：「奴才們也不清楚。」

馮淑儀聽這話答得不對，不由看一眼玄凌，見玄凌微點一點頭示意她問下去，話語中已含了薄怒：「這話糊塗！小主出了這樣大的事竟有貼身的奴才不清楚的道理！」

馮淑儀待宮人一向寬厚，今見她怒氣，又有皇帝在，小施早嚇軟了，忙「砰砰」叩首道：「奴才冤枉。奴才真不清楚。夜間奴才與采月姑娘陪同小主去華妃娘娘的宓秀宮敘話，回來的時候經過千鯉池，因小主每過千鯉池都要餵魚，所以奴才去取魚食了。誰知奴才才走到半路就聽見嚷嚷說小主落了水。」

「那采月呢？」

采月抽泣著答：「華妃娘娘宮裡的霞兒說有幾方好墨可供小主所用，才剛忘給了，讓奴婢去取。」

「如此說來，惠嬪落水的時候，你們兩個都不在身旁？」馮淑儀問罷，悄悄抬頭看一眼玄凌，玄凌目光一凜，馮淑儀忙低了頭。

正要繼續問下去，聽得堂外有人通報華妃到了。也難怪，眉莊溺水的千鯉池離她的宓秀宮不過一二百步，尚在她宮禁轄地之內。她又是皇后之下位分最尊的妃子，協理六宮，自然要趕來探視。

華妃見玄凌在，巧笑嫣然溫婉行禮見過。玄凌道：「外頭夜深，妳怎麼還來了？」

華妃面有愁色，道：「臣妾聽說惠嬪妹妹溺水，急得不知怎麼才好，忙趕過來了。惠嬪可好些了嗎？」

玄凌往榻上一指：「妳去瞧瞧罷。」

華妃走近一看，抽泣道：「這可怎麼好？如花似玉的一個人竟受這樣的罪。」

馮淑儀勸道：「華姐姐也別太難過。太醫說醒了就不妨了。」

華妃抽了絹子拭一拭鼻子，回頭對采月、小施道：「糊塗東西！怎麼伺候你家小主的，生生闖出這樣的大禍來，叫皇上憂心。」

玄淩冷冷朝采月和小施掃一眼，緩緩吐出幾字：「不中用。」

華妃聽得這樣說，忙道：「這樣的奴才留在惠嬪身邊怎能好生伏侍，只怕以後三災八難的事少不了。臣妾思忖，不如打發了去『暴室』算數。」暗暗抽一口涼氣，進了「暴室」的宮人受盡苦役，生不如死，不出三五月不是被折磨至死就是自尋了斷，鮮有活著出來的。又是華妃發話，采月和小施斷無生還之理了。

采月和小施的話叫我心裡存了個混沌的疑團。小施也還罷了，采月是眉莊的家生丫頭，一直帶進宮來的，如同心腹臂膀。若是失了她，實在是不小的損失。如今華妃如此說，總覺得哪裡不妥，來不及細想，出言阻止道：「不可。」

玄淩、華妃與馮淑儀齊齊望住我，一時間只得搜腸刮肚尋了理由來回話，「采月和小施雖然伏侍惠姐姐不妥當，但事出意外也不能全怪他們。與其處罰他們兩人，不如叫他們將功折罪好好伺候著姐姐甦醒。」

華妃瞧著我輕笑道：「怎麼莞嬪妹妹以為罪不當罰，功不該賞嗎？如果輕縱了這兩個奴才，難免叫後宮有所閒話，以為有錯只要折罪即可，不用受罰了呢。」

我緩緩道：「賞罰得當自然是應該的。只是妹妹想著，采月和小施一直服侍著惠姐姐，采月又是惠姐姐從府裡帶進宮來的，若此時罰了他們去『暴室』，恐怕姐姐身邊一時沒了得力的人手，也不曉得這怎樣才能照顧好姐姐，反而於姐姐養病無利。」

華妃嗤笑一聲：「這樣的奴才連照顧惠嬪周全也不能，怎麼還能讓他們繼續留著伺候，莞嬪未免也太放心了。」說罷冷冷道：「何況千鯉池於我宓秀宮不過百步，在本宮宮禁周圍出的事，本宮怎能輕饒了過去。」

越聽越不妥，內心反而有了計較，「賞罰得當是理所當然，可是娘娘若殺了他們，不知道的人還以為事情出在宓秀宮附近於娘娘威嚴有礙才如此惱怒，並非只為惠嬪溺水。取兩個奴才的命事小，可傷了娘娘的名譽事大。還望娘娘三思。」華妃眼中精光一閃，微微咬一咬牙沉思。

說完我只瞧著玄凌，若他不出聲，這番話也是白說。果然他道：「莞嬪的話也有理。先饒了他們倆，若惠嬪不醒，再打發去了『暴室』不遲。」

玄凌說了話，華妃也不能再辯。采月和小施聽我與華妃爭執，早嚇得人也傻了。馮淑儀催促了兩次，才回過神來謝恩。我輕輕吁了一口氣，還好。

見華妃臉上仍有忿意。轉念一想，華妃不是要殺我們的人嗎？那麼，不如以其人之道，還施其身。我走近玄凌身邊，輕輕道：「臣妾有句話不知當不當說？」

「妳說。」

「惠嬪姐姐落水原因尚且不明，可必定是侍衛救護不及才會嗆水太多昏迷不醒。依臣妾的意思，不如撤換了宓秀宮的守衛另換一批。否則，這次是惠嬪姐姐，若下次再有什麼不當心的傷及了華妃可如何是好呢？」

華妃聽我如此說，立即道：「莞嬪適才不是說要將功折罪嗎？怎麼現在又要換我宮苑的侍衛，豈非賞罰太有失偏頗？有護短之嫌。」

我微笑道：「華妃娘娘多慮了。我也是為了娘娘著想。皇上一向愛重娘娘，怎能讓這樣一般粗心懈怠的奴才護衛娘娘宮禁，置娘娘於險地而不顧呢？況且只是換一批侍衛並不算是懲罰啊。」轉而向玄凌道：「臣妾愚見，皇上勿要笑話臣妾見識短淺。」

玄凌道：「妳說的極是。朕差點忽略了這層。就讓李長明日換一批精幹的侍衛過去戍守宓秀宮罷。」

華妃臉色不好看，極力忍耐著再不看我，也知道事情無轉圜之地，她身邊的侍衛必定要被替換了，遂不再爭。換了笑臉對玄凌道：「多謝皇上掛念臣妾。」又道：「臣妾帶了兩枝上好的山參來，壓驚補身是再好不過的。叫人給惠嬪燉上好好滋補才是。」

玄凌點一點頭，「華卿。妳成日惦記著六宮諸事，這麼晚還要勞神，早點回去歇息吧。」

華妃溫婉巧笑道：「皇上明日也要早朝呢，不宜太操勞了。臣妾出來時叫人燉了一鍋紫參野雞，現在怕是快好了。皇上去用些子再歇息吧。」

玄凌笑道：「還是妳細心。朕也有些餓了。」轉頭看我，「莞卿，妳也一同去用些。華卿宮裡的吃食可是這宮裡拔尖的。」

華妃只輕輕一笑：「皇上這麼說，實在是叫世蘭慚愧了呢。妹妹也同去吧。」

哪裡是真心要我去，不過是敷衍玄凌的面子罷了。玄凌這一去，多半要留在華妃宮裡歇息，我怎會這樣不識相。何況眉莊這裡我也實在是不放心，必定要陪著她才好。遂微笑道：「臣妾哪有這樣好口福，不如皇上把臣妾那份也一同用了吧，方能解了皇上相思之苦啊。」

華妃含笑道：「瞧皇上把莞嬪妹妹給慣的，這樣的話說來也不臉紅。」

玄凌道：「朕哪裡敢慣她，本來就這樣子。再慣可要上天了。」

我笑道：「臣妾說呢，原來皇上早瞧著臣妾不順眼了呢。皇上快快去吧，野雞煮過了就不好了。臣妾想在這裡照顧惠嬪姐姐，實是不能去了。」

玄凌道：「好吧。妳自己也小心身子，別累著了。」

華妃笑道：「那就有勞莞嬪和淑儀。」說罷跟在玄凌身後翩然出去。

夜已深了。我見馮淑儀面有倦色，知道她也累了，遂勸了她回殿歇息。獨自用了些宵夜守在眉莊床頭。

心裡泛起涼薄的苦澀。剛才，多麼和諧的妃嬪共處、雨露均沾的樣子，彷彿之前我和華妃並未爭執過一般，那樣的和睦。嘴角扯起淺淺的弧度，野雞紫參湯，華妃還真是有備而來。

眉莊額頭上不停的冒著冷汗，我取了手巾替她擦拭。眉莊，這事情來得突然，來不及在心裡好好過一過理清頭緒。現下夜深人靜，正好可以慢慢想個清楚。

眉莊未醒，自然問不出什麼。若是眉莊遲遲不醒，華妃又要懲罰采月和小施就再無理由可阻攔了。

我喚了采月進來，問道：「采月。妳跟著妳家小姐恁多年，也該知道我與妳家小姐的情誼非同一般。」

采月尚未在適才的驚嚇中定下神來，聽得我如此說，忙要下跪，我急忙拉住她。她嗚咽道：「奴婢知道。要不是這樣莞小主怎肯為了奴婢與華主子力爭，要不是小主，奴婢連這條命也沒了。」

我歎一口氣，道：「妳知道華妃為什麼要這樣嚴懲你們？其實，妳和小施也罪不至死，何苦要打發你們去『暴室』，分明是要你們往死路上走了。」

采月囁嚅著搖了搖頭，我徐徐道：「宮裡要殺人也得有個講究，哪裡是無緣無故便要人性命的。若真要殺，多半是滅口。」我看看她，故意端起茶水飲一口，這不說話的片刻給她製造一點內心的畏懼，方道：「妳仔細想想，妳小姐落水時，妳可看到了什麼不該看到的，才逼得人家非要殺妳。」這話本是我的揣測，無根無據，只是眉莊不懂水性自然不會太近水邊，又怎會大意落水呢？這其中必定是有什麼蹊蹺。

采月的臉色越來越白，似乎在極力回想著什麼。我並不看她，輕輕擦一擦眉莊的冷汗，「如今妳小主都成了這個樣子，萬一妳疏漏了什麼沒說，連我也保不住妳。可不我們一齊成了糊塗鬼，連死也不知死在誰手裡。」說罷唏噓不已，舉袖拭淚。

采月見我傷心，慌忙拉住我的袖子道：「奴婢知道事關重大。而且……而且奴婢看得並不真切，所以不敢胡說。」

「我也不過想心裡有個數罷了。妳且說來聽。」

「奴婢……奴婢取了墨回來的時候，似乎……似乎是看見有個內監的身影從千鯉池旁竄過去了。因天色黑了，所以怕是奴婢自己眼花。」

我點點頭，「這事沒別人知道吧？」

采月忙道：「奴婢真不敢跟旁人提起。」

我道：「那就好，妳切記不可跟別人說起。要不然怕妳這條命也保不住了，知道嗎？」采月又驚又怕，慌亂地點點頭。

我和顏悅色道：「妳今日也嚇得不輕，去歇會吧。叫了白苓來陪我看著妳小姐就成了。」采月諾諾的退了出去。我注視著燭光下眉莊黯淡的容顏，輕輕道：「原本以為山雨欲來，不想這山雨那麼快就來了。眉莊，妳千萬不能有事，要不然，這山雨之勢我如何獨力抵擋？」

存菊堂外的夜色那麼沉，像是烏墨一般叫人透不過氣。連懸在室外的大紅宮燈也像磷火般飄忽，是鬼魂不肯瞑目的眼睛。我默默看著眉莊，時間怎麼那樣長，天色才漸漸有了魚肚的微白。

陵容一早便過來看眉莊，見她只是昏睡，陪著守了半天被我勸回去了。

直到午後時分，眉莊才漸漸甦醒了。只是精神不太好，取了些清淡的燕窩粥餵她，也只吃了幾口就推開了。

看她慢慢鎮定下來，房中只餘了我們兩人，方才開口問她：「到底是怎麼回事？」眉莊的臉色泛著不健康的潮紅，雙手用力攥住被角，極力忍淚道：「嬛兒，快告訴皇上，有人要我的性命！」

果然不出所料，我道：「采月說妳溺水之時曾遠遠看見一個小內監的身影竄過。原本以為是眼花，據妳這麼說，看來是真有人故意要妳溺斃在千鯉池中。」我輕輕的拍她的背，問：「看清是誰了嗎？」

她一怔，搖了搖頭，「是從背後推我入水，所以我並沒有看清他的長相。」也是白問，既然存心要眉莊的性命，自然安排妥當，怎會輕易露了痕跡。

我握住眉莊冰冷的手，直視著她，「既然要告訴皇上，妳得先告訴我，是誰做的？」

眉莊蹙了眉頭，沉思片刻，緩緩道：「我甚少得罪人妳也知道。與我最不睦也就是廢黜了的余更衣，何況她現在的情勢自顧尚且不暇，哪裡還能來對付我。」她想一想，「恬貴人、秦芳儀等人雖然有些面和心不和，也不至於要我性命這般歹毒。實在……我想不出來。」

「那麼，與妳最不睦的就只有……」我沒再說下去，眉莊的手輕輕一抖，我曉得她明白了我的意思。

眉莊強自鎮定，反握住我的袖子，「千鯉池離她的宓秀宮不遠，她要對付我，也不會在自己的地方。她總該要避嫌才是，怎會自招麻煩？」

我輕哼一聲，「自招麻煩？我看是一點麻煩也沒有。皇上昨夜還歇在了她那裡。」眉莊的臉色越來越難看，直要閉過氣去。我安慰道：「她也沒有佔盡了便宜。就算不是她要傷妳，可妳溺水昏迷必定和她宮禁的侍衛救護不及脫不了干係。所以，皇上已經下令撤換宓秀宮戍守的侍衛，那些人跟著她久了總有些是心腹，一時全被支走，也夠她頭疼了。」

眉莊方才緩了口氣。我輕歎一口氣，重新端了燕窩粥一杓一杓餵她，「妳先吃些東西，才有精神慢慢說與妳聽。」

我把華妃來探眉莊並要懲罰采月、小施的事細細說了一遍，又道：「妳前腳才出宓秀宮，不出百步就溺進了千鯉池。放眼如今宮中，誰敢這樣放肆在她的地界上撒野。唯有一個人才敢……就是她自己，並且旁人不會輕易想到她會自己引火上身招惹麻煩，即使想到又有誰會相信華妃會這樣愚蠢？」

「她一點也不蠢，正是如此，別人才不會懷疑她。」眉莊的臉上浮起冰涼的笑意，「我不過是言語上不順她的意，她竟然如此狠毒！」

「如今情勢，旁人會覺得華妃即便是要對付，也會是我而非妳。正是有了這層盲障，華妃才敢下這狠手。其實妳我……」我躊躇道：「是嬛兒對不住姐姐，連累了姐姐。」我再難忍耐心中的愧疚，眼淚滾滾下來，一滴滴打在手背上，「城門失火，殃及池魚。姐姐妳完全是被我連累的。華妃是怕我們二人羽翼漸豐日後難以控制，才要除妳讓我勢單力孤，形同斷臂，難以與她抗衡。」

眉莊怔在那裡一動不動，半晌才怔怔落下淚來，神色倒比剛才正常了許多，她慢慢道：「不關妳的事。早在我初初承寵的時候，她已視我如哽喉之骨，意欲除之而後快，只不過礙著皇上寵愛，我又處處對她忍讓避忌，她才沒有下手。如今……」眉莊輕輕撩開我哭得黏住眼睛的瀏海，「不過是見我對她不如先前恭順忍讓，皇上又無暇顧忌我才落手以報舊仇，實在與妳無關……」

我知道眉莊不過是寬慰我，哭了一陣才勉力止淚道：「那麼姐姐預備跟皇上怎麼說？」

眉莊淡淡道：「還能怎麼說？無憑無據怎能以下犯上誣蔑內廷主位，反而打草驚蛇。我會對皇上說，是我自己不小心失足落水。」

我點點頭，唯今之計，只有如此。「也要封緊了采月的嘴，不許她向旁人提起昨夜的一字半句。」

正巧白苓捧了華妃送的山參進來，驚喜道：「小主醒了！奴婢去喚太醫來。這是華妃娘娘送給小主補身的，華妃娘娘真關心小主，這麼好是山參真是難得……」眉莊冷冷道：「撩下了出去。」

白苓不明所以，我忙道：「妳小主身子不適要靜養，快別吵著她。」白苓慌忙退了下去。

眉莊厭惡地看著那盒山參道：「補身？催命還差不多。嬛兒，幫我扔出去。」

「不用就是了。何苦扔出去那麼顯眼。」

眉莊目光森冷可怖，恨恨道：「我沈眉莊如今奈何不了她，未必今生今世都奈何不了她。既然留了我這條命不死，咱們就慢慢地算這筆帳！」

眉莊從來性子平穩寬和，如今出此言語，看來已是恨華妃入骨了。唇亡齒寒，何況是我與我親如同胞的眉莊。我又如何不恨，生死懸於他人之手，現在是眉莊，不知何時就會是我。如今還能仰仗玄凌的寵愛，可是從昨夜來看，玄凌對華妃這個舊愛的情意未必就不如我這個新寵，何況華妃與他相伴良久，非我朝夕可比。我望著窗外明媚的春光，隱約覺得這燦爛的春光之後，有沉悶陰翳的血腥氣息向我捲裹而來……

十七、殺機初現（上）

眉莊如我們商定的一般說是自己失足落水，自然也就沒人再疑心。玄凌勸慰之餘去看眉莊的次數也多了。眉莊的身體很快康復，只按定了心意要伺機而動，因此只靜待時機，不動聲色。華妃也四平八穩，沒什麼動作。

乾元十三年四月十八，我被晉封為從四品婉儀。雖只晉封了一級，不過不管怎樣說，總是件喜事，把我入春以來的風頭推得更勁。迎來賀往間，後宮，一如既往的維持著表面的平靜與祥和。我暫時，鬆了一口氣。

時近五月，天氣漸漸炎熱起來。我的身子早已大好，只是玄凌放心不下，常叫溫實初調配了些益氣滋養的補藥為我調理。

一日，我獨自在廊下賞著內務府新送來的兩缸金魚，景德藍大缸，裡頭種的新荷只如孩子手掌般大小，鮮翠欲滴，令人見之愉悅。荷下水中養著幾尾緋色金魚，清波如碧，翠葉如蓋，紅魚悠遊，著實可愛。

佩兒見我悠然自得地餵魚，忽地想起什麼事，忿忿道：「那位余更衣實在過分！聽說自從失寵遷出了虹霓閣之後，整日對小主多加怨咒，用污言穢語侮辱小主。」

伸指拈著魚食灑進缸裡，淡淡道：「隨她去。我行事為人問心無愧，想來詛咒也不會靈驗。」

佩兒道：「只是她的話實在難聽，要不奴婢叫人去把她的住所給封了或是稟報給皇后。」

我拍淨手上沾著的魚食，搖一搖手：「不必對這種人費事。」

「小主也太宅心仁厚了。」

「得饒人處且饒人，她失寵難免心有不平，過一陣子也就好了。」

正巧浣碧捧了藥過來：「小姐，藥已經好了，可以喝了。」

我端起藥盞喝了一口，皺眉道：「這兩日藥似乎比以往酸了些。」

浣碧道：「可能是溫大人新調配的藥材，所以覺著酸些。」

我了一聲，皺著眉頭慢慢喝完了，拿清水漱了口。又坐了一會兒，覺著日頭下照著有些神思恍惚，便讓浣碧扶了我進去歇晌午覺。

浣碧笑道：「小姐這兩日特別愛睡，才起來不久又想歇晌午覺，可是犯困了。」

「許是吧。只聽說『春眠不覺曉』，原來近了夏更容易倦怠。」

嘴上說笑，心裡隱隱覺得有哪裡不對，停了腳步問：「浣碧，我是從什麼時候那麼貪睡的？可是從前幾日開始的？」

「是啊，五六日前您就睏倦，一日十二個時辰總有五六個時辰睡著。前日皇上來的時候已經日上三竿，您還睡著，皇上不讓我們吵醒您……」她說著突然停了下來，臉上漸漸浮起疑惑和不安交織的表情。

我的手漸漸有點發冷，我問道：「妳也覺出不對了嗎？」

浣碧忙鬆開我手：「小姐先別睡。奴婢這就去請溫大人來。」

我急忙囑咐：「別驚動人，就說請溫大人把平安脈。」

我獨自一步一步走進暖閣裡坐下，桌上織錦桌布千枝千葉的花紋在陽光下泛著冷冷的光芒，我用手一點一點抓緊桌布，背上像長滿了刺痛奇癢的芒刺，一下一下扎得我挺直了腰身。

溫實初終於到了，他的神色倒還鎮定，一把搭住我手腕上的脈搏，半晌不做聲，又拿出一枝細小的銀針，道一聲「得罪了，請小主忍著點痛」，便往手上一個穴位刺下去。他的手勢很輕，只覺微微酸麻，並不疼痛。溫實初一邊輕輕轉動銀針，一邊解釋：「此穴名合谷穴，若小主只是正常的犯困貪睡，那麼無事；若是因為藥物之故，銀針刺入此穴就會變色。」

不過須臾，他拔出銀針來，對著日光凝神看了半晌道：「是我配的藥方，但是，被人加了其他的東西。」他把銀針放在我面前，「請小主細看此針。」

我舉起細看，果然銀色的針上彷彿被鍍上了一層淡淡的青色。我手一抖，銀針落在他掌心，我看著他的眼睛：「加了什麼？毒藥？」

「不是。有人在我的方子上加重了幾味本來份量很輕的藥，用藥的人很是小心謹慎，加的量很少，所以即使臣日日請脈也不容易發現，但即便如此，按這個藥量服下去，小主先是會神思倦怠，渴睡，不出半年便神智失常，形同癡呆。」

我的臉孔一定害怕得變了形狀，我可以感覺到貼身的小衣被冷汗濡濕的黏膩。心中又驚又恨，臉上卻是強笑著道：「果然看得起我甄嬛，竟用這種手段來對付我！」

溫實初忙道：「小主放心。幸而發現的早。才服了幾天，及時調養不會對身子有害。」他把銀針慢慢別回袋中，憂心道：「分明是要慢慢置小主妳於死地，手段太過陰毒！」

我歎氣道：「後宮爭寵向來無所不用其極，當真是防不勝防。」我動容對溫實初道：

「若不是大人，嬛兒恐怕到死也如在夢中，不明所以。」
溫實初面有愧色：「也是臣疏忽，才會讓小主受罪。」
我溫言道：「大人不必過於自責。」
他鄭重其事道：「以後小主的藥臣會加倍小心，從抓藥到熬製一直到小主服用之前，臣都會親力親為，不讓別人插手。」
我正色道：「如今當務之急是把要下毒害我的那個人找出來，以免此後再有諸如此類的事發生。」我警覺的看一眼窗外，壓低聲音說：「能把藥下進我宮裡，必是我身邊的人。我覺得身體不適是從前些日子開始的，而月前正巧我宮裡新來了十幾個宮女內監。雖然我一早叮囑了掌事的小允子和槿汐注意他們，但宮裡人多事雜，恐怕他們倆也是力不從心。依我看，這事還要在那些小宮女小內監身上留心。」
「那小主想怎麼辦？」
「那就有勞溫大人與嬛兒同演一齣戲，裝著若無其事免得今日之事打草驚蛇。」
「但憑小主吩咐。」
「流朱，去開了窗子，我有些悶。」流朱依言開了窗，我起身走到窗前，朗聲道：「既然溫大人說我沒事，我也就放心了。」說完朝他擠擠眼。
溫實初會意，立刻大聲說：「小主近日春困貪睡，這並不妨。不如趁此多做休息養好身子也好。」
我笑道：「多謝溫大人費心。」
「皇上親自吩咐，小臣絕不敢疏忽。」
「那就有勞大人日日奔波了。流朱，好好送大人出去。我要歇息了。」

溫實初一出去，我立刻命小允子進來，細細吩咐了他一番，他連連點頭。說畢，我低聲道：「這事你已疏忽了。如今按我說的辦，細心留神，切莫打草驚蛇。」小允子面色一凜，忙下去了。

我只裝得一切若無其事。到了晚間，小允子來見我，悄悄告訴我在宮牆底下發現了一個小洞，像是新開不久的。我暗暗不動聲色，心知有玄凌的旨意，除了溫實初和他自己之外並沒有旁人進過我宮裡，這些伺候我的內監宮女也都沒有出去過，必然是有人在門戶上做了手腳偷偷把藥運了進來。

我道：「你只裝著不知道，也別特意留神那裡。只在明日煎藥的時分讓小連子和你、槿汐一道留神著，務必人贓並獲，殺他個措手不及。」

小允子切齒道：「是。小連子是有些功夫在身上的，必跑不了那吃裡爬外的小人！」

夜間，我躺在床上，隔著繡花的床帳看著窗外明亮如水的月光，第一次覺得我的棠梨宮中隱伏著駭人而凌厲的殺機，向我迫來。

儘管我著意警醒，還是不知不覺睡到了紅日高起。藥還是上來了，一見幾個人懊喪的神情，我便知道是沒查出個所以然。

小連子道：「奴才們一直在外守著，藥是品兒一直看著煎好的，期間並無旁人接近，更別說下藥了。」

我不由得疑雲大起，莫不是露了形跡被人察覺了，抬頭掃一眼小連子、小允子和槿汐。槿汐忙道：「奴婢們很小心。當時奴婢在廚房外與晶清說晚膳的菜色；小連子指揮著小內監打掃庭院，允公公如平常一樣四處察看，並未露了行藏。」

我端起藥碗抿了一口藥，依舊是有淡淡的酸味。我心頭惱怒，一口全吐在地上，恨恨道：「好狡猾的東西！還是下了藥了！」

槿汐等人大驚失色，忙一齊跪下道：「定是奴才們不夠小心疏漏了，望小主恕罪。」

我也不叫他們起來，只說：「也不全怪你們。能在你們幾個人的眼皮子底下把藥下了進去又不被人發現，而且中間並沒人接近藥罐，這裡面必定是有古怪。」

小允子磕了一個頭道：「奴才想起一事，請小主容許奴才走開一會。」

我點頭應允了，命槿汐和小連子起來。我對浣碧說：「全去倒恭桶裡！」浣碧忙忙的去了，我問：「沒被人瞧見妳把藥倒了吧？」

「沒有，奴婢全倒進了後堂的恭桶裡，沒被人瞧見。」

小允子很快回來了，手裡提著一把紫砂藥罐和藥匙道：「奴才私心想著，若不是有人親自動手下藥，那就只能在這些傢伙上動手腳了。」

我頷首道：「總還不算糊塗透頂。」我伸手拿過那把藥匙，仔細看了並無什麼不妥，又拿了藥罐來看，這是一把易州產的紫砂藥罐，通身烏紫，西瓜形，罐面上以草書雕刻韋莊的詞，龍飛鳳舞，甚是精妙。

我打開蓋子對著日光看罐肚裡，也沒有不妥的地方。我把藥罐放在桌上，正以為是小允子動錯了腦筋，剛想說話，忽然聞到自己拿著藥罐蓋子的手指有股極淡的酸味，我立刻拿起蓋子仔細察看，蓋子的顏色比罐身要淺一些，不仔細看絕不會留意到。

我把蓋子遞給槿汐：「妳在宮中久了，看看這是什麼緣故？」

槿汐仔細看了半日道：「這藥罐蓋子是放在下了藥的水裡煮過的，蓋子吸了藥水，所以變了顏色。」槿汐看看我的臉色，見我面色如常，繼續說：「只要小主的藥煮沸滾起來的時候碰到蓋子，那藥便混進了小主的藥裡。」

久久，我才冷笑一聲道：「好精細的工夫！怪道我們怎麼也查不出那下藥的人，原來早早就預備好了。」我問槿汐：「這些東西平時都是誰收著的？」

「原本是佩兒管著，如今是新來的宮女花穗保管。」

我「嗯」一聲對小允子道：「妳剛拿了藥罐出來，花穗瞧見了嗎？」

「並不曾瞧見。」

「把藥罐放回原位去，別讓人起疑。再去打聽花穗的來歷，在哪個宮裡當過差，伺候過哪位主子。」小允子急忙應了，一溜煙跑了下去。

過了兩個時辰，小允子回來稟報說，花穗原是被廢黜的余更衣身邊的宮女，因余娘子降為更衣，身邊的宮女也被遣了好些，花穗就是當時被遣出來的，後又被指到了我這兒。

流朱道：「小姐，看樣子那蹄子是要為她以前的小主報仇呢！」

「好個忠心念舊的奴才！」我吩咐浣碧說：「去廚房撿幾塊熱炭來，要燒得通紅那種，放在屋子裡。」

我頭也不回對小連子說：「去叫花穗來，說我有話問她。若是她有半點遲疑，立刻扭了來。」我冷冷道：「就讓我親自來審審這忠心不二的好奴才！」

過了片刻，花穗跟在小連子身後慢慢的走了進來，流朱喝道：「小主要問妳話，怎麼還磨磨蹭蹭的，像是誰要吃了妳！」

花穗見狀，只得走快幾步跪在我面前，怯怯的不敢抬頭。我強自壓抑著滿腔怒氣，含笑道：「別怕，我只是有幾句話要問妳。」

花穗低著頭道：「小主只管問，奴婢知道的定然回答。」

我和顏悅色道：「也不是什麼要緊的事。槿汐姑姑說妳的差事當的不錯，東西也管得井井有條。我很高興，心裡琢磨著該賞妳點什麼，也好讓其他人知道我賞罰分明，做事更勤謹些。」

花穗滿面歡喜的仰起頭來說：「謝小主賞。這也本是奴婢分內應該的事。」我見她臉色

「妳的差事的確當的不錯，在新來的宮女裡頭算是拔尖兒的。」我見她臉色抑制不住抑制不住的喜色，故意頓一頓道：「以前在哪個宮裡當差的，你們主子竟也捨得放妳出來？」

她聽我說完後面的話，臉色微微一變，俯首道：「奴婢粗笨，從前哪裡能跟著什麼好主子。如今能在婉儀宮裡當差，是奴婢幾生修來的福氣。」

我走近她身側，伸出戴著三寸來長的金殼鑲琺琅護甲小手指輕輕在在她臉上劃過，冰冷尖利的護甲尖劃過她的臉龐的刺痛讓她的身體不由自主的輕顫了一下。我並不用力，只在她臉頰上留了一條緋紅的劃痕。我輕笑道：「余娘子被降為更衣，實在算不得什麼好主子，可是她給妳的恩惠也不小吧？要不然妳怎麼敢在我宮裡犯下這種殺頭的死罪！」

花穗趴在地上，聲音也發抖了，「奴婢以前是伺候余更衣的，可是奴婢實在不懂小主在說些什麼。」

我的聲音陡地森冷，厲聲道：「妳真的不懂我在說什麼嗎？那我煎藥的藥罐蓋子是怎麼回事？」

花穗見我問到蓋子的事，已嚇得面如土色，只動也不敢動。半晌才哭泣道：「奴婢實在不知，奴婢是忠心小主您的呀！還望小主明察！」

我瞟了她一眼，冷冷道：「好，算我錯怪了妳。既然妳說對我忠心，那我就給妳一個表忠心的機會。」

我喚流朱：「把炭拿上來。」流朱用夾子夾了幾塊熱炭放在一個盆子裡擱在地上。我

輕聲說：「妳是余更衣身邊當過差的人，我不得不多留個心。既然妳對我忠心，那好，只要妳把那炭握在手裡，我就信了妳的清白和忠心，以後必定好好待妳。」

花穗臉色煞白，整個人僵在了那裡，如木雕一般，流朱厭惡地看她：「還不快去！」

滿屋子的寂靜，盆裡的炭燒的通紅，冒著絲絲的熱氣，忽然「辟啪」爆了一聲，濺了幾絲火星出來，嚇得花穗猛地一抖。晚春午後溫暖的陽光隔著窗紙照在她身上，照得她像屍體一樣沒有生氣。

我無聲無息的微笑著看她，花穗渾身顫慄著匍匐在地上，一點一點的向炭盆挪過去。沒有人說話，所有人的眼睛都注視著她。

我知道是花穗幹的，但是，她只是個服從命令的人，我要她親口說出幕後的指使者。我徐徐笑道：「不敢嗎？如此看來妳對我的忠心可真是虛假呢。」

花穗膽怯的看我一眼，目光又環視著所有站著的人，沒有一個人會救她，她低聲的抽泣著，緩緩的伸直蜷曲著雪白的食指和大拇指，遲疑的去握那一塊看上去比較小的炭。她的一滴眼淚落在滾熱的炭上，「呲」的一聲響，激起濃濃的一陣白煙，嗆得她立刻縮回手指，落下更多的淚來。終於，花穗再次伸出兩指去，緊閉著雙眼去捏一塊炭。在她的手指碰觸到那塊滾熱的炭時，她厲聲尖叫起來，遠遠的把炭拋了出去，炭滾得老遠，濺開一地的炭灰和火星。

花穗的手指血肉模糊，散發著一股淡淡的皮肉的焦臭。她嚎啕大哭著上來抱住我的腿，哭喊著「小主饒命！」流朱和浣碧一邊一個也拉不開她。

我皺起眉頭道：「我以為妳有多大的膽子呢，連在我的湯藥裡下藥的事也敢做，怎麼沒膽子去握那一塊炭！」

花穗哭訴道：「小主饒命，奴婢再不敢了！」

我沉聲道：「那就好好的說來，要是有半句不盡不實的，立刻拖出去打死，打死了妳也沒人敢來過問半句！」

「奴婢來棠梨宮之前原是服侍余更衣的，因余更衣獲罪不用那麼多人伺候，所以遣了奴婢出來。在奴婢來棠梨宮的前一日，余更衣叫了奴婢去，賞了奴婢不少金銀，逼著奴婢答應為她當差。奴婢……也是一時糊塗。求小主原諒！求小主原諒！」說著又是哭又是磕頭。

我語氣冰冷：「妳只管說妳的。這是妳將功贖罪的機會，若還有半分欺瞞，我決不饒妳！」

「余更衣說別的不用奴婢操心，只需在小主服用的湯藥飲食裡下了藥就行。奴婢進了棠梨宮的當晚，就按著余更衣的吩咐在牆角下發現了一個小洞。余更衣有什麼吩咐，要遞什麼東西進來，都會有人在牆角洞裡塞了紙條，奴婢按著去做即可。」

槿汐木著臉問：「那藥可是這樣傳遞進來的？也是余更衣教妳用蓋子放藥水裡煮這種奸詐法子？」

花穗哭著點頭承認了。

我抬頭冷笑道：「你們可聽聽，一齣接一齣的，就等著置我於死地呢！要不是發現得早，恐怕我連怎麼死的都不知道！可見我們糊塗到了什麼地步！」

眾人齊刷刷地跪下，低著頭嚇得大氣也不敢出一聲。我道：「起來。吃一塹長一智。你們有幾個都是宮裡的老人兒了，竟被人這樣撒野而不自知，可不是我們太老實了！」

我轉臉問花穗：「這宮裡還有什麼同黨沒有？」

花穗嚇地「砰砰」磕頭道：「再沒有了，再沒有了！」

「那余更衣什麼時候會給妳遞紙條遞藥進來？」

花穗略一遲疑，身側的流朱立刻喝道：「小連子，掰開她的嘴來，把那炭全灌進去！」

小連子應了一聲，作勢就要掰開花穗的嘴往裡灌炭。花穗嚇得面無人色，又不敢大哭，只得滿地打滾的去避，連連嚷著「我說我說」。我這才吩咐小連子放開她，淡淡的說：「那就好好的一字一句說來。」

「余更衣每隔三天會讓人把藥放在那小洞裡，奴婢自去拿就行了。」

「每隔三天，那不就是今晚？拿藥是什麼時候，可有什麼暗語？」

「一更時分，聽得宮牆外有兩聲布穀鳥兒叫就是了，奴婢再學兩聲布穀鳥叫應他。」

「妳可見過送藥的那人？」

「因隔著牆奴婢並沒見過，只曉得是個男人的手，右手掌心上有條疤。」

我朝花穗努努嘴，對小連子說：「捆了她進庫房，用布塞住嘴。只說是偷我的玉鐲子被當場捉了。再找兩個力氣大的小內監看著她，不許她尋短見，若是跑了或是死了，叫看著她的人提頭來見我！」

花穗一臉驚恐的看著我，我瞥她一眼道：「放心，我不想要妳的命。」小連子手腳利索的收拾好她塞進了庫房。我讓浣碧關上門，看著槿汐說：「今晚妳就假扮花穗去拿藥。」又對小允子沉聲道：「叫上小連子和幾個得力的內監，今晚上我們就來個守株待兔。」

如此安排妥當，見眾人各自退下了，流朱在我身邊悄聲道：「已知是余更衣下的手，小姐可想好了怎麼應付？」

我望著窗外漸漸向西落去的斜陽，庭院裡有初開的木芙蓉花，那花本就灼紅如火，在泣血樣的夕陽下更似鮮紅濃郁得欲要滴落一般，幾乎要刺痛人的眼睛。風吹過滿院枝葉漱然有聲，帶著輕薄的花香，有隱隱逼迫而來的暑意。我身上卻是涼浸浸的漫上一層薄薄的寒意，不由得扶住窗欞長歎一聲道：「縱使我放過了別人，別人也還是不肯放過我啊！」

浣碧細白的貝齒在嫣紅的唇上輕輕一咬，杏眼圓睜，「小姐還要一味忍讓嗎？」

我用護甲撥著梨花木窗欞上纏枝牡丹花細密繁複的花瓣枝葉紋樣，輕輕的「吧嗒吧嗒」磕一聲了一聲，只默默不語。晚風一絲一絲的拂鬆方才臉上繃緊的茸茸的毛孔，天色一分分暗淡下來，出現朦朧的光亮的星子。我靜靜的吸了一口氣，攏緊手指道：「別人已經把刀放在了我脖頸上，要麼引頸待死，要麼就反擊。難道我還能忍嗎？」

流朱扶住我的手說：「小姐心意已定就好，我和浣碧一定誓死護著小姐。」

我緩緩的吁出氣道：「若不想人為刀俎，我為魚肉，也只能拚力一爭了。」

我心中明白，在後宮，不獲寵就得忍，獲寵就得爭。忍和爭，就是後宮女人所有的生活要旨。如今的形勢看來，我是想不爭也難了。

我伸手扶正頭上搖搖欲墜的金釵，問道：「皇上今日翻了牌子沒？是誰侍寢？」

流朱道：「是華妃。」

我輕聲道：「知道了。傳膳吧，吃飽了飯才有力氣應付今晚的周折。」

十八、殺機初現（下）

時近一更，宮中已是寂靜無聲。棠梨宮也如往常般熄滅了庭院裡一半的燈火，只是這如往常般平靜的深夜裡隱伏下了往日從沒有的伺機而動的殺機。我依然毫無睡意，在朦朧搖曳的燭光裡保持著夜獸一般的警醒和驚覺。我開始覺得後宮裡靜謐的夜裡有了異樣的血腥的氣味，夾雜著層出不窮防不勝防的陰謀和詛咒，在每一個嬪妃宮女的身邊蠢蠢欲動，虎視眈眈。這個萬籟俱寂的春夜裡，我彷彿是突然甦醒和長大了，那些單純平和的心智漸漸遠離了我。我深刻的認識到，我已經是想避而不能避，深深處在後宮鬥爭的巨大漩渦之中了。

更鼓的聲音越來越近了，洪亮的梆子捶擊更鼓的聲音不知會不會驚破旁人的春夢。而對於我，那更像是一聲聲尖銳的叫囂。我帶著流朱浣碧悄無聲息的走到院中，宮牆下已經埋伏幾個小內監。槿汐悄悄走近我，指著棠梨宮門上伏著的一個人影極力壓低聲音說：「小連子在上面，單等那賊人一出現，便跳下去活捉了他。」我點了點頭，小連子是有些功夫在身上的，他伏在宮門上，若不是仔細留神還真看不出來。

只聽得宮牆外有兩聲布穀鳥兒的叫，槿汐提著燈籠也學著叫了兩聲，果然在宮牆的洞裡伸過一隻手來，掌上托著小小一個紙包，掌心正是有條疤痕的。槿汐一點頭，旁邊小內監立刻掩上去一把扭住那隻手。那隻手著了慌，卻是用力也扭不開。再聽得牆外「唉呦」幾聲，小連子高聲道：「稟小主，成了！」

轉瞬間宮燈都已點亮，庭院裡明如白晝。小連子扭了那人進來，推著跪在我面前。卻是個小內監的模樣，只低著腦袋死活不肯抬頭，身形眼熟的很。我低頭想了想，冷哼一聲道：「可不是舊相識呢？抬起他的狗頭來。」

小連子用力在他後頸上一擊，那小內監吃痛，本能的抬起頭來，眾人一見皆是吃驚，繼而神色變得鄙夷。那小內監忙不迭羞愧的把腦袋縮了回去，可不是從前在我身邊伺候的小印子。

我淡淡一笑，道：「印公公，別來無恙啊。」

小印子一聲不敢吭，流朱走到他近旁說：「喲，可不是印公公嗎？當初可攀上了高枝兒了啊，現如今是來瞧瞧我們這般還窩在棠梨宮裡守著舊主兒的故人嗎？可多謝您老費心了。」伸手扯扯他的帽子，嬉笑道：「現如今在哪裡奉高差啊，深更半夜的還來舊主兒宮裡走走。」

小印子依舊是一聲不言語。流朱聲音陡地嚴厲：「怎麼不說，那可不成賊了。既是賊，也只好得罪了。小連子，著人拿大板子來，狠狠的打！」

小連子打個千兒，道：「既是流朱姑娘吩咐了，來人，拿大板子來，打折了賊子的一雙腿才算數！」

小印子這才慌了神，連連叩首求命。我含笑道：「慌什麼呢？雖是長久不見，好歹也是主僕一場，我問你什麼答就是了，好端端的我做什麼要傷你？」

我對左右道：「大板子還是上來預備著，以免印公公說話有後顧之憂，老是吞吞吐吐的叫人不耐煩。」

小允子立刻去取了兩根宮中行刑的杖來，由小內監一人一根執了站在小印子兩旁。

我問道：「如今在哪裡當著差使呢？」

「在……在余更衣那裡。」

「那可是委屈了，余更衣如今可只住在永巷的舊屋子裡，可不是什麼好處所呢。」

小印子低著腦袋有氣無力的答：「做奴才的只是跟著小主罷了，沒的好壞。」

我輕笑一聲：「你倒是想得開。當初不是跟著你師傅去了麗貴嬪那裡，怎的又跟著余更衣去了。」

「余更衣當日晉了常在，麗主子說余更衣那裡缺人，所以指了奴才去。」

「麗主子倒是為你打算得長遠。短短半年間轉了三個主子，你倒是吃香得很。」小印子滿面羞慚的不做聲。我淡淡的道：「這舊也算是敘完了。我現在只問你，半夜在我宮外鬼鬼祟祟的做什麼？」

小印子嚇得愣了一愣，才回過神道：「奴才不過是經過。」

「哦，這半夜的也有要緊差事？」

「這……奴才睡不著出來溜溜。」

「是嗎？我看你還沒睡醒吧。我懶得跟你多廢話。」我轉頭對小允子道：「把合宮的宮人全叫出來看著，給我狠狠地打這個背主忘恩的東西，打到他清醒說了實話為止！」我又冷冷道：「我說怎麼我這宮裡的情形能讓外人摸得清楚，原來是這宮裡出去的老人兒。」

小允子走近我問：「敢問小主，要打多少？」

我低聲說：「留著活口，別打死就行。」站起身來道：「流朱浣碧給我在這兒盯著，讓底下的人也知道背主忘恩的下場。槿汐，外頭風涼，扶我進去。」

槿汐扶著我進去，輕聲道：「小主折騰了半夜，也該歇著了。」

我聽著窗外殺豬似的一聲比一聲淒厲的嚎叫，只端坐著一言不發。不過須臾，外頭的動靜漸漸小了。小允子晉來回稟道：「小主，那東西受不得刑，才幾下就招了。說是余更衣指使他做的。」

「捆了他和花穗一起關著，好好看著他倆。」

小允子應了出去，我微一咬牙道：「看這情形，我怎麼能不寒心。竟是我宮裡從前出去的人……我待他不薄。」

槿汐和言勸慰道：「小主千萬別為這起爛污東西寒心。如今情勢已經很明瞭，必是余更衣懷恨在心，才使人報復。」

「我知道。」對於余氏，我已經足夠寬容忍耐，她還這樣步步相逼，非要奪我性命。沉默良久，輕輕道：「怎麼這樣難。」

「小主說什麼？」

我無聲的歎了一口氣：「要在這宮裡平安度日，怎麼這樣難。」

槿汐垂著眼瞼，恭謹道：「人無傷虎意，虎有害人心。」

「如今我才明白，宮中為何要時時祈求平安祥瑞，因為平安是後宮裡最最缺少的。因為少才會無時無刻想著去求。」我想一想，「這事總還是要向皇上皇后稟報的。」

「是。」

「明早妳就先去回了皇上。」

「奴婢明白。那余更衣那裡……」

我思索片刻，「人贓俱在，她推脫不了。」遲疑一下，「若是皇上還對她留了舊情就不好辦了，當初她就在儀元殿外高歌一夜使得皇上再度垂憐。此女心胸狹窄，睚眥必報……萬一沒能斬草除根，怕是將來還有後患。」

「小主可有萬全之策？」

我的手指輕輕的篤一下篤一下敲著桌面，靜靜思索了半晌，腦海中忽然劃過一道雪亮，莞爾一笑道：「毒藥詛咒加上欺君之罪，恐怕她的命是怎麼也留不下了。」

「小主指的是……」

「妳可還記得妳曾問過我當日除夕倚梅閣裡是否有人魚目混珠？」

槿汐立時反應過來，與我相視一笑。

這一夜很快過去了，我睡得很沉。醒來槿汐告訴我玄凌已發落了小印子與花穗，正在堂上候我醒來。急忙起身盥洗。

讓皇帝久等，已是錯了見駕的規矩。我見玄凌獨自坐著，面色很不好看，輕輕喚他：「四郎。」

見我出來玄凌面色稍霽，道：「嬛嬛，睡得還好？」

我憂聲道：「多謝皇上關心，就怕是睡得太沉才不好。」

「朕知道，妳身邊的順人一早就來回了朕和皇后。今日起妳的藥飲膳食朕都會叫人著意留心，今番這種陰險之事再不許發生。」說到最後兩句，他的聲音裡隱約透出冰冷的寒意。「後宮爭寵之風陰毒如此，朕真是萬萬想不到！那個花穗和小印子，朕已命人帶去暴室杖斃了；至於余更衣，朕下了旨意，將她打入去錦冷宮，終身幽禁！嬛嬛，妳再不必擔驚受怕了。」

皇帝果然手下留情，我念及舊事，心中又是惶急又是心酸，復又跪下嗚咽落淚道：

「嬛嬛向來體弱與世無爭，不想無意得罪了余更衣才殃及那麼多人性命，嬛嬛真是罪孽深重，不配身受皇恩。」

皇帝扶我手臂溫和道：「妳可是多慮了。妳本無辜受害，又受了連番驚嚇，切勿再哭傷了身子。」

我流著淚不肯起來，俯身道：「嬛嬛曾在除夕夜祈福，唯願『逆風如解意，容易莫摧殘』，卻不想天不遂人願……」我說到此，故意不再說下去，只看著玄凌，低聲抽泣不止。

果然他神色一震，眉毛挑了起來，一把扯起我問：「嬛嬛。妳許的願是什麼？在哪裡許的？」

我彷彿是不解其意，囁嚅道：「倚梅園中，但願『逆風如解意，容易莫摧殘』。」我看著他的神色，小心翼翼的說：「那夜嬛嬛還不小心踏雪濕了鞋襪。」

玄凌的眉頭微蹙，看著我的眼睛問：「那妳可曾遇見了什麼人？」

我訝異的看著他，並不迴避他的目光，道：「四郎怎麼知道？嬛嬛那晚曾在園中遇見一陌生男子，因是帶病外出，更是男女授受不親，只得扯了謊自稱是園中宮女才脫了身。」我「呀」了一聲，恍然大悟道：「莫不是那夜的男子……」我惶恐跪下道：「臣妾實在不知是皇上，臣妾失儀，萬望皇上恕罪！」說完又是哭泣。

玄凌擁起我，動情之下雙手不覺使了幾分力，勒得我手臂微微發痛，道：「原來是妳！竟然是妳！朕竟然錯認了旁人。」

我裝糊塗道：「皇上在說什麼旁人？」

玄凌向堂外喚了貼身內侍李長晉來道：「傳朕的旨意。冷宮余氏，欺君罔上，毒害嬪妃。賜，自盡。」
李長見皇帝突然轉了主意，但也不敢多問，躬身應了出去冷宮傳旨。我假意迷惑道：「皇上怎麼了？忽然要賜死余氏？」
玄凌神色轉瞬冰冷：「她，欺君罔上，竟敢自稱是當日在倚梅園中與朕說話的人。妳我當日說話她必定是在一旁偷聽，才能依稀說出幾句。這『逆風如解意，容易莫摧殘』一句竟是怎麼也想不出來，只跟朕推說是一時緊張忘了。」他語氣森冷道：「她多次以下犯上，朕均念及當日情分才饒過了她。如今卻是再無可恕了。」
我慌忙求情道：「余氏千錯萬錯，也只仰慕皇上的緣故。更何況此事追根究底也是從臣妾身上而起，還請皇上對余氏從輕發落。」
玄凌歎息道：「妳總是太過仁善，她這樣害妳，妳還為她求情。」
我心中微有不忍，終究是余氏一條人命犯在了我手裡，不覺難過流淚，「還望皇上成全。」
「妳的心意我已明白。只是君無戲言，余氏罪無可恕。不過，既然妳為她求情，朕就賜她死後允許屍身歸還本家吧。」
我再次俯身道：「多謝皇上。」
事情既已了結，玄凌與我皆是鬆了一口氣，他握住我手，我臉上更燙卻不敢抽手，只好任他握住。玄凌帶著笑意隨口道：「說起那日在倚梅園中祈福，妳可帶了什麼心愛的物件去，是香囊還是扇墜或是珠花？」
我見他問的彷彿全不知我那日掛著的是小像，心知小像不是落在了他手裡。雖微感蹊蹺，也並不往心裡去，只答道：「也不過是女兒家喜歡的玩意罷了，四郎若喜歡嬛嬛再做一個便是。」

玄淩清淺一笑：「此番的事妳必定是受了驚嚇，若要做也等妳放寬了心再說。」他的目光凝在我臉上，緊一緊我的手：「朕與妳的日子還長，不急於一時。」

我聽得他親口說這「日子還長」幾字，心裡一軟翻起蜜般甜，彷彿是被誰的手輕輕拂過心房，溫柔得眼眶發酸，低聲喚他：「四郎。」

玄淩擁我入懷，只靜靜不發一言。畫梁下垂著幾個鍍銀的香球懸，鏤刻著繁麗花紋，金輝銀爍，噴芳吐麝，襲襲香氳在堂中彌蕩縈紆。窗外簌簌的風聲都清晰入耳。

良久，他方柔聲說：「朕今日留下陪妳。」

我含羞悄聲說：「嬛嬛身子不方便。」

玄淩啞然失笑：「陪朕用膳、說話總可以吧。」

一起用過午膳，玄淩道：「還有些政務，妳且歇著，朕明日再來瞧妳。」

我起身目送玄淩出去，直到他走了許久，才慢慢靜下心來踱回暖閣。我召了槿汐晉來道：「宮女和內監死後是不是都要抬去亂葬崗埋了？」

槿汐神色略顯傷神，低聲道：「是。」

我知她觸景傷懷，歎了口氣道：「我原不想要花穗和小印子的命，打發他們去暴室服苦役也就罷了。誰知皇上下了旨，那也無法可施了。」

槿汐道：「他們也是自作孽。」

我整整衣衫道：「話雖如此，我心裡始終是不忍。妳拿些銀子著人去為花穗和小印子收屍，再買兩副棺材好好葬了，終究也算服侍了我一場。」

槿汐微微一愣，彷彿不曾想到我會如此吩咐，隨即答道：「小主慈心，奴婢必定著人去辦好。」

我揮一揮手，聲音隱隱透出疲倦道：「下去吧。我累了，要獨自歇一歇。」

十九、驚夢

我獨自倚在暖閣裡間的貴妃榻上，只手支著下巴歪著，雖是懶懶的，卻也沒有一絲睡意。只覺得頭上一枝金簪子垂著細細幾縷流蘇，流蘇末尾是一顆紅寶石，涼涼的冰在臉頰上，久了卻彷彿和臉上的溫度融在了一起，再不覺得涼。正半夢半醒的遲鈍間，聽見有小小的聲音喚我：「小姐，小姐。」

漸漸醒神，是浣碧的聲音在簾外。我並不起來，懶懶道：「什麼事？」她卻不答話，我心知不是小事，撫一撫臉振振精神道：「進來回話。」

她挑起簾子掩身進來，走至我跟前方小聲說：「冷宮余氏不肯就死，鬧得沸反盈天，非嚷著要見皇上一面才肯了斷。」

我搖頭，「這樣垂死掙扎還有什麼用。那皇上怎麼說？」

「皇上極是厭惡她，只說了『不見』。」

「回了皇后沒有？」

「皇后這幾日頭風發作，連床也起不了，自然是管不了這事。」

我沉吟道：「那麼就只剩華妃能管這事了。只是華妃素日與余氏走得極近，此刻抽身避嫌還來不及，必然是要推托了。」

「小姐說的是，華妃說身子不爽快不能去。」

我挑眉問道：「李長竟這麼沒用，幾個內監連她一個弱女子也對付不了？」

浣碧皺眉，嫌惡道：「余氏很是潑辣，砸了毒酒，形同瘋婦，在冷宮中破口大罵小主，言語之惡毒令人不忍耳聞！」

我慢慢坐直身子，撫平鬢角道：「她還有臉罵嗎？憑她這麼罵下去恐怕是要死無葬身之地了。」

「余氏口口聲聲說自己受人誣陷，並不知自己為何要受死。」

我站起身，伸手讓浣碧扶住我的手，慢裡斯條道：「那妳就陪我走一趟冷宮，也叫她死得明白，免得做個枉死鬼！」

浣碧一驚，連忙道：「冷宮乃不祥之地，小姐千萬不能去！何況余氏見了您肯定會失控傷害您，您不能以身涉險！」

我凝望著窗紗外明燦燦的陽光，理了理裙裾上佩著的金線繡芙蓉荷包的流蘇，道：「不能再讓她這麼胡鬧下去，叫上槿汐與我一同過去。」

浣碧知我心意已定，不會再聽人勸告，只好命人備了肩輿與槿汐一同跟我過去。

冷宮名去錦，遠離嬪妃居住的殿閣宮院，是歷代被廢黜的嬪妃被關押的地方，有剝去錦衣終生受罪之意。有不少被廢黜的嬪妃貴人因為受不了被廢後的淒慘冷宮生活，或是瘋癲失常或是自盡，所以私下大家都認為去錦宮內積怨太深，陰氣太重，是個整個後宮之中怨氣最深的地方。常有住得近的宮人聽到從去錦宮內傳出的永無休止的哭泣嗚咽和喊叫咒罵聲，甚至有宮人聲稱在午夜時分見到飄忽的白衣幽魂在去錦宮附近遊蕩，讓人對去錦宮更加敬而遠之。

坐在肩輿上行了良久，依舊沒有接近去錦宮的跡象。午後天氣漸暖，浣碧和槿汐跟在肩輿兩側走得久了，額上滲出細密的汗珠來，不時拿手帕去擦。抬著肩輿的內監卻是步伐齊整，如出一人，行得健步如飛。我吩咐道：「天氣熱，走慢些。」又側身問槿汐：「還有多遠？」

槿汐答道：「出了上林苑，走到永巷盡頭再向北走一段就到了。」

永巷[1]的盡頭房屋已是十分矮小，是地位低下的宮人雜居的地方。再往前越走越是荒涼，竟像是到了久無人煙之處。漸漸看清楚是一處宮殿的模樣，極大，卻是滿目瘡痍，像是久無人居住了，宮瓦殘破，雕欄畫棟上積著厚厚的灰塵和凌亂密集的蛛網，看不清上面曾經繪著的描金圖案。

還未進冷宮，已聽見有女子嘶啞尖利的叫罵聲，我命抬肩輿的小內監在外待著，逕直往裡走去。一干內監見我進來，齊齊跪下請安。李長是玄凌身邊的貼身內侍，按規矩不必行跪禮，只躬一躬身子施禮道：「婉儀吉祥。」

我客氣道：「公公請起。」又示意內監們起身。我問道：「怎麼公公的差事還沒了嗎？」

李長面帶苦笑，指一指依舊破口大罵的余氏道：「小主您看，真是個潑賴貨。」

余氏兩眼滿是駭人的光芒，一把撲上來扯著我衣襟道：「怎麼是妳？皇上呢？皇上呢？」一邊問一邊向我身後張望。

槿汐和李長齊聲驚慌喊道：「快放開小主！」

我冷冷推開她手，道：「皇上萬金之體，怎會隨意踏足冷宮？」

余氏衣衫破亂，披頭散髮，眼中的光芒像是熄滅了的燭火，漸漸黯淡下來，旋即指著我又哭又叫道：「都是妳，都是妳這個賤人！哄得皇上非要殺了我不可！妳這個賤人！」

浣碧忙閃在我身前怕她傷了我。許是余氏喊聲太響，震得樑上厚積的灰塵噗嚕嚕掉了些許下來。我躲不及，灰塵直落在我的肩上，嗆得我咳嗽了兩聲。

余氏見狀，拍手狂笑道：「好！好！妳這個蛇蠍心腸的賤人！連老天也饒妳！」

李長見她罵的惡毒無狀，揮手一個響亮的耳光打得她左頰高高腫起，五個通紅的指印浮在臉上。她一手撫著臉頰，猶自看著我幽冷地笑。

我取出手絹拭淨肩上的灰塵，從容道：「妳才是自作孽，不可活。不過是灰塵而已，既然惹人討厭，拂去便了，並不是什麼大不了的事，也值得皇上昔日的寵姬如此高興嗎？」

余氏聽我話中意有所指，漸漸止了笑，直直的注視著我。我的嘴角隱隱向上揚起，道：「妳這般不肯就死，不就是想死得明白嗎，那我來告訴妳便是。」我沉下臉道：「我的藥裡是妳動了手腳不假吧？人贓俱在妳推脫不了。」

她仰著頭，面色猙獰，咬牙切齒道：「是，是我指使人幹的。要不是妳我怎會失寵，怎會落到這般田地，我恨不得啃妳的骨，喝妳的血！叫妳這賤人永世不得超生！」

李長見勢又要揮掌打去，我略一抬手制止他，他垂下手退到我身後。我道：「妳既已知道自己的罪行，怎的還不乖乖伏誅？」

「都怪我一時大意才會被妳發覺，皇上為此廢我進冷宮我亦怨不得人。只是我才進冷宮，皇上又突然要殺我，妳敢說不是妳出言挑唆？」

我微微一笑：「何須我出言挑唆？妳因何得寵妳應該最明白！」我停一停，唇邊笑意更深：「除夕之夜倚梅園中，『逆風如解意，容易莫摧殘』，妳可還記得嗎？」

余氏臉上漸漸浮起疑惑的神情，繼而被驚恐替代，厲聲尖叫道：「是妳！竟然是妳！」她伸開雙臂縱身撲上來，聲嘶力竭的喊：「那日的人是妳！我竟然成也因妳，敗也因妳！」

我側身一閃，向槿汐道：「如此無禮，給我掌嘴！」

余氏撲了個空，用力過猛撲倒在了地上，震得塵灰四起。槿汐二話不說，上前扯起她反手狠狠兩個耳光，直打得她嘴角破裂，血絲滲了出來。

我見余氏被打得發愣，示意槿汐鬆開她，道：「妳獲寵的手段本不磊落，更是應該小心謹慎守著妳的本分，可是妳三番五次興風作浪，還不懂得教訓變本加厲下毒謀害我，我怎能輕饒了妳！」

她失魂落魄的聽著，聽我不能饒她，忽地躍起向外衝去。李長眼疾手快一把把她推回裡面，她發瘋般搖頭，叫嚷起來：「我不死！我不死！皇上喜歡聽我唱歌，皇上不會殺我！」邊喊邊極力掙扎想要出去。一干內監拚力拉著她，鬧得人仰馬翻。

我招手示意李長過來，皺著眉低聲道：「這樣下去也不是個法子，皇上心煩，皇后的頭風又犯了，不能任著她鬧。」

李長也是為難：「小主不知，皇上是賜她自盡，可是這瘋婦砸了藥酒，撕了白綾，簡直無法可施。」

我問道：「李公公服侍皇上有許多年了吧？」

「回小主的話，奴才服侍皇上已有二十年了。」

我含笑道：「公公服侍皇上勞苦功高，在宮中又見多識廣，最能揣摩皇上的心思。」我故意頓一頓，「皇上既是賜她自盡，就是一死。死了你的差事便也了了，誰會追究是自盡還是別的。」

李長低聲道：「小主的意思是……」

「余氏在宮中全無人心可言，沒有人會為她說話，如今皇上又厭惡她。」我話鋒一轉，問道：「昔日下令殉葬的嬪妃若不肯自己就死該當如何？」

李長何等乖覺，立刻垂目，看著地面道：「是。」

「公公比我更明白什麼是夜長夢多。了斷了她，皇上也了了一樁心事。」

李長躬身恭敬道：「奴才明白。奴才恭送小主。」

我微微一笑，攜了浣碧槿汐慢慢出去了。身後傳來余氏尖利的咒罵聲：「甄嬛！妳不死在我手裡，必定會有人幫我了結妳！妳必定不得好死！」她的狂笑淒厲如夜梟，聽在耳中心頭猛地一刺，只裝作沒聽見繼續向外走。

浣碧恨道：「死到臨頭還不知悔改。」

我淡淡道：「死到臨頭，隨她去。」

去錦宮外暮色掩映，有烏鴉撲稜稜驚飛起來，縱身飛向遠樹。冷宮前的風彷彿分外陰冷些，浣碧槿汐扶我上了肩輿一路回宮。天色越發暗了，那烏黑的半面天空像是滴入清水中的墨汁，漸漸擴散得大，更大，一點點吞沒另半面晚霞絢爛的長空。

永巷兩側都設有路燈，每座路燈有一人多高，石製的基座上設銅製的燈樓，以銅絲護窗。永夜照明，風雨不熄。此時正有內監在點燈，提了燃油灌注到燈樓裡，點亮路燈。見我的肩輿過來，一路無聲的跪下行禮。

回到宮中才進了晚膳，槿汐進來回稟說李長遣了小內監來傳話說是余氏自盡了。我雖是早已知道這結果，現在從別人口中得知，心裡仍是激靈靈一沉，小指微微顫了一顫，這畢竟是我第一次下手毀了一條人命，縱使我成竹在胸，仍是有些後怕。

槿汐見我面色不好看，摒開我週遭伺候的人，掩上房門靜靜侍立一旁。

桌上小小一尊博山爐裡焚著香，篆煙細細，馨香繚繞，筆直的裊裊升起，散開如霧。我伸手輕輕一撩，那煙就散得失了形狀。

我輕聲問：「槿汐，這事是不是我太狠心了？」

「小主指的是什麼？」

我幽幽的歎了一口氣，用護甲尖輕輕撥著桌布上繁亂的絲繡，只靜靜不語。

槿汐斟了一盞茶放我面前，輕聲道：「奴婢並不知過分，奴婢只知旁人若不犯小主，小主必不犯旁人。小主若是出手，必定是難以容忍的事了。」

「妳這是在勸慰我？」

「奴婢不懂得勸慰，只是告訴小主，宮中殺戮之事太多太多，小主若不對別人狠心，只怕別人會對小主更狠心。」

我默默無語，槿汐看看更漏，輕輕道：「時辰不早，奴婢服侍小主睡下吧。」

我「嗯」一聲，道：「這個時辰，皇上應該還在看折子吧？」

「是。聽說這幾日大臣們上的奏章特別多。」

「我也累了，差小允子送些參湯去儀元殿，皇上近來太過操勞了。」

「是。」槿汐出去吩咐了，端水替我卸了釵環胭脂，扶我上床，放下絲帳，只留了床前兩枝小小燭火，悄悄退了下去。

連日來費了不少心力，加上身體裡的藥力還未除盡，我一挨枕頭便沉沉睡了過去。不知睡了多久，只覺得身上的被衾涼涼的，彷佛是下雨了，風雨之聲大作，敲打著樹葉的聲音嘩啦嘩啦響。依稀有人在叫我的名字——甄嬛！甄嬛！很久沒有人這樣喚我，感覺陌生而疏離。我恍惚坐起身，窗扇「吧嗒吧嗒」的敲著，漏進冰涼的風，床前的搖曳不定的燭火立刻「噗」的熄滅了。我迷迷糊糊的問：「是誰？」

有暗的影子在床前搖晃，依稀是個女人，垂散著頭髮。我問：「誰？」

是女子的聲音，嗚咽著淒厲：「甄嬛。妳拿走我的性命，叫人勒殺我，妳怎的那麼快就忘了？」她反覆的追問「妳怎的那麼快就忘了？」

我身上涔涔的冒起冷汗，余氏！

「甄嬛。妳可知道勒殺的滋味嗎？他們拿弓弦勒我，真痛，我的脖子被勒斷了半根，妳要瞧瞧嗎？」她肆意地笑，笑聲隨著我內心無法言說的恐怖迅疾瀰漫在整個房間裡。「妳敢瞧一瞧嗎？」

她作勢要撩開帳簾。我駭怕得毛髮全要豎起來了，頭皮一陣陣麻，胡亂摸索著身邊的東西。枕頭！鎏金瓷枕！我猛地一把抓起，掀起帳簾向那影子用盡全力擲去，匡啷啷的響，碎陶瓷散了一地的「茲拉」尖銳聲。我大口喘息著，厲聲喝道：「是我甄嬛下令勒殺妳，妳能拿我怎麼樣！如果我不殺妳，妳也必要殺我！若再敢陰魂不散，我必定將妳屍骨挫骨揚灰，叫妳連副臭皮囊也留不得！」

一息無聲，很快有門被打開的聲音，有人慌亂的衝進來，手忙腳亂點了蠟燭掀開帳簾，「小主，小主妳怎麼了！」

我手腕上一串絞絲銀鐲嚦嚦的響，提醒我還身在人間。我滿頭滿身的冷汗，微微平了喘息道：「夢魘而已。」眾人皆是鬆了一口氣，忙著拿水給我擦臉，關上窗戶，收拾滿地的狼籍。槿汐幫我拿了新枕頭放上，我極力壓低聲音，湊近她耳邊道：「她來過了。」

槿汐神色一變，換了安息香在博山爐裡焚上，對旁人道：「小主夢魘，我陪著在房裡歇下，你們先出去吧。」

眾人退了下去，槿汐抱了鋪蓋在我床下躺好，鎮聲說：「奴婢陪伴小主，小主請安睡吧。」

風雨之聲淅淅瀝瀝的入耳，我猶自驚魂未定，越是害怕得想蜷縮成一團越是極力的伸展身體，繃直手腳，身體有些僵硬。槿汐的呼吸聲稍顯急促，並不均勻和緩，也不像是已經入睡的樣子。

我輕聲道：「槿汐。」

槿汐應聲道：「小主還是害怕嗎？」

「嗯。」

「鬼神之說只是世人訛傳，小主切莫放在心上。」

我把手伸出被外，昏黃的燭光下，手腕上的銀鐲反射著冷冽的暗光，像游離的暗黃小蛇。我鎮聲道：「今日夢魘實在是我雙手初染血腥，以至夢見余氏冤魂索命。」我靜一靜，繼續道：「我所真正害怕的並非這些，鬼神出自人心，只要我不再心有虧欠便不會再夢魘自擾。我害怕的是余氏雖然一命歸西，但是這件事並沒有完全了結。」

「小主懷疑余氏背後另有人指使？」槿汐翻身坐起問。

「嗯。妳還記得我們出冷宮的時候余氏詛咒我的話嗎？」

「記得。」槿汐的語氣略略發沉，「她說必定有人助她殺小主。」

「妳在宮中有些年了，細想想，余氏不像是心計深沉的人，她只是一介蒔花宮女出身，怎麼懂得藥理，曉得每次在我湯藥裡下幾分藥量，怎樣悉心安排人進我宮裡裡應外合？那藥又是從何得來？」

槿汐的呼吸漸漸沉重，沉默片刻道：「小主早已明白，實應留下她的活口細細審問。」

我搖一搖頭，「余氏恨我入骨，怎會說出背後替她出謀劃策的人。她寧可一死也不會說，甚至會反咬我們攀誣旁人。反倒她死了，主使她的人才會有所鬆懈，叫咱們有跡可尋。」我冷笑道：「咱們就拿她的死來做一齣好戲。」

槿汐輕輕道：「小主已有了盤算？」

「不錯。」我招手示意她到身前，耳語幾句。

槿汐聽罷微笑：「小主好計，咱們就等著讓那人原形畢露。」

註釋：

(1)永巷：皇宮中的長巷，兩側間或有未分配到各宮去的宮女居住，也有幽閉無寵的低等妃嬪的居住的地方。

二十、麗貴嬪

宮中是流言傳遞最快的地方，任何風吹草動都瞞不過后妃們各自安排下的眼線，何況是余氏使人下藥毒害我的事，一時又增了後宮諸人茶餘飯後的談資。

不幾日宮中風傳余氏因我而死，怨氣沖天，冤魂不散，鬼魂時常在冷宮和永巷出沒，甚至深夜攪擾棠梨，嚇得我夜夜不能安眠。閒話總是越傳越廣，越傳越被添油加醋，離真相越遠。何況是鬼神之說，素來為後宮眾人信奉。

余氏鬼魂作祟的說法越演越烈，甚至有十數宮人妃嬪聲稱自己曾見過余氏的鬼魂，白衣長髮，滿臉鮮血，淒厲可怖，口口聲聲要那些害她的人償命。直鬧得人人自危，雞犬不寧。

我夜夜被噩夢困擾，精神越來越差，玄凌憂心得很又無計可施。正好此時通明殿的法師進言說帝王陽氣最盛，坐鎮棠梨鬼魂必定不敢再來騷擾，又在通明殿日夜開場做水陸大法事超渡冷宮亡魂。於是玄凌夜夜留宿棠梨相伴，果然，我的夢魘逐漸好了起來。

晨昏定省是妃嬪向來的規矩。因我近日連番遭遇波折，身心困頓，皇后極會體會皇帝的意思，加意憐惜，有意免了我幾日定省。這兩日精神漸好，便依舊去向皇后請安謝恩。近夏的天氣雷雨最多。是日黃昏去向皇后請安，去時天氣尚好，有晚霞當空流照。不想才陪皇后和諸妃說了一會子話，就已天色大變雷電交加，那雨便瓢潑似的下來了。

江福海走出去瞧了瞧道：「這雨下得極大，怕一時半會兒停不下來，要耽擱諸位娘娘小主回宮呢。」

皇后笑道：「這天跟孩兒的臉似的說變就變，妹妹們可是走不成了。看來是老天爺想多留你們陪我聊天解悶呢。」

皇后在前，誰敢抱怨天氣急著回宮，都笑道：「可不是老天爺有心，見皇后鳳體痊癒，頭風也不發了才降下這甘霖。」

皇后見話說得巧也不免高興，越發上了興致與我們閒聊。直到酉時三刻，雨方漸漸止了，眾人才向皇后告辭各自散去。

大雨初歇，妃嬪們大多結伴而行。我見史美人獨自一人，便拉了她與我和眉莊、陵容同行。

出了鳳儀宮，見華妃與麗貴嬪正要上車輦一同回宮，卻不見平日與她常常做伴的曹容華。四人向華妃和麗貴嬪行了禮，華妃打量我幾眼道：「婉儀憔悴多了，想來惡夢纏身不好過吧。」

我聞言嚇得一縮，驚惶看向四周，小聲說：「娘娘別說，那東西有靈性，會纏人的。」

華妃不以為然道：「婉儀神志不清了吧？當著本宮的面胡言亂語。」

眉莊忙解圍道：「華妃娘娘恕罪。甄婉儀此番受驚不小，實在是……」眉莊小心翼翼的看了看周圍：「實在是很多人都親眼見過，不得不小心啊。」

史美人最信鬼神之說，不由得點頭道：「的確如此，聽說有天晚上還把永巷裡一個小內監嚇得尿了褲子好幾天都起不來床。」

我憂心忡忡道：「她恨我也就罷了。聽說當日皇上要賜她自盡，平日與她交好的妃嬪竟無一人為她求情，才使她慘死冷宮……」我見華妃身後的麗貴嬪身體微微一抖，面露怯色，便不再說下去。

華妃登時拉長了臉，不屑道，「身為妃嬪，怎能同那些奴才一般見識，沒的失了身份。再說她自尋死路罪有應得，誰能去為她求情！」

我惶然道：「這些話的確是我們不該說的，只是如今鬧得人心惶惶的。」我看向華妃身後道：「聽聞曹容華素來膽大，要是我們有她陪伴也放心些。咦？今日怎不見曹容華？」

麗貴嬪出聲道：「溫儀帝姬感染風寒，曹容華要照顧她，所以今日沒能來向皇后請安。」

華妃盯著我，淺淺微笑：「婉儀心思細密，想必是多慮了，婉儀自己要多多放心才是。做了虧心事，才有夜半鬼敲門。」

我是聲音像是從腔子逼出來似的不真實，幽幽一縷嗚咽飄忽：「娘娘說的是。要是她知道誰教她走上死路恐怕怨氣會更大吧。」

麗貴嬪臉色微微發白，直瞪著我道：「甄婉儀，妳……妳的聲音怎麼了？」

我兀自浮起一個幽絕的笑意，也直瞪著她，恍若不知：「貴嬪娘娘說什麼？我可不是好好的。」我抬頭看看天色，拉了眉莊、陵容的袖子道：「快走快走，天那麼黑了。」史美人被我的語氣說得害怕，忙扯了我們向華妃告辭。

陵容與眉莊對著華妃赧然一笑，急匆匆的走了。

下過雨路滑難行，加上夜黑風大，一行人走得極慢。天色如濃墨般沉沉欲墜，連永巷兩側的路燈看著也比平時暗淡許多。

風嘩嘩地吹著樹響，有莫名的詭異，陵容與史美人不自覺地靠近我和眉莊。我不安地瞧了一眼眉莊，忽聽得前方數聲淒厲的慘叫，劃破夜深人靜的永巷，直激得所有人毛骨悚然，四人面面相覷，誰也不敢上前去看個究竟，彷彿連頭皮也發麻了。

那聲音發了狂似的尖叫——「不是我！不是我！與我不相干！」我一把扯了眉莊的手道：「是麗貴嬪的聲音！」我轉身一推身後的小允子，對他道：「快去！快去告訴皇后！」小允子得令立刻向鳳儀宮跑去。

史美人還猶豫著不敢動，眉莊與我和陵容急急趕了過去，一齊呆在了那裡。果然是麗貴嬪，還有幾個侍奉車輦的宮人嚇得軟癱在地上連話也不會說了。華妃站在她身旁厲聲呵斥，卻止不住她的尖叫。車輦停在永巷路邊，麗貴嬪蜷縮在車輦下，頭髮散亂，面色煞白，兩眼睜得如銅鈴一般大，直要冒出血來，一聲接一聲的瘋狂尖叫，彷彿是見到什麼可怕的物事，受了極大驚嚇。

隨後趕到的史美人見了麗貴嬪的情狀，霎時變得面無人色，幾個踉蹌一跌，背靠在宮牆上，惶恐地環顧四周，「她來了?是不是她來了?」

華妃本已又驚又怒，聽得史美人這樣說，再按捺不住，幾個箭步過來，朝史美人怒喝道：「再胡說立刻發落了妳去冷宮！」口中氣勢十足，身體卻禁不住微微顫抖。華妃一轉身指著麗貴嬪對身邊的內監喊道：「站著幹什麼！還不給本宮把她從車下拖出來！」

眾人七手八腳去拉麗貴嬪，麗貴嬪拚命掙扎，雙手胡亂揮舞，嘴裡含糊地喊著：「不是我！不是我！藥是我給妳弄來的，可是不是我教妳去害甄嬛的……」

華妃聽她混亂的狂喊，臉色大變，聲音也失了腔調，怒喝道：「麗貴嬪失心瘋了！還不給本宮拿布堵了她的嘴帶回我宓秀宮裡去！」華妃一聲令下，忙有人急急衝上前去。

眉莊見機不對，往華妃身前一攔，道：「華妃娘娘三思，此刻出了什麼事還不清楚，娘娘應該把麗貴嬪送回她延禧宮中再急召太醫才是，怎的要先去宓秀宮？」

華妃緩了緩神色道：「麗貴嬪大失常態，不成體統。若是被她宮中妃嬪目睹，以後怎能掌一宮主位，還是本宮來照顧比較方便。」

眉莊道：「娘娘說的極是。但事出突然，嬪妾以為應要先命人去回皇上與皇后才是。」

華妃眉心微微一跳，見一干內監被眉莊梗在身後不能立即動手，大是不耐煩：「事從權宜。麗貴嬪如此情狀恐污了帝后清聽。等下再去回報也不遲。」見眉莊仍是站立不退開，不由大是著惱，口氣也變得急促凌厲：「何況本宮一向助皇后協理六宮，惠嬪是覺得本宮無從權之力嗎？」

眉莊素來沉穩不愛生事，今日竟與後宮第一的寵妃華妃僵持，且大有不肯退讓的架勢，眾人都驚得呆了，一時間無人敢對麗貴嬪動手。華妃狠狠瞪一眼身邊的周寧海，周寧海方才回過神，一把捂了麗貴嬪的嘴不許她再出聲喊叫。

我暗暗著急，不知皇后趕來來不來得及，要不然，這一場功夫可算是白做了。眼下，也只得先拖住華妃多捱些時間等皇后到來，一旦麗貴嬪隻身進了宓秀宮，可就大大棘手了！

眉莊朝我一使眼色，我站到眉莊身邊，道：「娘娘協理六宮嬪妾等怎敢置疑，只是麗貴嬪乃是一宮主位，茲事體大，實在應知會皇上皇后，以免事後皇上怪罪啊。」

華妃杏眼含怒，銀牙緊咬，冷冷道：「就算婉儀日日得見天顏聖眷優渥，也不用抬出皇上來壓本宮。婉儀與惠嬪這樣阻攔本宮，是要與本宮過不去嗎？」

「娘娘此言嬪妾等惶恐萬分。並非嬪妾要與娘娘過不去，只是麗貴嬪言語中涉及嬪妾前時中毒之事，嬪妾不得不多此一舉。」

四周的靜像是波雲詭譎，除了麗貴嬪被捂住嘴發出的嗚咽聲和霍霍的風聲，無人敢發出絲毫聲響。華妃怒目相對，情勢劍拔弩張，一觸即發。那寂靜許是片刻，我卻覺得分外漫長，華妃終於按捺不住，向左右斥道：「愣著作什麼！還不快把貴嬪帶走。」說罷就有人動手去扯麗貴嬪。

眼看就要阻攔不住，心下懊惱，這番心思算是白耗了。

遠遠聽見通報：「皇后娘娘鳳駕到——」只見前導的八盞鎏銀八寶明燈漸行漸近，由宮女內監簇擁著鳳輦疾步而至。我心頭一鬆，果然來了。

夜間風大，皇后仍是穿戴整齊端坐在鳳輦之上，更顯後宮之主的威勢。

華妃無奈，只得走上前兩步與我們一同屈膝行禮。皇后神態不見有絲毫不悅，只喚了我們起來，單刀直入問道：「好端端的，究竟麗貴嬪出了什麼事？」

華妃見皇后如此問，知道皇后已知曉此事，不能欺瞞，只好說：「麗貴嬪突發暴病，臣妾正想送她回宮召太醫診治。因為事出突然不及回稟皇后，望皇后見諒。」華妃定一定神，看著皇后道：「不過皇后娘娘消息也快，不過這些功夫就得了信兒趕不過來了，世蘭真是自愧不如。」說著狠狠剜了我一眼，我恍若不覺，只依禮站著。我和眉莊的事已經完成了，接下來的，就是皇后的份內之事了。

皇后點一點頭說：「既是突然，本宮怎會怪罪華妃妳呢？何況……」皇后溫和一笑：「知曉後宮大小諸事並有得宜的處置本就是我這皇后分內之事。」皇后話語溫煦如和風，卻扣著自身尊貴壓著華妃一頭，華妃氣得臉色鐵青，卻無可反駁。

皇后說罷了下了鳳輦去瞧麗貴嬪，走近了「咦」一聲，蹙了眉頭道：「周寧海，你一個奴才怎麼敢捂了麗貴嬪的嘴，這以下犯上成什麼樣子！」

周寧海見皇后質問，雖是害怕卻也不敢放手，只偷偷去看華妃。華妃上前一步道：「皇后有所不知。麗貴嬪暴病胡言亂語，所以臣妾叫人捂了她的嘴以免得穢語擾亂人心。」

「哦。」皇后抬起頭看一眼華妃，「那也先放開麗貴嬪，難不成要這樣捂著她的嘴送回去延禧宮去嗎？」

華妃這才示意周寧海放開，麗貴嬪驟得自由，猱身撲到華妃膝下胡亂叫喊道：「娘娘救我！娘娘救我！余氏來找我！她來找我！娘娘妳知道不是我教她這麼做的，不是我啊！」

華妃忙接口道：「是。和誰都不相干，是她自己作孽。」華妃彎下腰，放緩了語調，柔聲哄勸道：「貴嬪別怕，余氏沒來，跟本宮回宮去吧。」

麗貴嬪退開丈許，眼珠骨碌碌轉著看向四周，繼而目光古怪地盯著華妃道：「她來了。真的！娘娘，她來尋我們報仇了！她怪我們讓她走了死路！」靜夜裡永巷的風貼地捲過，麗貴嬪的話語漫捲在風裡，聽見的人都不由得面色一變，身上激靈靈的發涼，感覺週身寒毛全豎了起來，彷彿余氏的亡魂就在身邊遊蕩，朝著我們獰笑。

華妃聽她說得不堪，急怒交加，呵斥道：「妳要作死嗎！胡說些什麼！」瞟著我極力自持道：「冤有頭債有主！就算余氏要來也是要找害死她的人，幹我們什麼事？」

我站在華妃身後慢吞吞道：「華妃娘娘說的是。冤有頭，債有主。娘娘自是不必害怕。」

麗貴嬪打量著周圍所有的人，突然撲到皇后身下，她處在極度的驚恐之下力氣極大，一撲之力差點把皇后撞了個趔趄，唬的旁邊的宮人忙不迭扶好皇后，拉開麗貴嬪。麗貴嬪惶恐的哭泣著扯住皇后鳳裙下襬，哭道：「鬼！有鬼！我……我不要死啊！」

皇后也覺得不安，揮一揮手，「吵吵鬧鬧成何體統。這樣子也回延禧宮本宮也不放心，好生扶了麗貴嬪回本宮的鳳儀宮去安置。」

華妃急道：「皇后娘娘，麗貴嬪的病症像是失心瘋，怎能在鳳儀宮擾您休息，還是去臣妾的宓秀宮由臣妾照顧罷。」

皇后含笑道：「鳳儀宮那麼大總有地方安置，華妃不用空自擔心。而且麗貴嬪雖說神志混亂，可言語間口口聲聲涉及甄婉儀中毒之事，牽涉重大，本宮必要追查。難道華妃覺得麗貴嬪在本宮那裡有什麼不妥嗎？」

華妃眉毛一揚，丹鳳雙眸氣勢凌人，道：「臣妾自然不會擔心皇后照顧會有不妥。只是皇上親命臣妾協理六宮，當然覺得臣妾是能為皇后分憂的。皇后總不會不讓臣妾『分憂』吧？若真如此，皇上怕要怪罪臣妾不體恤皇后呢。」

華妃出語極是不客氣，皇后身邊的宮人都露出不忿之色。皇后一愣之下一時無反對之由，只猶豫著不說話。

我見事情又要橫生枝節，若是麗貴嬪隨華妃去了只怕前功盡棄。我立刻道：「娘娘乃六宮之主，由您親自費神，皇上必定更加放心。」說罷忙跪下道：「恭送皇后。」

眉莊反應極快，拉著陵容史美人跪下一齊道：「恭送皇后。」皇后不由分說，帶了麗貴嬪回鳳儀宮。

華妃大怒卻又無可奈何，眼睜睜看皇后帶了麗貴嬪走直氣得雙手發顫，幾欲暈厥。

回到宮中，流朱浣碧已備下了幾樣小菜作宵夜。槿汐掩上房門，我瞧著候在房中的小連子微笑道：「要你裝神弄鬼，可委屈了你這些日子。」

小連子忙道：「小主這話可要折殺奴才了。」他扮個鬼臉兒嬉笑：「不過奴才偷照了鏡子，那樣子還真把自己唬了一跳。」

我忍俊不禁，連連點頭道：「可不是！你把麗貴嬪嚇得不輕，顛三倒四說漏嘴了不少。」

「沒想奴才這點微末功夫還能派上這用場，還真得謝謝流朱姐姐教我擺的那水袖還有浣碧姐姐給畫的鬼臉兒。」

流朱撐不住噗嗤笑出了聲：「咱們那些算什麼啊？還是小姐的主意呢。」想了想對小連子道：「把你扮鬼的行頭悄悄燒了，萬一露了痕跡反要壞事。」小連子忙答應了。

槿汐示意她們靜下，道：「先別高興。如今看來是華妃指使無疑了，麗貴嬪也是逃不了干係。只是麗貴嬪形同瘋癲，她的話未必做得了數。」

我沉吟半晌，用玉搔頭輕輕撥著頭髮，道：「妳說的有理。只是，皇后也未必肯放過這樣的機會呢。咱們只需冷眼旁觀，需要的時候點撥幾下便可。戲已開場了，鑼鼓也敲了，總得一個個粉墨登場了才好。」我輕輕一笑，「今晚好生休息，接下來怕是有一場變故等著咱們呢。」

二十一、初勝

次日一早，皇后就急召我進了宓秀宮。忙趕了過去，一看眉莊、陵容與史美人早在那裡，知道皇后必是要詢問昨晚之事。皇后想是一夜勞碌並未好睡，眼圈微微泛青連脂粉也遮不住，精神倒是不錯。照例問了我們幾句，我們也原原本本說了。

忽聽得宮外內監唱道：「皇上駕到——」

皇后忙領著我們站了起來，就見玄淩走了進來，身後還跟著一位妃嬪，卻是華妃。華妃神色冷淡，只作未瞧見我們。

我與眉莊相視，以為昨夜玄淩是在華妃宮裡就寢了。只是華妃未免也過於囂張，巴巴地跟著玄淩一起過來，幾個人面色都不好看，唯有皇后神色如常。

玄淩卻道：「才出宮就看見華妃往妳這裡來。知道麗貴嬪不大好，也過來看看。」眾人方知昨夜玄淩並召幸華妃，只是偶然遇上，登時放寬了心。

皇后忙讓人上了一盞杏仁酪奉與玄淩，方道：「勞皇上掛心。不過麗貴嬪是不大好，昏迷了一夜，臣妾已召了太醫，現安置在偏殿。」

玄淩點點頭，問道：「太醫怎麼說？」

「說是驚風，受了極大的驚嚇。」皇后回道：「昏迷中還說了不少胡話。」說罷掃一眼華妃。

華妃聽得此話臉色微微一變，向玄淩道：「正是呢。昨晚麗貴嬪就一直胡亂嚷嚷，可嚇著臣妾了。」

皇后道：「事情究竟如何發生臣妾尚未得知，但昨夜華妃一直與麗貴嬪同行，向來知道的比臣妾多些。」

玄凌問華妃道：「如此說，昨晚麗貴嬪出事妳在身邊了？」

「是。」

「妳知道什麼儘管說。」

「是。昨夜臣妾與麗貴嬪同車回宮，誰知剛至永巷，車輦的輪子被石板卡住了不能前行。麗貴嬪性急便下了車察看，誰知臣妾在車內聽得有宮人驚呼，緊接著麗貴嬪便慘叫起來，說是見了鬼。」華妃娓娓道來，可是聞者心裡皆是明白，能把素日囂張的麗貴嬪嚇成這樣，可見昨晚所見是多麼可怕。

玄凌聽她說完眉頭緊緊鎖起，關切問：「妳也見到了嗎？沒嚇著吧？」

華妃輕輕搖了搖頭，「多謝皇上關懷。臣妾因在車內，並未親眼看見。」

我瞥眼看她，華妃一向好強，雖然嘴上如此說，可是她說話時十指緊握，交繞在一起，透露了她內心不自覺的惶恐。

嘴角微揚露出一絲只有自己能察覺的微笑，能害怕就好，只要有人害怕，這台戲就唱得下去。

皇后也是滿面愁容，道：「臣妾問過昨晚隨侍那些宮人了，也說是見有鬼影從車前掠過，還在麗貴嬪身邊轉了個圈兒。難怪麗貴嬪如此害怕了。」

玄凌突然轉向我道：「婉儀，妳如何看待這事？」

我起身道：「皇上。臣妾以為鬼神之說雖是怪力亂神，但冥冥之中或許真有因果報應，才能勸導世人向善祛惡。」

華妃冷冷一笑：「聽說婉儀前些日子一直夢魘，不知是否也因余氏入夢因果報應之故。」

我抬頭不卑不亢道：「嬪妾夢魘確是因夢見余氏之故，卻與因果報應無關。嬪妾只是感傷余氏之死雖是自作孽不可活，但歸根結底是從嬪妾身上而起。臣妾實在有愧，這是臣妾自身德行不足的緣故。」說到末句，語中已微帶哽咽。

這一哭，三分是感傷，七分是感歎。這後宮，是一場紅顏廝殺的亂局。我為求自保已傷了這些人，以後，只怕傷的更多。

玄凌大是見憐：「這是余氏的過錯，妳又何必歸咎自己。狂風摧花，難道是花的過錯嗎？」

眼淚在眼眶中閃動，含淚向玄凌微笑道：「多謝皇上體恤。」

玄凌道：「朕先去瞧麗貴嬪，一切事宜等麗貴嬪醒了再說。」

幾日不見動靜。人人各懷心事，暗中靜觀鳳儀宮一舉一動。

想起小時候聽人說，但凡海上有風暴來臨前，海面總是異乎尋常的平靜。我想如今也是，越是靜，風波越是大。

消息一一傳來：

玄凌去探視麗貴嬪時，麗貴嬪在昏迷中不斷地說著胡話，玄凌大是不快。

玄凌旨意，除皇后外任何人不許探視麗貴嬪。

麗貴嬪昏迷了兩日終於甦醒，帝后親自問詢。

麗貴嬪移出鳳儀宮，打入去錦宮冷宮。

三日後的清晨去向皇后請安，果見氣氛不同往日，居然連玄凌也在。諸妃按序而坐，一殿的肅靜沉默。皇后咳嗽兩聲，玄凌神色倒平常，只緩緩道：「麗貴嬪自冊封以來，行事日益驕奢陰毒，甚是不合朕的心意。朕意廢她以儆傚尤，打入冷宮思過。」

我微微抬眸看了一眼華妃，她的臉色極不自在。以她的聰明，必然知道是麗貴嬪醒後帝后曾細問當夜之事，必定是她說漏了什麼才招來玄凌大怒廢黜。

其實當日之事已十分明白，麗貴嬪是華妃心腹，既然向我下毒之事與她有關，華妃又怎能撇得開干係。

麗貴嬪，還真是不中用，經不得那麼一嚇。可見「做賊心虛」這句話是不錯的。

玄凌看也不看華妃，只淡然道：「華妃一向協理六宮，現下皇后頭風頑疾漸癒，後宮諸事仍交由皇后做主處理。」一語既出四座皆驚，諸妃皆是面面相覷，有性子浮躁的已掩飾不住臉上幸災樂禍的笑容。玄凌轉頭看著皇后，語氣微微憐惜，「若是精神不濟可別強撐著，閒時也多保養些。」

想是皇后許久沒聽過玄凌如此關懷的言語，有些受寵若驚，忙道：「多些皇上關懷。」說著向華妃道：「多年來華妹妹辛苦，如今可功成身退了。」

華妃聞言如遭雷擊，身子微微一晃，卻也知道此時多說也是無益。強自鎮定跪下謝恩，眼圈卻是紅了，只是自恃身份，不肯在眾人面前落淚。如此情狀，真真是楚楚可憐。

皇后忽然道：「若是端妃身子好，倒是能為臣妾分憂不少，只可惜她……」

玄凌聞言微微一愣，方才道：「朕也很就沒見端妃了，去看看她罷。你們先散了吧。」

送了玄凌出去，眾人才各自散了。

走出宮門正見華妃，我依足規矩屈膝：「恭送華妃。」華妃嗤鼻不理，掩面而去。

陵容見我受委屈，頗有不平道：「姐姐先前受華妃的氣可不少，如今她失勢為何還要對她恭敬如初？」

我撣一撣衣裳，道：「她如今是失勢，可未必不會東山再起，還是不要撕破臉好。再說她畢竟位分在我之上，她不受禮是她理虧，我卻不能失了禮數招人話柄。眉姐姐，妳說是不是？」

眉莊點頭：「的確如此。」

陵容脹紅了臉，輕聲道：「多些姐姐教誨。」

我忙牽了她手道：「自己姐妹說什麼教不教誨的，聽了多生分。」

陵容這才釋然，送了陵容，眉莊心情大好，含笑道：「今日天氣甚好。去我宮裡對弈一局如何？」

我微笑道：「瞧妳的樣子憋著到現在才笑出來，我可學不來。好吧，就陪妳手談一局作賀。」

眉莊掩不住滿面笑容：「妳我終於能吐這一口惡氣，真是暢快。」說完微顯忿色，「只去了一個麗貴嬪，沒能扳倒華妃，真是可惜。」

我折一枝杜鵑在手裡把玩：「原也不指望能扳得到華妃。華妃在宮中多年勢力已是盤根錯節，皇后位主六宮也需讓她兩分可見她的影響。而且朝廷正在對西南用兵，正是用得著華妃的父親慕容迥的地方，皇上必有顧忌。皇上，他又念舊情，必不會狠下心腸。」

「可是總會對她有所冷落。」

「嗯。這是當然。咱們能來個敲山震虎讓她對我們有所忌憚，能相安無事即可。畢竟再追查下去牽連無數惹起腥風血雨，也不是積福之舉啊。」

「如今未能除去她，怕是日後更難對付，將是心腹大患啊！」眉莊眼中大有憂色。

「她是我們的心腹大患，我們也是她的心腹大患。如今她失了麗貴嬪這個心腹，元氣大傷，又失了協理六宮的權勢，只怕一心要放在復寵和與皇后爭奪後宮實權上，暫時還顧不上對付我們。咱們正好趁這個時候休養生息，好以逸待勞。」

「難道真不能斬草除根？咱們也能高枕無憂。」眉莊雙眉緊鎖，終究不甘心：「只要一想到千鯉池之事，我就寢食難安。」

我無奈地搖搖頭，「走到這一步已經是極限，若再追究下去恐怕會有更多的人牽連進去。這是皇上與皇后都不想看見的。若是我們窮追猛打，反而暴露了自己在這件事中的謀劃，也讓皇上覺得咱們陰狠，反倒因小失大。」

眉莊知道無法，沉思良久方道：「如今皇上削了華妃之權，也是想事情到此為止，鬧得太大終究是丟了皇家臉面。我又何嘗不明白……只得如此了。」

我與眉莊坐在她存菊堂後的桂花樹下擺開楚河漢界，兩軍對壘。

眉莊始終還是不放心，拿一枚棋子在指間摩挲，遲遲不肯落子，「嬛兒，麗貴嬪多年來如同華妃的心腹臂膀，妳真覺得華妃會棄她不顧？何況麗貴嬪貌美，位分也不低啊？只怕他日華妃東山再起之時她也有再起之日。」

我執了一枚棋子落下，道：「華妃不會顧及麗貴嬪。她已深受牽連怎會再蹈覆轍。麗貴嬪雖然貌美位高，又跟隨她多年。可是言語不遜不得人心，皇上喜歡她貌美也不過一時新鮮，妳想皇上已經有多久沒召幸麗貴嬪了？一個不得皇上寵愛的女人，容貌再美位分再高有什麼用？」

眉莊淺笑道：「說的是。麗貴嬪是一宮主位可是膝下並無所出，還不如曹容華尚有一位溫儀帝姬可以倚靠。說來，曹容華如此溫文，真不像是華妃身邊的人。」

「妳可別小看了曹容華，皇上雖不偏寵她，一月總有兩三日在她那裡。常年如此，可算屹立不倒。」我抿一口茶水，這時節的風已經漸漸熱了起來，吹得額頭溫溫的。我專注於棋盤上的較量，漫不經心道：「能被華妃器重，絕不是簡單的人物。」

眉莊嘴上說話，手下棋子卻不放鬆，「自從連番事端，我怎會有小覷之心，說是草木皆兵也不為過。」

「那也不必，太過瞻前顧後反倒失了果斷。」我看著棋盤上錯落分明的棋子，展眉一笑：「棄車保帥。姐姐，嬛兒贏了。」

夜已深沉，明月如鉤，清輝如水，連天邊的星子也分外明亮，如傾了滿天水鑽晶瑩。

我知道，今夜，玄凌一定會來。

遣開了所有人，安靜躺在床上假寐養神。屋子裡供著幾枝新折的梔子花，濃綠素白的顏色，像是玉色溫潤，靜靜吐露清雅芳香。

忽然一雙臂膀輕輕將我摟住，我輕輕閉上眼睛，他來了。

「嬛嬛，妳可睡了？」

我輕輕自他的懷中掙脫出來，想要躬身施禮，他一把拉住我順勢躺在我身邊，我溫順的倚在他臂上，「端妃姐姐好些了嗎？」

「老樣子。只是又清瘦了，見朕去看她強掙扎著要起來——到底還是起不來。朕瞧著也可憐見兒的。」

「四郎若有空就多去看看端妃姐姐吧，她見了你必定很高興，說不定這病也好快些。」

又絮絮說了些端妃的病，我知道，這不過是閒話家常，他要說的並不是這些。

終於，玄凌說：「下毒之事終於了結了。妳能安心，朕心裡也鬆泛些。」他眸中凝著一縷寒氣，「只是朕並不曾虧待麗貴嬪，她竟陰毒如此。」

我低聲道：「事情既已過去，皇上也勿要再動氣。麗貴嬪也是在意皇上才會忌恨臣妾。」

「在意朕？」鼻端冰冷一哼：「她在意的究竟是自己的位分與榮華還是朕只有她自己明白。」他停了一停：「就算是在意朕，若是借在意朕之名而行陰鷙之事，朕也不能輕縱了她。」

心裡微微一動，雖然我是這件事的受害者，但是場面還是要做一下的，何況我必須得清楚此時此刻華妃在他心中究竟還有多少份量。身體貼近玄凌一些，輕輕道：「麗貴嬪犯錯已經得到教訓。雖然華妃姐姐素日與麗貴嬪多有來往，但是華妃姐姐深受天恩又聰穎果毅，必然不會糊塗到與麗貴嬪同流合污。」果毅，這個詞亦好亦壞。用得好便是行事果斷能掌事用人，用的不好，我心中莞爾，只怕就會讓人想到專斷狠毒了。箇中含義，就要讓人細細品味了。其實很多人，就是壞在模稜兩可的話語上。說者「無心」，聽者有意嘛。

玄凌，一手輕輕撫著我的肩膀，看著窗紗上樹的倒影，唇齒間玩味著兩個字「果毅？」他唇邊忽然揚起一抹若有似無的笑：「這次的事即便她沒有參與其中，但朕許她協理六宮之責，麗貴嬪出事之時她竟不欲先來稟朕與皇后，多少有專斷之嫌。朕暫免了她的職權，她該好好靜靜心！」

加了三分難過的語氣在話語間，一字一字滲進他耳中，「華妃侍奉皇上多年，還請皇上看在她服侍您小心體貼的份上……」

話未說完已被他出聲打斷，「朕嚴懲了麗貴嬪，亦申飭了華妃，就是要警誡後宮不要再這樣烏煙瘴氣。」他的聲音飽含憐愛之情，「嬛嬛，妳總是這樣體諒旁人。」

我婉聲道：「嬛嬛只希望後宮諸姐妹能夠互相體諒，少懷嫉恨，皇上才能專心政事無後顧之憂。」我又道：「嬛嬛聽聞麗貴嬪出事是因為余氏冤魂索命，如今流言紛紛恐怕宮中人心不安。」

玄凌露出嫌惡的神色：「朕瞧著未必是什麼冤魂索命，八成是她做賊心虛自己嚇的，還胡言亂語蠱惑人心。」他略一思索，「不過為了人心安定，還是讓通明殿的法師做幾場法事超渡吧。」

「嬛嬛以為法事是要做，只是對外要稱是為祈福求安，若說是超渡，宮中諸人認為皇上也信鬼神冤魂之說只怕會適得其反。」

「就按妳說的明日吩咐下去。」玄凌微笑著看我，眼中情意如春柳脈脈，「有妳善解人意，體貼入微，朕心也能安慰了。」

我輕柔地投進玄凌的懷抱，柔聲喚道：「四郎——」

室中香芬純白，燭影搖紅，只餘紅羅繡帳春意深深……

二十二、清河

華妃失勢後，宮裡倒是安靜了不少。沒了眼前這個強敵，我與眉莊都鬆了一口氣，只安心固寵。華妃失去了協理六宮的權力，門庭自然不及往日熱鬧，她在多次求見玄凌而不得後倒也不吵不鬧，除了每日必需的晨昏定省之外幾乎足不出戶，對所有嬪妃的竊竊私語和冷嘲熱諷一應充耳不聞。

到了五月中，京都天氣越發炎熱，因京中夏日暑熱，歷代皇帝每年六月前皆幸西京太平行宮避暑，至初秋方回鑾京都。玄凌倒是不怕熱，只是祖制如此，宮眷親貴又不耐熱的居多，所以一聲吩咐下去，內務府早就佈置妥當。玄凌亦循例率了后妃親貴百官，浩浩蕩蕩的大駕出了京城，駐蹕太平行宮。

太平行宮本是由前朝景宗的「好山園」改建而來，此處依山傍水，景致極佳。到了我朝，天下太平國富力強，在好山園的舊景上陸續營建亭台館閣，歷經近百年，終成為規模最盛的皇家御苑。

後宮隨行的除了皇后之外只帶了六七個素日有寵的嬪妃。曹容華也在其列。華妃失勢，曹容華雖是她的親信倒也未受牽連，多半是因為她平日雖在華妃左右卻性子安靜的緣故。何況昔日那位麗貴嬪最是跋扈急躁的，一靜一動，反而顯得曹容華招人喜歡了。而且玄凌膝下子女不多，除了早夭的之外只有一位皇子和兩位帝姬。而曹容華即是皇二女溫儀帝姬的生母。溫儀帝姬尚不滿週歲，起居飲食雖然有一大堆乳母宮女服侍，可仍是離不了生身母親的悉心照料。

華妃雖然失了玄凌好感，但是位分仍是三妃之首，皇后也安排了她來，只是她在到達西京之前半步也不下車，刻意避開了和眾人見面的尷尬；端妃在病中更是受不得一點熱，雖然車馬勞頓，但是也隨眾而來，只是獨居一車並不與我們照面。而陵容與淳常在從未得寵，史美人失寵已久，都仍留居宮中不得隨駕。陵容謹小慎微，淳常在年幼懵懂都不放在心上，只是史美人為了這事慪了好些日子的氣，連我們出宮到底也沒來相送。

成日在宮裡與人周旋，乍離了朱紅百尺宮牆，挑起車簾即可見到稼軒農桑、陌上輕煙，聞著野花野草的清新，頓覺得身心放鬆，心情也愉悅了不少。

太平行宮依著歌鹿山山勢而建，山中有園，園中有山，夾雜湖泊、密林，宮苑景致取南北最佳的勝景融於一園，風致大異於紫奧城中。

住在太平宮中總覺得比宮裡無拘無束些，雖然還是這後宮，只是挪了個地方而已。但是這次西幸避暑，太后嫌興師動眾的麻煩，又道年老之身靜心禮佛不覺畏熱，便依舊留於宮中。雖然進宮已半年有餘，但太后非重大節慶從不出頤寧宮半步，素日請安也只見帝后與皇子皇女，嬪妃非召不得見。所以至今仍未見過太后一面。但是太后昔年英明我曾聽父兄多次提及，所以心中不由對她多了一分敬畏景仰之心。如今不與太后居住一宮，彷彿幼年離了嚴父去外祖家一樣，多了好些輕鬆隨意。

玄凌選了清涼寧靜的水綠南薰殿作寢殿。皇后自然住了儀制可以與之比肩的光風霽月殿，眉莊喜歡玉潤堂院中一片碧綠竹林，鳳尾森森，龍吟細細，便揀了那裡住。我素性最是怕熱，玄凌又捨不得我住得遠，便想把我安置在水綠南薰殿的偏殿，日夜得以相見。只是此舉未免太惹眼，怕又要引來風波，少不得婉言推卻了。於是玄凌指了最近的宜芙館給我住，開門便有大片荷花婷婷玉立，涼風穿過荷葉自湖上來，愜意宜人。

乍進宜芙館，見正間偏殿放置了數十盆茉莉、素馨、玉蘭等南花，蕊白可愛。每間房中皆放有一座風輪。黃規全打了個千兒滿面堆笑：「皇上知道小主素性愛香，為避暑熱又不宜焚香，因此特命奴才取新鮮香花，又放風輪納涼取香。」果然風輪轉動，涼風習習，清芬滿殿。

黃規全奉承道：「別的小主娘娘那裡全沒有。小主如今這恩寵可是宮裡頭一份兒的呢！」

玄淩果然細心周到。心中微微感動，轉頭對黃規全道：「皇上隆恩。你去回話，說我等下親自過去謝恩。」

黃規全道：「是。皇上等會子怕是要去射獵。小主可歇歇再慢慢過去。」

我微笑道：「這法子倒是巧，皇上真真是費心了。」

黃規全道：「如今天還不熱，一到了三伏日子，在殿裡放上冰窖裡起出的冰塊，那才叫一個舒服透心。皇上一早吩咐了咱內務府，只要小主一覺熱馬上就用冰。奴才們哪敢不用心。」

我瞧了他兩眼，方含笑道：「黃公公辛苦，其實這差使隨便差個人來就成了，還勞公公親自跑一趟。去崔順人那裡領些銀子吧，就當我請公公們喝茶。」

黃規全慌忙道：「小主這話奴才怎麼敢擔當。奴才們能為小主盡心那是幾世修來的福分，斷斷不敢再受小主的賞了。」說著忙打千躬著身子退下去了。

佩兒看著他的身影在一旁道：「華妃一倒，這傢伙倒是學了個乖，如今可是夾著尾巴做人了，生怕哪裡不周到。」

流朱輕笑道：「就算華妃不倒，這宮裡又有誰敢對我們小姐不周到。」

我看她一眼道：「就顧著說嘴，去折些新鮮荷葉來熬湯要緊。」

歇息了一會兒，重新梳妝勻面，才挾了浣碧慢慢往玄凌寢殿走。過了翻月湖上的練橋、鏡橋、幽風橋，穿過蜿蜒曲折，穿花透樹的雕繪長廊，便是長長一條永巷，兩側古柏夾道，花木繁蔭，遮去大半日光，倒也蔭涼。

只聞得頭頂「忽」一聲利器刺破長空的銳響，仰頭見一枝長箭直破雲霄而上，箭勢凌厲異常，迅疾沒入棉堆般蓬鬆的雲間。

倏然有陰影遠遠從天際飛快直墜而下，本能的往後退開數步。有重物壓破花樹枝葉砰然墜地，激得塵土飛起，夾雜著羽毛和零落的花葉揚在空氣裡，有凜冽的血腥氣直衝入鼻。定睛一看，卻見一箭貫穿兩隻海東青的首腦，竟是穿四目而過。那海東青尚未死絕，堅硬如鐵的翅膀撲騰兩下終於不再動了。

心底暗暗叫一聲好！海東青出自遼東，體型雖小卻異常兇猛彪悍，喙如鋼鉤翅如鐵，健俊遠勝於尋常鳥禽。能一箭射落兩隻並貫穿四目，箭法之精準凌厲實在令人歎服。

浣碧亦忍不住稱許：「好箭法！」

不遠處掌聲歡呼雷動。有內侍匆匆跑過來揀了那兩隻海東青，見我在忙行了禮問安。我不由問道：「是皇上在園子裡射獵嗎？」

內侍恭謹答道：「清河王來了，皇上與王爺在射獵呢。」

聞得「清河王」三字，情不自禁想起春日上林苑中與玄凌初見，他便自稱「清河王」，不由得勾動心底溫柔情腸，心情愉悅。我見那箭矢上明黃花紋尾羽，微笑道：「皇上果然好箭法！」

那內侍陪笑道：「王爺箭術精良，皇上也讚不絕口呢！」

我微微一愣，素聞清河王耽於琴棋詩畫，性子土閒雲野鶴，不想箭法精準如斯，實是大出意料之外。

也只是意外而已，與我沒什麼相干，隨口問他：「還有別的人在嗎？」

「曹容華隨侍聖駕。」

我點了點頭道：「快捧了海東青去罷。稟報皇上，說我即刻就到。」

他諾諾點頭而去。我見他去了半晌，理了理鬢髮衣裙對浣碧道：「咱們也過去吧。」

進了園中遠遠見有侍從簇擁一抹頎長的湖藍背影消失在鬱鬱蔥蔥的花樹之後，那背影如春山青松般遠逸，有股說不出的閒逸之態。心中好奇不由多看了一眼。

有內侍迎了上來道：「皇上在水綠南薰殿等候小主。」說罷引了我過去。

水綠南薰殿建於太液池西畔，臨岸而建，大半在水中。四面空廊迂迴，竹簾密密低垂，殿中極是清涼寧靜。才進殿，便聞得清冽的湖水氣息中有一股淡雅茶香撲面而來。果見玄凌與曹容華對坐著品茗，玄凌見我來了，含笑道：「妳來了。」

依禮見過，微笑道：「皇上好興致。從何處覓得這樣香的好茶？」

玄凌呵呵一笑：「還不是老六，費了極大的功夫才尋了這半斤『雪頂含翠』來，真真是好茶。妳也來品一杯。」

「雪頂含翠」生長於極北苦寒之地的險峻山峰，極難採摘，世間所有不過十餘株。因常年得雪水滋養，茶味清新冷冽，極是難得，輕易連皇室貴胄也難以嘗到。

「王爺真是有心。」我向四週一望，道：「臣妾聽聞皇上適才與王爺射獵得了極好的綵頭，怎的轉眼就不見了。」我故意與玄凌玩笑：「準是王爺聽說臣妾貌若無鹽，怕受驚嚇所以躲開了。」

玄凌被我慪得直笑，指著我對曹容華道：「琴默妳聽聽，她若自比無鹽，朕這後宮諸人豈非盡成了東施醜婦一流。」

曹容華眼波將流，盈盈淺笑，手中只慢慢剝著一顆葡萄，對我道：「王爺適才還在，只因越州新進貢了一批琺琅瓷器來，王爺急著觀賞去了。」說罷舉手遞了剝了皮的葡萄送到玄凌嘴邊，「婉儀妹妹美貌動人，不過謙虛罷了。皇上聽她玩笑呢。」

玄凌張嘴噙了，皺著眉笑：「不錯不錯。果然孔夫子說『唯女子與小人難養也』。」

我舉了團扇帳面，假意惱怒道：「這話臣妾可聽的明白，皇上把臣妾比做小人呢。臣妾可不依。」說罷一拂袖道：「皇上不喜臣妾在眼前，臣妾告退了。」

玄凌起身拉住我，道：「說那麼些話也不嫌口乾，來，嘗嘗這『雪頂含翠』，算朕向妳賠不是可好。」

我這才旋身轉嗔為喜，「皇上真會借花獻佛，拿了六王的東西做人情。」

玄凌道：「人情也罷了，妳喜歡才好。」這才坐下三人一起品茶。

曹容華聽我與玄凌戲語，只靜靜微笑不語，秋波盈盈，別有一番清麗姿色。半晌方含笑徐徐道：「俗話說千金買一笑，皇上對婉儀妹妹此舉也算抵得過了。」

我臉上微辣，亦笑：「叫容華姐姐取笑。」

曹容華取盞飲了一口茶：「清香入口，神清氣爽，六王果然有心。」說著用團扇半掩了面道：「臣妾聽說皇上當日初遇婉儀妹妹，為怕妹妹生疏，便借六王之名與妹妹品簫談心，才成就今日姻緣，當真是一段千古佳話呢。」

聽得曹容華說及當日與玄凌初遇情景，心頭一甜，紅暈便如流霞泛上雙頰。玄凌正與我相對而坐，相視俱是無聲一笑。

忽然隱隱覺得不對，當日我與玄凌相遇之事雖然宮中之人多有耳聞，可玄凌借清河之名這樣的細微秘事她又如何得知。記憶中我也似乎並未與人提起。如此一想，心裡不由得忽地一沉。

正思量間，曹容華又道：「如此說來，六王還是皇上與婉儀妹妹的媒人呢，應該好好一謝。何況這位大媒俊朗倜儻，不知朝中有多少官宦家的小姐對他傾心不已，日夜得求親近呢。想必妹妹在閨中也曾聽聞過咱們六王的盛名吧？」

玄凌聞言目光微微一閃，轉瞬又恢復平日望著我的殷殷神色。雖然只那麼一瞬，我的心突地一跳，頓覺不妙，忙鎮定心神道：「妹妹入宮前久居深閨，進宮不久又臥病不出，不曾得聞王爺大名真是孤陋寡聞，曹姐姐見笑了。」說罷輕搖團扇，啟齒燦然笑道：「皇上文采風流，又體貼我們姐妹心思怕我們拘束，不知當日是不是也做此舉親近姐姐芳澤呢？」

雖與曹容華應對周旋，暗中卻時時留意著玄凌的神色。玄凌倒是如常的樣子，並不見任何異樣。我已竭力撇清，只盼望玄凌不要在意曹琴默的挑撥。如果他當真疑心，心中微微發涼。不，以他素日待我之情，他不會這樣疑我。

曹容華只安靜微笑，如無聲棲在荷尖的一隻蜻蜓，叫人全然想不到她的靜默平和之中暗藏著這樣凌厲的機鋒，激起波瀾重疊。她看一看天色，起身告辭道：「這時辰只怕溫儀快要餓了，臣妾先回去瞧瞧。」

玄凌頷首道：「也好。溫儀最近總是哭鬧，江太醫常為妳把平安脈，也讓他看看溫儀這樣哭鬧是什麼緣故。」

「是。臣妾讓江太醫看過再來回稟皇上。」說罷從容淺笑退了下去。

殿中只餘了我和玄凌，浣碧與其餘宮人候立在殿外。空氣中有膠凝的冷涼，茶葉的清香也如被膠合了一般失了輕靈之氣，只覺得黏黏的沉溺。遠遠樹梢上蟬一聲迭一聲的枯啞的嘶鳴，攪的心裡一陣一陣發煩。

玄凌的嘴角凝著淺薄的笑意，命人取了一把琴出來：「這把琴是昔日先皇舒貴妃的愛物，先皇幾經波折才為她求來的。妳來之前朕本想聽人彈一曲，可惜琴默人如其名，在琴藝上甚是生疏。」

我道：「臣妾著人去請惠嬪姐姐過來吧。」

「惠嬪音律曲調的精通嫻熟皆在妳之上，可是曲中情致卻不如妳。如此良琴缺了情致就索然無味了，還是妳來彈奏一曲吧。」

我道：「那麼臣妾為皇上彈奏一曲吧。」

玄凌望著我道：「好。碧波清風，品茶聽琴，坐觀美人，果然是人生樂事。就彈那半闋《山之高》罷。」

我依言輕撫琴弦。果然是上好的琴，音色清澈如大珠小珠玎玲落入玉盤之中。只是此時此地我心有旁騖，心思沒有全付與此琴，真是辜負了。

一曲終了，皇帝撫掌道：「果然彈得精妙。」皇帝炯炯的逼視著我的眼睛，過了片刻，才揚起淡淡一抹笑，道：「嬛嬛對朕的情意朕完全明瞭。只是不知道嬛嬛是何時對朕有情的？」

心頭猛然一緊，他果然如此問了。他終於還是問了。容不得我多想，站起身走到他面前，從容不迫的跪下道：「嬛嬛喜歡的是站在嬛嬛面前的這個人，無關名分與稱呼。」

皇帝並不叫我起來，只不疾不徐的說：「怎麼說？」

「皇上借清河王之名與臣妾品簫賞花，嬛嬛雖感慕皇上才華，但一心以為您是王爺，所以處處謹慎，並不敢越了規矩多加親近。皇上表明身份之後對嬛嬛多加照拂，寵愛有加。皇上對嬛嬛並非只是對其他妃嬪一般相待，嬛嬛對皇上亦不只是君臣之禮，更有夫妻之情。」說到這裡，我抬頭看了一眼玄凌，見他的神色頗有觸動，稍稍放心。

我繼續說：「若要非追究嬛嬛是何時對皇上的有情的，嬛嬛對皇上動心是在皇上幫我解余更衣之困之時。嬛嬛一向不愛與人有是非，當日餘氏莽撞，嬛嬛當真是手足無措。皇上出言相救不啻於解困，更是維護嬛嬛為人的尊嚴。雖然這於您只是舉手之勞，可在嬛嬛心目中皇上是救人於危困的君子。」

玄凌眼中動容之情大增，唇邊的笑意也漸漸濃了，溫柔伸手扶我道：「朕也不過是隨口問一句罷了。」

我執意不肯起來，「請皇上容嬛嬛說完。」身軀伏地道：「嬛嬛死罪，說句犯上僭越的話，嬛嬛心中敬重您是君，但更把您視作嬛嬛的夫君來愛重。」說到後面幾句，我已是聲音哽咽，泣不成聲。

玄凌心疼的把我摟在懷裡，憐惜道：「朕何嘗不明白妳的心思，所以朕愛重妳勝過所有的嬪妃。今日之事確是朕多疑了，嬛嬛，妳不要怪朕。」

我靠在他的胸前，輕聲漫出兩字「四郎。」

他把我抱的更緊，「嬛嬛，妳剛才口口聲聲喚『皇上』陳情，朕感動之餘不免難過，一向無人之處妳都喚我『四郎』。嬛嬛，是朕不好，讓妳難過了。」眼淚一點點沾濕了他龍袍上猙獰鮮活的金線龍紋。夏日天氣暑熱，我又被玄凌緊緊擁在懷裡，心卻似秋末暴露於風中的手掌，一分一分的透著涼意。

離開了水綠南薰殿時已是次日上午。雖是西幸，早朝卻不可廢，玄凌依舊前去視朝，囑咐我睡醒了再起。

浣碧跟著我回到宮中，見我愀然不樂，小心翼翼的道：「小姐別傷心了。皇上還是很愛重您的。」

嘴角的弧度浮起一個幽涼的冷笑，「皇上真的是愛重我嗎？若是真愛重我怎會聽信曹琴默的讒言這般疑我。」浣碧默然，我道：「妳可知道，我昨日如同在鬼門關走了一遭，好不容易才消除皇上疑心，保住這條性命。」

浣碧大驚，立刻跪下道：「小姐何苦如此說？」

我伸手拉她起來，黯然道：「剛才我的話若答的稍有偏頗不慎，便是死路一條。妳以為皇上只是隨口與我說起昔日溫柔？大錯特錯。他是試探我當初動心的是以清河王為名的皇上還是九五至尊的皇上。若我答了是當初與我閒談品簫的皇上，那麼我便是以天子宮嬪之身與其他男子接近，是十惡不赦的淫罪。」

浣碧忍不住疑惑道：「可是是皇上先出言隱瞞的呀？」

「那又如何？他是皇帝，是不會有錯的。正因為我不知他是皇帝，那麼他在我心目中只是一個其他男子，而我對他動心就是死罪。」

浣碧張口結舌：「那麼您又怎的不能對表明了身份的皇上動心？」

「他是皇帝，我可以敬，可以怕，但是不能愛。因為他是君我是臣，這是永遠不能逾越的。我若說我是對表明了身份皇帝的動心，那麼他便會以為是屈服於他的身份而非本人，這對一個男子而言是一種屈辱。而且他會認為我對他只是曲意承歡，媚態相迎，和其他嬪妃一樣待他，根本沒有一絲真情。這樣的話，我面臨的將是失寵的危機。」

我一席話說完，浣碧額上已經冷汗淋漓。

我長歎一聲道：「妳可知道，這寵與不寵，生與死之間其實只有一線之隔！」

浣碧說不出話來，半日方勸道：「皇上也是男子，難免會吃醋。清河王又是那樣的人物。皇上有此一問也是在意小姐的緣故啊。」

「也許吧。」我怔怔地拈了一朵玉蘭在指間摩挲，芳香的汁液黏在手心，花瓣卻是柔弱不堪的零落了。

槿汐在宮中多年，經歷的事多，為人又沉著。趁著晚間卸妝，無旁人在側，便把水綠南薰殿中的事細細說給了她聽。

槿汐沉思片刻，微微倒吸一口涼氣道：「小主是疑心有人把小主與皇上的私事告訴了曹容華。」

我點點頭，「我也只是這麼想著，並無什麼證據。」

槿汐輕聲道：「這些事只有小主最親近的人才得知，奴婢也是今日才聽小主說起。當日得以親見的只有流朱姑娘而已。可是流朱姑娘是小主的陪嫁……」

我蹙眉沉思道：「我知道。她的跟在和我係多年，我是信得過的。絕不會與曹氏牽連一起來出賣我。」

「是。」槿汐略作思忖答道：「奴婢是想，流朱姑娘一向爽直，不知是否曾向旁人無心提起，以至口耳相傳到了曹容華的耳朵裡。畢竟宮裡人多口雜。」

思來想去，也只有這個解釋。無奈道：「幸好皇上信了我，否則眾口鑠金真是無形利刃啊。」

槿汐點頭道：「的確如此。別的都不要緊，只要皇上心裡信的是小主就好。」

二十三、聞喜

明知已經度過一劫，心裡卻是無限煩惱。雖然這一劫未必不是福，只怕玄凌對我的垂憐將更勝往日。只是玄凌向來對我親近憐愛，恩寵一時無人可以匹敵，卻不想這恩寵卻是如此脆弱，竟經不得他人三言兩語的撥弄，不由暗暗灰心。

心裡發煩，連午睡也不安穩，便起身去看眉莊。進了玉潤堂，見她午睡剛醒，家常的一窩絲杭州攢邊隨意簪了幾朵茉莉花，零亂半綴著幾個翠水梅花鈿兒，身上只穿一件鵝黃色撒花煙羅衫，下穿曲綠繡蟹爪菊薄紗褲，隱隱現出白皙肌膚，比日前豐潤俏麗，格外動人。

眉莊正睡眼惺忪的半倚在床上就著采月的手飲酸梅湯。見我來了忙招手道：「她們新做的酸梅湯，妳來嘗嘗，比御膳房做得好。」

我輕輕搖頭，「姐姐忘了，我是不愛吃酸的。」

眉莊失笑道：「瞧我這記性，可見是不行了。」說著一飲而盡，問白芩道：「還有沒有？再去盛一碗來。」

白芩訝異道：「小主您今日已經飲了許多，沒有了。」

眉莊趿了鞋子起身，坐在妝台前由著白芩一下一下的替她梳理頭髮。

見我悶悶的半日不說話。眉莊不由好奇，轉過身道：「平日就聽妳唧唧喳喳，今日是怎麼了？像個鋸了嘴的葫蘆。」

我只悶坐著不說話，眉莊是何等伶俐的人，撇了白苓的手道：「我自己來梳，妳和采月再去做些酸梅湯來。」

見她們出去，方才走近我面前坐下，問：「怎麼了？」

我把昨日曹容華的話與玄凌的疑心原原本本的說了，只略去了我與玄凌剖心交談的言語，慨歎道：「幸好反應的快巧言搪塞過去了，要不然可怎麼好？」

眉莊只蹙了眉沉吟不語，良久方道：「聽妳說來這個曹容華倒是個難纏的主兒，憑她往日一月只見皇上兩三面就曉得皇上介意什麼，一語下去正中軟肋，叫人連點把柄都捉不著。只是這次未必真是她故意，恐怕也是皇上多心了。」眉莊搖頭，「華妃失勢，以她如今的狀況應該不敢蓄意挑撥，萬一一個弄不好怕是要弄巧成拙，她怎會這樣糊塗？」

「但願如此吧。只是兵家有一著叫做兵行險招，連消帶打，她未必不懂得怎麼用？」我想一想，「也許是我多心了。華妃之事之後我對人總是多想些了。」

眉莊點頭道：「只是話說回來，華妃的事沒牽累她，為著溫儀帝姬下月十九便要滿週歲，皇上也正得意她，特特囑咐了皇后讓內務府要好好熱鬧一番。」

我低著頭道：「那有什麼辦法。皇上膝下龍裔不多，唯一的皇長子不受寵愛，只剩了欣貴嬪的淑和帝姬和曹容華的溫儀帝姬。溫儀襁褓之中玉雪可愛，皇上難免多疼愛些。」

眉莊無語，只幽幽歎了一口氣，恍惚看著銀紅軟紗窗上「流雲百蝠」的花樣道：「憑皇上眼前怎麼寵愛我們，沒有子嗣可以依靠，這寵愛終究也不穩固。」眉莊見我不答話，繼續說：「皇上再怎麼不待見皇長子和愨妃，終究每月都要去看他們。曹容華和欣貴嬪也是。即便生的是個女兒，皇上也是一樣疼愛。只要記掛著孩子，總忘不了生母，多少也顧惜些。若是沒有子女，寵愛風光也只是一時，過了一時的興頭也就拋到一邊了，麗貴嬪就是最好的例子。」

眉莊越說越苦惱，煩憂之色大現。我略略遲疑，雖然不好意思，可是除了我，這話也沒有別人能問，終究還是問了出口：「妳承恩比我還早半年，算算服侍皇上也快一年了。怎麼……」我偷偷瞟著眉莊輕薄睡衣下平坦的小腹，「怎麼仍是不見有好消息？」

眉莊一張粉臉脹得如鴿血紅的寶石，顧不得羞怯道：「皇上對我也不過是三天打魚兩天撒網，終究一月裡去妳那裡多些，照理妳也該有喜了。」

我也紅了臉，羞得只使勁揉搓著手裡的絹子，道：「嬛兒年紀還小，不想這些。」繼而疑惑道：「皇上又哪裡是對姐姐三天打魚兩天撒網了，當初姐姐新承寵，雨露之恩也是六宮莫能比擬的啊。」

眉莊顯然是觸動了心事，慢慢道：「六宮莫能比擬？也是有六宮在的。皇上寵愛我多些終究也不能不顧她們，但凡多幸我一晚，一個一個都是虎視眈眈的，這個如今妳也清楚。唉，說到底，也是我福薄罷了。」

我知道眉莊感傷，自悔多問了那一句，忙握了她手安慰道：「什麼福薄！當初華妃如此盛寵還不是沒有身孕。何況妳我還年輕，以後的日子長遠，必定兒孫滿堂，承歡膝下。妳放心。」言猶未盡，臉上早熱辣辣燙得厲害。

眉莊「哧」一聲破涕為笑，用手指刮我的臉道：「剛才誰說自己年紀還小不想這些來著，原來早想得比我長遠呢。」

我急了起來，「我跟妳說些掏肺腑的話，姐姐竟然拿我玩笑。」說著起身就要走。

眉莊連忙拉住了我賠不是，說好說歹我才重又坐下了說話。眉莊止了笑正色道：「雖然說誕育龍裔這事在於天意，但謀事在人成事在天，咱們也要有些人為才是。」

我奇道：「素日調養身子這些我也明白，左右不過是皇上來與不來，還能有什麼人為呢？」

眉莊悄聲道理：「華妃也不是從沒有身孕。我曾聽馮淑儀說起，華妃最初也有過身孕，只是沒有好生保養才小產了，聽說是個男孩兒，都成形了。華妃傷心得可了不得。這也是從前的話了。」眉莊看了看四周，起身從妝奩盒子的底層摸出薄薄一卷小紙張神秘道：「我軟硬兼施才讓江太醫開了這張方子出來，照著調養必定一舉得男。妳也拿去照方調養吧。」

我想了想道：「是哪個江太醫？」

「還能有哪個江太醫，婦產千金一科最拿手的江穆煬。」

「江穆煬？他弟弟太醫江穆伊好像是照料溫儀帝姬母女的。這方子可不可信？」

「這個我知道。我就是放心不下才特意調了人去查。原來這江穆煬和江穆伊並非一母所生，江穆伊是大房正室的兒子，江穆煬是小妾所生，妻妾不睦已久，這兄弟倆也是勢成水火，平日在太醫裡共事也是形同陌路。否則我怎能用他，我也是掂量了許久又翻看了不少醫書才敢用這方子。」

我總覺得不妥，想了想讓眉莊把方子收好，喚了采月進來：「悄悄去太醫院看看溫實初大人在不在，若是在，請他即刻過來，就說我身子不適。」

采月答應著去了。眉莊看向我，我小聲道：「溫實初是皇上指了專門侍奉我的太醫，最信得過的。萬事小心為上，讓他看過才好放心。」

眉莊讚許地點了點頭，「早知道有我們的人在太醫院就好辦了。」

我道：「他雖然不是最擅長千金一科，可醫道本是同源之理，想來是一樣的。」

不過多時，采月回來回稟道：「護國公孫老公爺病重，皇上指了溫大人前去治療，一應吃住全在孫府，看來孫老公爺病癒前溫大人都不會回來了。」

真是不巧，我微微蹙眉，眉莊道：「不在也算了。我已吃過兩服，用著還不錯。就不必勞師動眾了。」

既然眉莊如此說，我也不好再說，指著那窗紗對采月道：「這銀紅的窗紗配著院子裡的綠竹太刺眼了，我記得皇后曾賜妳家小姐一匹『石榴葡萄』的霞影紗，去換了那個來糊窗。」轉而對眉莊微笑：「也算是一點好兆頭吧。」

石榴葡萄都是多子的意兆，眉莊舒展了顰眉，半喜還羞：「承妳吉言，但願如此。」

離溫儀帝姬滿週歲的日子越來越近。這日黃昏去光風霽月殿向皇后請安，隨行的妃子皆在。皇后座下三個紫檀木座位，端妃的依舊空著，愨妃和華妃各坐一邊。愨妃還是老樣子，安靜地坐著，沉默寡言，凡事不問到她是絕不會開口的。華妃憔悴了些許，但是妝容依舊精緻，不仔細看也瞧不太出來，一副事不關己冷淡樣子，全不理會眾人說些什麼。妃嬪們也不愛答理華妃，雖不至於當面出言譏刺，但神色間早已不將她放在眼裡。只有皇后，依舊是以禮相待，並無半分輕慢於她。

閒聊了一陣，皇后徐徐開口道：「再過半月就是溫儀帝姬的生辰，宮裡孩子不多，滿週歲的日子自然要好好慶祝。皇上的意思是雖不在宮裡，但一切定要依儀制而來，斷不能從簡，一定要辦得熱鬧才是。這件事已經交代了內務府去辦了。」

曹容華忙起身謝恩道：「多謝皇上皇后關心操持，臣妾與帝姬感激不盡。」

皇后含笑示意她起來：「妳為皇上誕下龍裔乃是有功之人，何必動不動就說謝呢？」

說著對眾妃嬪道：「皇上膝下龍裔不多，各位妹妹要好生努力才是。子孫繁盛是朝廷之福，社稷之福。只要你們有子嗣，本宮身為嫡母必定會與你們一同好生照料。」

眾人俱低頭答應，唯有華妃輕「哼」一聲，不以為然。

皇后不以為意，又笑吟吟對曹容華說：「妳這容華的位分還是懷著溫儀的時候晉的，如今溫儀滿週歲，妳的位分也該晉一晉了。旨意會在慶生當日下來。」

曹容華大喜，復又跪下謝恩。

皇后見天色漸晚，便吩咐了我們散去。出了殿，眾人一團熱鬧地恭賀曹容華一通，曹容華見人漸漸散了，含笑看向我與眉莊道：「兩位妹妹留步。」

我因前幾日水綠南薰殿之事難免對她存了幾分芥蒂，眉莊倒沒怎麼放在心上，於是駐足聽她說話，曹容華執了欣貴嬪與慤妃的手對我歉意道：「前幾日做姐姐的失言，聽說惹得皇上與妹妹有了齟齬。實在是姐姐的不是。」

我見她自己說了出來，反而不好說什麼，一腔子話全堵回了肚子裡。微笑道：「容華姐姐哪裡的話，不過是妹妹御前失儀才與皇上嘀咕了幾句。也不是什麼了不得的事。」

欣貴嬪笑道：「婉儀得皇上寵愛，與皇上嘀咕幾句自然不是什麼了不得的事。要換了旁人，這可是了不得的大事了。」說著睇一眼一旁默不作聲的慤妃。

慤妃初生皇長子時也是有寵的，只因皇長子稍稍年長卻不見伶俐。玄凌二十歲上才得了這第一個兒子，未免寄予厚望管教得嚴厲些。慤妃心疼不過與玄凌起了爭執，從此才失了寵，變得謹小慎微，如履薄冰。欣貴嬪這話，雖是譏刺於她，也不免有幾分對我的酸妒之意在內。只是欣貴嬪一向嘴快無忌，見得慣了，我也不以為意。

曹容華忙打圓場道：「好了好了。哪有站在這裡說話的，去我的煙雨齋坐坐罷，我已命人置了一桌筵席特意向婉儀妹妹賠不是，又請了欣姐姐和愨姐姐作陪，還望妹妹賞臉。」又對眉莊道：「惠妹妹也來。聽聞妹妹彈得一手好琴，俗話說『主雅客來勤』，我這做東的沒什麼好本事，還請妹妹為我彈奏一曲留客罷。」

曹琴默的位分本在我和眉莊之上，今日如此做小伏低來致歉，又拉上了欣貴嬪與愨妃。愨妃本來少與人來往，欣貴嬪和曹容華又有些不太和睦，曹容華既邀了她們來作陪，向來不會有詐。我與眉莊稍稍放心，也知道推辭不得，少不得隨了她去。

曹容華的煙雨齋在翻月湖的岸邊，通幽曲徑之上是重重假山疊翠，疑是無路。誰想往假山後一繞，幾欲垂地的碧蘿紫籐之後竟是小小巧巧一座安靜院落，佈置得甚是雅致。

幾聲嬰兒的啼哭傳來，曹容華略加快腳步，回首歉然笑道：「準是溫儀又在哭了。」曹容華進後房安撫一陣，換了件衣服抱著溫儀出來。

紅色襁褓中的溫儀長得眉目清秀，粉白可愛，想是哭累了瞇著眼睡著，十分逗人。眉莊不由露出一絲艷羨的神色，轉瞬掩飾了下去。

幾人輪流抱了一回溫儀，又坐下吃酒，曹容華佈置的菜色很是精緻，又慇勤為我們布菜。眉莊面前放著一盅白玉蹄花，曹容華說是用豬蹄製的，用嫩豆腐和乳汁相佐，湯濃味稠，色如白玉，極是鮮美。眉莊一向愛食葷腥，一嘗之下果然讚不絕口，用了好些子。

酒過三巡，氣氛也漸漸融洽起來了。眉莊也離席清彈了幾曲助興。用過了飯食，閒聊片刻，曹容華又囑人上了梅子湯解膩消渴，一應的細心周到。

曹容華的梅子湯製得極酸，消暑是最好不過的，眾人飲得津津有味。我一向不喜食酸，抿了一口意思一下便算了。眉莊坐在我身旁，她一向愛食梅子湯，今日卻是一反常態，盞中的梅子湯沒見少多少，口中也只含了一口遲遲不肯嚥下去。

我悄悄問道：「妳怎麼了？」

眉莊勉強吞下去，悄聲答道：「胸口悶得慌，不太舒服。」

我關切道：「傳太醫來瞧瞧吧。」

眉莊輕輕搖頭：「也沒什麼，可能是天氣悶熱的緣故。」

我只好點了點頭，眉莊見眾人都在細細飲用，只好又喝了一口，卻像是含著苦藥一般，一個掌不住「哇」地一聲吐在了我的碧水色綾裙上。綠色的底子上沾了梅子湯暗紅的顏色格外顯眼，我顧不上去擦，連忙去撫眉莊的背。

眾人聽得動靜都看了過來，眉莊忙拭了嘴道：「妹妹失儀了。」

曹容華忙著人端了茶給眉莊漱口，又叫人擦我的裙子，一通忙亂後道：「這是怎麼了？不合胃口嗎？」

眉莊忙道：「想是剛才用了些白玉蹄花，現下反胃有些噁心。並非容華姐姐的梅子湯不合胃口。」

「噁心？好端端的怎麼噁心了？」曹容華略一沉思，忽地雙眼一亮，「這樣噁心有幾日了？」

我聽得一頭霧水，眉莊也是不解其意，答道：「這幾日天氣炎熱，妹妹不想進食，已經六七日了。」

只聽欣貴嬪「哎呀」一聲，道：「莫不是有喜了？」說著去看曹容華，曹容華卻看著慤妃，三個人面面相覷。

我想起那日去看她，她渴飲酸梅湯的樣子，還有那張據說可以有助受孕的方子，心裡不免疑惑不定。眉莊自己也是一臉茫然，又驚又喜疑惑不定的樣子，我忙拉了她的手問道：「惠姐姐，是不是真的？」

眉莊羞得不知怎麼才好，輕輕掙開我的手，細聲道：「我也不知道。」

欣貴嬪嚷道：「惠嬪妳怎麼這樣糊塗？連自己是不是有喜了也不知道。」

慤妃扯住了她，細聲細氣道：「惠嬪年輕，哪裡經過這個？不知道也是情理之中的事。」

曹容華一股認真的神氣，問：「這個月的月信[1]來了沒有？」眾目睽睽之下眉莊不禁紅了臉，踟躕著不肯回答。

欣貴嬪性急：「這有什麼好害臊的。大家都是姊妹。快說罷！」

眉莊只好搖了搖頭，聲如蚊細：「已經遲了半月有餘了。」

曹容華忙扶了她坐好，「這八成是有身孕了。」說著向慤妃道：「慤姐姐您說是不是？」

慤妃慢吞吞問：「除了噁心之外，妳可有覺得身子懶怠成日不想動彈？或是喜食酸辣的東西？」

眉莊點了點頭。

欣貴嬪一拍手道：「這樣子果然是有喜了！」話音剛落見慤妃盯著自己，才醒神過來發覺自己高興得甚是沒有來由，於是低了嗓門嘟噥一句道：「以前我懷著淑和帝姬也是這個樣子。」

這三人是宮中唯一有所出的嬪妃，眉莊聽得她們如此說已經喜不自勝，再難掩抑，直握了我的手歡喜得要沁出淚來。

我瞥眼見愨妃無聲地撇了撇嘴。難怪她要不快，宮中迄今只有她誕育了一位皇子，再怎麼不得皇帝的心意也是獨一無二的一個。如果僥倖將來沒有別的皇子，這也是極其渺茫的僥倖，愨妃的兒子仍是有一分希望繼承帝位。可是如今眉莊有寵還不算，乍然有孕如同平地一聲驚雷，若是將來生了帝姬還好，若是也生了皇子，她的兒子在玄凌眼裡就越發無足輕重，地位也岌岌可危了。

曹容華生的是帝姬，倒也不覺得怎麼，忙喜氣盈盈安撫了眉莊先別急著回去進了內室歇息，忙亂間太醫也趕了過來。想是知道事情要緊，太醫來得倒快，話一傳出去立刻到了，診了脈道：「是有喜了。」

曹容華一迭聲地喚了內侍去稟報帝后，叫了眉莊的貼身侍女白苓和采月來細細囑咐照顧孕婦的事宜。突然有這樣大的喜事，眾人驚訝之下手忙腳亂，人仰馬翻，直要團團轉起來。

是夜玄凌本歇在秦芳儀處，皇后也正要梳洗歇息。有了這樣大的事，忙先遣人囑咐了眉莊不許起來，急匆匆趕來了曹容華的煙雨齋裡。

眉莊安適地半躺在曹容華的胡床上，蓋著最輕軟的雲絲錦衾，欣喜之下略微有些侷促不安，我陪在她身側安慰她，心裡隱隱覺得這一晚的事情總有哪裡不對，卻想不出到底是哪裡不對。想要極力思索卻是一團亂麻。

我瞧著坐在桌前寫方子的太醫道：「這位太醫面生，彷彿從前沒見過。」

他忙起身斂衣道：「微臣是上月才進太醫院當職的。」

「嗯。」我抬眉道：「不知從前在何處供奉？」

「微臣劉畚濟州人氏，入太醫院前曾在濟州開一家藥坊懸壺濟世。」

「哦？」眉莊笑道：「如此說來竟是同鄉了。劉太醫好脈息。」

「承小主謬讚，微臣惶恐。」

正說話間，皇帝和皇后都趕了過來。

玄凌又驚又喜，他如今已有二十六了，但膝下龍裔單薄，尤其是子嗣上尤為艱難，故而分外高興，俯到眉莊身邊問：「惠嬪，是不是真的？」

皇后問了曹容華幾句，向眉莊道：「可確定真是有孕了？」

眉莊含羞低聲道：「臣妾想煩姐姐、欣姐姐和曹姐姐都是生育過的，她們說是大概也就是了。」

皇后低聲向身邊的宮女吩咐了幾句，不過片刻，她捧了一本描金緋紅的簿冊過來，我知道皇后是要查看「彤史」[1]。果然皇后翻閱兩頁，面上露出一點微笑，又遞給玄凌看。玄凌不過瞄了一眼，臉上已多了幾分笑意：「已經遲了半月有餘。」

皇后點點頭揚聲道：「惠嬪貼身的宮女在哪裡，去喚了來。」

采月與白苓俱是隨侍在殿外的，聽得傳喚都唬了一跳，急忙走了進來。

皇后命她們起來，因是關係龍裔的大事，和顏悅色中不免帶了幾分關切：「你們倆是近身伏侍惠嬪的宮人，如今惠嬪有喜，更要事事小心照料，每日飲食起居都要來向本宮回稟。」

白苓和采月連忙答應了。

玄凌正坐在床前執了眉莊的手細語，燭火明灼搖曳，映得眉莊雪白豐潤的臉頰微染輕紅，洋溢著難以抑制的幸福的柔和光暈，容色分外嬌艷。

皇后道：「惠嬪有身孕是宮中大事，必定要小心照顧妥當。太醫院中江穆煬最擅長婦科千金一項，昔日三位妹妹有孕皆由他侍奉，是個妥當的人。」

欣貴嬪插嘴道：「江太醫家中有白事，丁憂去了。這一時之間倒也為難。」

眉莊微微蹙眉，想了想方展顏笑道：「剛才來為臣妾診脈的是太醫院新來的劉畚劉太醫，臣妾覺著他還不錯，又是臣妾同鄉，就讓他來照應吧。」

皇后道：「那也好。妳如今有孕才一個月多，凡事一定要小心謹慎，以免出什麼差池。」又對我道：「甄婉儀與惠嬪情同姐妹，一定要好好看顧惠嬪。」

我與眉莊恭謹聽了。

曹容華「哎呀」一聲輕笑道：「臣妾疏忽。皇上與皇后來了許久，竟連茶也沒有奉上一杯，真是高興糊塗了。還望皇上皇后恕罪。」

玄凌興致極好，道：「正好朕也有些渴了。」說著問眉莊：「惠嬪，妳想要用些什麼？」

眉莊忙道：「皇上做主吧。」

玄凌道：「眼下妳是有身子的人，和朕客氣什麼？」

眉莊想了想道：「適才臣妾不小心打翻了梅子湯，現在倒有些想著。」

曹容華微笑道：「梅子湯有的是。妹妹要是喜歡，我日日讓人做了送妳那裡去。」

欣貴嬪譏刺一笑：「容華真是賢良淑德。」

曹容華赧然笑了笑，正要吩咐宮女去端梅子湯，忽聽玄凌出聲，「甄婉儀不愛吃酸的，她的梅子湯多擱些糖。」

眉莊的突然懷孕已讓愨妃、欣貴嬪等人心裡不痛快了。玄凌此言一出，皇后和曹容華面上倒沒什麼，其餘幾人嫉妒的目光齊齊落在我身上，刺得我渾身難受。眉莊寬慰般拉拉我的手，我心下明瞭，眉莊有孕她們自然不敢怎麼樣，只留了一個我成為她們的眾矢之的。只得裝作不覺笑著起身道：「多謝皇上關愛。」

次日一大清早就去看望眉莊，正巧敬事房的總領內監徐進良來傳旨，敕封眉莊為正四品容華，比我高了一肩。又賞賜了一堆金珠古玩、綢緞衣裳等稀奇玩意。

眉莊自是喜不自勝，求子得子，聖眷隆重。等到懷孕八個月的時候，娘家的母親還能進宮親自照拂，一家人天倫團聚。

眉莊謝過聖恩，又吩咐人重賞了徐進良，才攜了我的手一同進內閣坐下。

我指著那日換上的「石榴葡萄」的霞影紗，打趣道：「好夢成真，妳要如何謝我？」

眉莊道：「自然要好好謝妳，妳要什麼，我能給的自然都給妳。」

我以手虛撫她的小腹，含笑道：「我可是看上了妳肚子裡那一位。何時讓我做他的乾娘？」

眉莊忍俊不禁：「瞧瞧妳這點出息，還怕沒人叫妳『母妃』不成，就來打我的主意。是男是女都不知道呢？」

我笑道：「無論男女，來者不拒。」

「我只盼是個男孩才好。這樣我也終身有靠了。」

「是男是女都好。我瞧著皇上如今寵愛妳的樣子無論妳生下的是男是女他都會喜歡。恐怕不必等妳的出月子，就又要晉封了。」我以指托腮笑道：「讓我來想想皇上會封妳什麼？婕妤？貴嬪？若是妳產下的是位皇子，保不準就能封妃，與華妃、端妃、慤妃三人並肩了。」

眉莊笑著來捂我的嘴，「這蹄子今天可是瘋魔了。沒的胡說八道。」

我笑得直捂肚子，「人家早早的來賀妳還不好？肚子還沒見大起來，大肚婦的脾氣倒先漲了。」

玩笑了一陣，眉莊問道：「皇上一月裡總有十來日是召幸妳，照理妳也該有身子了。」

我不好意思道：「這有什麼法子，天意罷了。」

眉莊道：「妳瞧我可是受天意的樣子？那張方子果然有效，妳拿去吧。」

我咬了咬嘴唇，垂首道：「不瞞妳說，其實我是怕當日服了余氏給我下的藥已經傷了身子，所以不易受孕。」

眉莊聞言倒抽一口涼氣，呆了半晌，方反應過來，「確實嗎？太醫給妳診治過了？」

我搖了搖頭，黯然道：「太醫雖沒這般說，但是這藥傷了身子是確實。我也只是這樣疑心罷了。」

眉莊這才舒了一口氣，「妳還年輕，皇上也是盛年，身子慢慢調理就好了。」想了想俯在我耳邊低聲說：「皇上召幸妳時千萬記得把小腰兒墊高一點，容易有身孕。」

我唬了一跳，面紅耳赤之下一顆心慌得怦怦亂跳，忙道：「哪裡聽來這些渾話，盡胡說！」

眉莊見我的樣子不禁啞然失笑，「服侍我的老宮人說的。她們在宮中久了都快成人精了，有什麼不懂的。」

我尷尬不過，撇開話題對她說：「熱熱的，可有解暑的東西招待我？」

眉莊道：「采月她們做了些冰水銀耳，涼涼的倒不錯，妳嘗嘗？」

我點頭道：「我也罷了。妳如今有孕，可不能貪涼多吃那些東西。我讓槿汐她們做些糕點拿來給妳吧。」

眉莊道：「我實是吃不下什麼東西，放著也白費。」想了想道：「我早起想起了一件事，剛才渾忘了。現在囑咐也是一樣，這才是要緊的事。」

我奇道：「如今哪裡還有比妳的身孕剛更讓妳覺得要緊的事？」

眉莊壓低了聲音道：「我如今有了身孕怕是難以思慮操勞。華妃雖然失勢，但是難保不會東山再起，只怕妳一個人應付不過來。而且我冷眼瞧著，咱們的皇上不是專寵的人。我有著身孕恐怕很快就不能侍寢，怕是正好讓人鑽了空子大佔便宜。」

「妳的意思是……」

「陵容容貌不遜於曹容華、秦芳儀之流，難道她真要無寵終老？」

我為難道：「陵容這件事難辦，我瞧她的意思竟是沒有要承寵之意。」

眉莊微微頷首：「這個我也知道，也不知她是什麼緣故，老說自己門楣不高能入宮已是萬幸，不敢祈求聖恩。其實門楣也不是頂要緊的，先前的余氏不是……」

「她既然如此想，也別勉強她了。」

「算了。承寵不承寵是一回事，反正讓她先來太平宮，咱們也多個幫手，不至於有變故時手足無措。」眉莊頓一頓，「這件事我會盡快想法子和皇上說，想來皇上也不會拒絕。」

「如今妳是皇上跟前一等一的紅人，自然有求必應。」我微微一笑，勸道：「凡事好歹還有我，妳這樣小心籌謀難免傷神，安心養胎才是要緊。」

註釋：

(1) 彤史：帝王與後宮女子同房，有女史記錄下詳細的時間、地點、女子姓名，因為這些房事記錄都用紅筆，所以又稱為彤史。彤史上還記載了每個女子的經期、妊娠反應、生育等。

二十四、驚鴻（上）

自從眉莊有孕，皇帝除了每月十五那日與皇后做伴，偶爾幾日留宿在我的宜芙館之外，幾乎夜夜在眉莊的玉潤堂逗留。一時間後宮人人側目，對眉莊的專寵嫉妒無比又無可奈何。

眉莊果然盛寵，不過略在皇帝面前提了一提，一抬小轎就立即把陵容從紫奧城接來送進了太平宮陪伴眉莊安胎。

素來無隆寵的妃嬪是不能伴駕太平宮避暑的，何況陵容的位分又低，怕是已經羨煞留在紫奧城那班妃嬪了。果然陵容笑說：「史美人知道後氣得鼻子都歪了，可惜了她那麼美的鼻子。」

六月十九是溫儀的生辰，天氣有些熱，宴席便開在了扶荔殿。扶荔殿修建得極早，原本是先朝昭康太后晚年在太平宮頤養的一所小園子，殿宇皆用白螺石甃成，四畔雕鏤闌檻，玲瓏瑩徹。因為臨湖不遠，還能清楚聽見絲竹管絃樂聲從翻月湖的水閣上傳來，聲音清亮悠遠又少了嘈雜之聲。

正中擺金龍大宴桌，面北朝南，帝后並肩而坐。皇后身著紺色蒂衣、雙佩小綬，眉目端然的坐在皇帝身邊，一如既往的保持著恰到好處的微笑。只是今日，她的微笑莫名地讓我覺得時隱時現著一縷淺淡的哀傷。入宮十幾年來，皇后一直沒有得到過皇帝的專寵，自從她在身為貴妃時產下的孩兒夭折之後再沒有生下一男半女，宮人們私底下都在傳說皇后已經失去了再次生育的能力。

皇帝對皇后雖然客氣尊重，但終究沒有對純元皇后那種恩愛之情。太后對皇后也總是淡淡的，許是介意皇后是庶出的緣故，不像純元皇后一樣是正室所出。

我徐徐飲了一口「梨花白」，黯然想道，其實這一對先後執掌鳳印、成為天下之母的朱氏姐妹實在很可憐。純元皇后難產而死，一死連累了當時的位分極高的德妃和賢妃；現下這位皇后也失去了唯一的孩子。我搖了搖頭，在這個後宮裡每個人的風光背後未必沒有她不為人知的辛酸。

地平下自北而南，東西相對分別放近支親貴、命婦和妃嬪的宴桌。宮規嚴謹，親貴男子非重大節慶宴會不得與妃嬪見面同聚。今日溫儀生辰設的是家宴，自然也就不拘禮了。

帝后的左手下是親貴與女眷命婦的座位。一列而下四張紫檀木大桌分別是岐山王玄洵、汝南王玄濟、清河王玄清和平陽王玄汾。

岐山王玄洵圓臉長眉，面色臃白，一團養尊處優的富貴氣象。岐山王的王妃也是極美的，看上去比他年輕許多，想是正室王妃去世許久，這是新納的續絃。

汝南王玄濟的王妃是慎陽侯的女兒賀氏，長得並不如何出色，看上去也柔弱，並無世家女子的驕矜，只靜靜含笑看著自己夫君，並不與旁人說話。汝南王長得虎背熊腰，一雙眸子常常散發著鷹隼般銳利的光芒，臉上也總是一種孤傲而冷淡的神情，看上去只覺寒氣逼人。他自小失了母妃，又不得父皇的寵愛，心腸冷硬狷介，是出了名的剛傲，可是對這位王妃卻極是親厚疼惜，幾乎到了百依百順的地步。為著這個緣故被人暗地裡戲稱為「畏妻丈夫」，倒也是一對詫歎的夫妻。席間見皇帝對汝南王夫婦極是親厚籠絡，知道是因為西南戰事吃緊，近支親族中能夠在征戰上倚重的只有這位汝南王。

嘴角劃出新月般微涼的弧度，為了這一場戰事，今日恐怕有一場好戲要看。只是不知道她要怎麼演這一齣「東山再起」的戲。

清河王玄清和平陽王玄汾都尚未成親，所以都沒有攜眷。清河王玄清的位子空著，直到開席也不見人來，皇帝只是笑語：「這個六弟不知道又見了什麼新鮮玩意兒不肯挪步了。」平陽王玄汾才十四歲，是個初初長成的少年，劍眉朗目，英氣勃勃。

右邊第一席坐著已經晉了容華的眉莊和剛被冊封為婕妤的曹琴默。今日的宴席不僅是慶賀溫儀帝姬週歲的生辰，也是眉莊有孕的賀席。溫儀帝姬年幼，所以她們兩個才是今天真正的主角，連位分遠在她們之上的端妃和愨妃也只能屈居在第二席。而失寵的華妃則和馮淑儀共坐第三席，第四席才是我和陵容的位子。因為怕陵容膽怯，又特意拉了她同坐。而其他妃嬪，更是排在了我們之後。

眉莊穿著緋紅繡「杏林春燕」錦衣，杏子黃縷金挑線紗裙，一色的嵌寶金飾，尤其是髮髻上的一枝赤金合和如意簪，通體紋飾為荷花、雙喜字、蝙蝠，簪首上為合和二仙，象徵多子多福、如意雙全。是太后聽聞眉莊有喜後專程遣人送來的，珍珠翠玉，赤金燦爛，更是尊貴無匹。顯得眉莊光彩照人、神采飛揚。曹婕妤一身洋蓮紫的上裳，翠藍金枝綠葉百花曳地裙，滿頭珠翠明鐺，也是華麗奪目。她們身後簇擁著一大群宮女，為酒爵裡不斷加滿美酒，最受人奉承。

華妃自從進太平宮那日隨眾見駕請安後再未見過玄凌。今日也只是淡淡妝扮了默默而坐。幸好馮淑儀是最寬和無爭的人，也並不與她為難。

臨開席的時候才見端妃進來，左右兩三個宮女扶著才顫巍巍行下禮來。皇帝忙離座扶了她一把，道：「外頭太陽那麼大妳還趕過來，也不是什麼緊要的事。」

端妃蒼白的臉上浮起一個微笑：「溫儀帝姬週歲是大事，臣妾定要來賀一賀的。臣妾也好久沒瞧見溫儀了。」

曹婕妤忙讓乳母抱了溫儀到端妃面前。天氣熱，溫儀只穿了個大紅繡「丹鳳朝陽」花樣的五彩絲肚兜，益發顯得如粉團兒一般。端妃看著溫儀露出極溫柔慈祥的神色，伸手就想要抱，不知為何卻是硬生生收住了手，凝眸看了溫儀半晌，微微苦笑道：「本宮是有心要抱一抱溫儀的，只怕反而摔著了她。也是有心無力啊。」說著向扶著她的宮女道：「吉祥。」

那個叫「吉祥」的小宮女忙奉了一把金鎖並一個金絲八寶攢珠項圈到曹婕妤面前。金鎖倒也罷了，只那個項圈正中鑲著一顆拇指大的翡翠，水汪汪的翠綠欲滴，明眼人一看便知是產自渥南國的老坑細糯飄翠，想必是端妃積年的心愛之物。

果然皇帝道：「這個項圈很是眼熟，像是妳入宮時的陪嫁。」又道：「還是個孩子，怎能送她這樣貴重的東西。」

端妃歪向一邊咳嗽了幾聲，直咳得臉上泛起異樣的潮紅，方含笑道：「皇上好記性。只是臣妾長年累月病著，放著可惜了。溫儀那麼可愛，給她正好。」

曹婕妤顯然沒想到端妃送這樣的厚禮，又驚又喜，忙替溫儀謝道：「多些端妃娘娘。」

端妃輕輕撫摸著溫儀的臉頰感歎道：「上次見她還是滿月的時候，已經這麼大了。長得眉清目秀的，長大一定是個美人。」

曹婕妤笑著讓道：「娘娘謬讚了，娘娘快請入席吧。」

端妃站著說了一會子話早已氣喘吁吁，香汗淋漓。宮女們忙扶了她坐下。

這是我入宮許久來第一次見到端妃，這個入宮侍奉聖駕最久的女子。她的容貌並不在華妃之下，只是面色蒼白如紙，瘦怯凝寒，坐不到半個時辰身體就軟綿綿的歪在侍女身上，連單薄的縞絹絲衣穿在身上也像是不堪負荷，更別說髻上的赤金景福長綿鳳釵上垂下的纍纍珠珞，直壓得她連頭也抬不起來。一點也不像是出身世代將門的虎賁將軍的女兒。

再看她座旁的華妃卻是另一番模樣。端妃與華妃俱是將門之後，相較之下，華妃頗有將門虎女風範，行事果決凌厲，威懾後宮。即使失勢也不減風韻。端妃一眼瞧去卻是極柔弱的人，弱質纖纖也就罷了，身體孱弱到行動也必要有人攙扶，說不上幾句話便連連氣喘。

端妃與眾人點頭見過，打量了眉莊幾眼，看到我時卻微微一愣，旋即朝著我意味深長的一笑，轉頭若無其事微笑著對皇帝道：「皇上又得佳人了。」

皇帝也不說話，只置之一哂。皇后卻含笑道：「妹妹常年累月不見生人，所以還留著當年的眼力呢。」

這話說得沒頭沒腦，眾人只顧著說笑沒放在心上，我也不做他想。

案上名酒佳餚，鮮蔬野味，微風拂簾，箜篌悠悠，曲聲蕩蕩，令人心曠神怡。「梨花白」酒味甘醇清甜，後勁卻大。酒過三巡，臉上熱熱的燙起來，頭也暈暈的，見眾人把酒言歡興致正高，囑咐了陵容幾句便悄悄扯了流朱出去換件衣裳醒酒。

浣碧早吩咐了晶清和佩兒在扶荔殿旁的小閣裡備下了替換的衣裳。扶荔殿雖然比別處涼快，可是溫儀帝姬的週歲禮是大事，雖不需要按品大妝，可依舊要穿著合乎規制的衣服，加上酒酣耳熱，貼身的小衣早被汗水濡得黏糊糊得難受。

小閣裡東西一應俱全，專給侍駕的后妃女眷更衣醒酒所用。晶清和佩兒見我進來，忙迎上前來忙不迭的打扇子遞水。我接過打濕了的手絹捂在臉上道：「這天氣也奇怪，六月間就熱成這樣。」

晶清陪笑道：「小主要應酬這麼些宮妃命婦難怪要熱得出了一身的汗。」

我輕哂道：「哪裡要我去應酬？今日是沈容華和曹婕妤的好日子，咱們只需好好坐著飲酒聽樂便可。」

晶清笑道：「怪道小主今日出門並不盛裝麗服。」

我飲了一口茶道：「今日盛宴的主角是沈容華和曹婕妤，是她們該風風光光的時候。不是咱們出風頭時就要避得遠遠的，免得招惹是非。有時候一動不如一靜。」

佩兒邊替我更衣邊插嘴道：「這宮裡哪有避得開的是非？萬一避不過呢？」

我斜睨她一眼，並不說話。浣碧接口道：「既然避不過，就要暫時按兵不動，伺機行意外之舉，才能出奇制勝。小姐您說是不是？」

我微笑道：「跟我在宮裡住了這些日子，妳倒長進不少了。」

浣碧低眉一笑：「多謝小姐誇獎。」

換過一身淺紫的宮裝，浣碧道：「小姐可要立即回席？」

想了想笑道：「妳在這裡看著。好不容易逃席出來，等下回去少不得又要喝酒，這會子心口又悶悶的，不如去散散心醒醒神罷。」說著扶了流朱的手出去。

外面果然比殿裡空氣通透些，御苑裡又多百年古木籐蘿，花木扶疏，假山嶙峋，濃蔭翠華欲滴，比別處多了幾分涼爽之意。這時節御苑裡翠色匝地，花卻不多，石榴花還艷，辛夷花卻開到極盛，漸漸有頹唐之勢，深紫的花芯捲了濃黑的一點，像是一顆灰了的心。流朱陪著我慢慢看了一回花，又逗了一回鳥，不知不覺走得遠了。

走得微覺腿酸，忽見假山後一汪清泉清澈見底，如玉如碧，望之生涼。四周也寂靜並無人行。一時玩心大盛，隨手脫了足上的繡鞋拋給流朱，挽起裙角伸了雙足在涼郁沁人的泉裡戲水。

泉中幾尾紅魚游曳，輕啄小腿，癢癢的忍不住笑出了聲。

流朱「嗤」一聲笑：「小姐還是老樣子，從前在府裡的脾氣一丁點兒有沒改。」

我踢了一腳水花，微微苦笑：「哪裡還是從前的脾氣，改了不少了。縱使如今這性子，還是明裡暗裡不知吃了多少虧。」見流朱顯露赧色，忙笑道：「瞧我喝了幾盅酒，和妳說著玩的呢。」

流朱道：「奴婢哪裡有不明白的。從得寵到如今，小姐何曾有真正鬆過一口氣。」

我拍了拍她的手道：「好端端的說這些做什麼，如今眉莊姐姐有喜，好歹我也有了點依靠。不說這些掃興的話了。」我轉頭笑道：「這水倒涼快，妳下不下來？」

正說話間，忽聽遠遠一個聲音徐緩吟誦道：「雲一緺，玉一梭……」[1]暗想道，這是李後主的詞，其時後主初遇大周后，後主吟誦新詞，大周后彈燒槽琵琶，舞《霓裳羽衣曲》，何等伉儷情深，歡樂如夢的日子。只可惜後主到底是帝王，專寵大周后如斯，也有了「手提金縷鞋，教郎恣意憐。」[2]的小周后。

我暗暗搖頭，想起那一日春日杏花天影裡的玄凌，他為了怕我生疏故意迴避，含笑道：「我是清河王。」

「人生若只如初見，何事西風悲畫扇？等閒變卻故人心，卻道故人心易變。」那一日的玄凌溫文爾雅，可是如今的他卻也會聽了別人的挑撥來疑心我了。低低的吁一口氣，若是人生永遠能如初見該有多好！

想得入神，竟沒有發覺那聲音越來越近。猛然間聞得有醺然冷幽的酒香撲鼻而來，甜香陣陣，是西越進貢的上好的「玫瑰醉」的氣味，卻夾雜著一股陌生男子的氣息，兜頭兜臉席捲而來。心中一唬，足下青苔膩膩的滑溜身子一斜便往泉中摔去，流朱不及伸手拉我，驚惶喊道：「小姐！」

眼見得就要摔得狼狽不堪，忽地身子一旋已被人拉住了手臂一把扯上了岸，還沒回過神來，只聽他笑嘻嘻道：「妳怎麼這樣輕？」

一驚之下大是羞惱，見他還拉著我的手臂，雙手一猛力使勁，推得他往後一個趔趄，忙喝道：「你是誰？」

流朱慌忙擋在我身前，呵斥道：「大膽！誰這樣無禮？」

抬眼見他斜倚在一塊雪白太湖山石上，身上穿了一件寬鬆的潑墨流水雲紋白色縐紗袍，一枝紫笛斜斜橫在腰際，神情慵倦閒適。

他被我推了卻不惱，也不答話。只怔了怔，微眯了雙眼，彷彿突見了陽光般不能適應。他打量了我幾眼，目光忽然駐留在地上，嘴角浮起一縷浮光掠影的笑：「李後主曾有詞贊佳人膚白為『縹色玉柔擎』，所言果然不虛也。只是我看不若用『縹色玉纖纖』一句[3]更妙。」

我一低頭，見他雙目直視著我的裸足，才發現自己慌亂中忘了穿鞋，雪白赤足隱約立在碧綠芳草間，如潔白蓮花盛開，被他覷了去品題賞玩。又羞又急，忙扯過寬大的裙幅遮住雙足。自古女子裸足最是矜貴，只有在洞房花燭夜時才能讓自己的夫君瞧見。如今竟被旁人看見了，頓覺尷尬，大是羞慚難當。又聽他出言輕薄，心裡早惱了他，欠了欠身正色道：「王爺請自重。」

流朱驚訝的看著我，小聲道：「小姐……」

我看也不看她，只淡淡道：「流朱，見過清河王。」

流朱雖然滿腹疑問，卻不敢違拗我的話，依言施了一禮。

清河王微微一哂，「妳沒見過我，怎知我是清河？」

維持著淡而疏離的微笑，反問道：「除卻清河王，試問誰會一管紫笛不離身，誰能得飲西越進貢的『玫瑰醉』，又有誰得在宮中如此不拘？不然如何當得起『自在』二字。」

他微顯詫異之色，「小王失儀了。」隨即仰天一笑，「妳是皇兄的新寵？」

心下不免嫌惡，這樣放浪不羈，言語冒失。

流朱見情勢尷尬，忙道：「這是甄婉儀。」

略點了點頭，維持著表面的客套：「嬪妾冒犯王爺，請王爺勿要見怪。」說罷不願再與他多費唇舌，施了一禮道：「皇上還在等嬪妾，先告辭了。」

他見我要走，忙用力一掙，奈何醉得厲害，腳下不穩踉蹌了幾步。

我對流朱道：「去喚兩個內監來扶王爺去鄰近的松風軒歇息，醒一醒酒。」

流朱即刻喚了內監來，一邊一個扶住。他擺一擺手，目光落在我身上：「妳叫什麼名字？」

我一怔，心下愈發羞惱，問名乃夫家大禮。我既為天子妃嬪，自然也只有玄淩才能問我的閨名。端然道：「賤名恐污了王爺尊耳。王爺醉了，請去歇息罷。」說罷拂袖而去。

直到走的遠了，才鄭重對流朱道：「今日之事一個人也不許提起，否則我連就死地也沒有了。」

流朱從未見過我如此神色，慌忙點了點頭。

註釋：

(1)「雲一渦，玉一梭」：出自李後主《長相思》，全文為：雲一渦，玉一梭。澹澹衫兒薄薄羅，輕顰雙黛螺。秋風多，雨相和。簾外芭蕉三兩窠。夜長人奈何

(2)「手提金縷鞋，教郎恣意憐。」：出自李後主《菩薩蠻》。全文為：花明月暗籠輕霧，今宵好向郎邊去。剗襪步香階，手提金縷鞋。畫堂南畔見，一向偎人顫。奴為出來難，教郎恣意憐。是與小周后偷情相見時所做的詞。

(3)縹色玉纖纖：形容女子肌膚潤白細膩。

二十五、驚鴻（下）

略消了消氣，整理了衣容悄悄回到席間，不由自主先去看華妃，見她依舊獨自坐著飲酒。陵容急道：「姐姐去了哪裡？這麼久不回來，眉姐姐已叫人找了好幾回了。」

我淡淡一笑：「酒醉在偏殿睡了一晌，誰知睡過頭了。」

陵容輕吁一口氣，方笑道：「姐姐香夢沉酣，妹妹白焦心了。」

正說話間，見玄凌朝我過來，道：「妳的侍女說妳更衣去了，怎麼去了好一會兒？」

「臣妾酒醉睡了半晌才醒。」

「朕也有些醉意了，叫人上些瓜果解酒吧。」宮女早捧上井水裡新湃的各色鮮果，雪白如玉的瓷盤裡盛著的瓜果猶帶著晶亮的水珠，格外誘人。

皇后笑道：「別的也就罷了，這蓮藕是新從湖裡挖出來的，很是脆嫩呢。」眾人笑著謝過品嚐。

曹婕妤走過來盈盈淺笑道：「今日的歌舞雖然隆重，只是未免太刻板了些。本是家宴，在座的又都是親眷，不如想些輕鬆的玩意來可好？」

玄淩道：「今日妳是正主兒，妳有什麼主意說來聽聽。」

「臣妾想宮中姊妹們侍奉聖駕必然都身有所長，不如寫了這些長處在紙上抓鬮，誰抓到了什麼便當眾表演以娛嘉賓，皇上以為如何？」

玄凌頷首道：「這個主意倒新鮮。就按妳說的來。」

曹婕妤忙下去準備了，不過片刻捧了個青花紋方瓶來，「容華妹妹有孕不宜操勞，這抓鬮行令的差事就讓臣妾來擔當吧。」

玄凌道：「怎麼，妳這個出主意的人兒自己不去演上一段兒？」

曹婕妤道：「臣妾身無所長，只會打珠絡玩兒，實在難登大雅之堂。臣妾已經想好了，無論各位姐妹表演什麼，臣妾都送一串珠絡兒以表心意。皇上您說好不好？」

「那也勉強算得過了。」

眉莊在一旁道：「萬一抽中的紙籤上寫著的不是某位姐妹的長項，可要如何是好呢？」

曹婕妤笑道：「就算不是長項，皮毛總是懂得些的。況且都是日日相見的姐妹，隨意即可。」

筵席已經開了半日，絲竹聲樂也聽得膩了，見曹婕妤提了這個主意，都覺得有趣，躍躍欲試。宮中妃嬪向來為爭寵出盡百寶，爭奇鬥艷。如今見有此一舉，又是在帝后親貴面前爭臉的事，都是存了十分爭艷的心思。

曹婕妤抽得皇后是左右雙手各寫一個「壽」字。皇后書法精湛本是後宮一絕，更不用說是雙手同書。兩個「壽」字一出，眾人皆是交口稱讚。

端妃體弱早已回去休息，馮淑儀填了一闋詞；恬貴人與秦芳儀合奏一曲《鳳求凰》；劉良媛畫了一幅丹青「觀音送子」；俱是各顯風流。

曹婕妤素手一揚，抽了一枚紙籤在手心道：「這甄婉儀的。」說著展開紙籤一看，自己先笑了：「請妹妹作《驚鴻舞》一曲。」轉頭對玄凌笑道：「妹妹姿貌本是『翩若游龍，婉若驚鴻』[1]，臣妾又偏偏抽到這一支，可見是合該由妹妹一舞了，妹妹可千萬不要推卻啊。」

雙手微蜷，《驚鴻舞》本是由唐玄宗妃子梅妃所創，本已失傳許久。純元皇后酷愛音律舞蹈，幾經尋求原舞，又苦心孤詣加以修改，一舞動天下，從此無論宮中民間都風靡一時，有井水處便有女子演《驚鴻舞》。只是這《驚鴻舞》極難學成，對身段體形皆有嚴格要求，且非有三五年功底不能舞，有七八年功夫才能有所成。舞得好是驚為天人，舞不好就真成了東施效顰，貽笑大方了。

欣貴嬪是一根腸子通到底的人，臉上早露了幾分不屑：「甄婉儀才多大，怎能作《驚鴻舞》？未免強人所難了。」

曹婕妤笑道：「欣姐姐未免太小覷婉儀妹妹了。妹妹素來聰慧，這《驚鴻舞》是女子皆能舞，妹妹怎麼會不會呢？再說若舞得不如故皇后也是情理之中，自己姐妹隨興即可，不必較真的。」

欣貴嬪本是為我抱不平，反叫曹婕妤堵得一句話也說不出來，賭氣扭了臉再不理她。

原本獨斟獨飲的華妃出聲道：「既然不能舞就不要舞了，何必勉強？故皇后曾一舞動天下，想來如今也無人能夠媲美一二了。」說罷再不發一言，仰頭飲下一杯。

這話明明是激將了。心內一陣冷洌，前後已想得通透。若是不舞，難免招人笑話說皇帝新寵的甄氏平平無才，浪得虛名，失了皇家的體面。若是舞，舞得不好必然招人恥笑；萬一舞得好博得眾人激賞，今日倒是大占風光。萬一有一日不順帝意，怕是就要被別有用心的人說成是對先皇后的不敬。當今皇后是故皇后親妹，皇上與故皇后少年結縭，恩愛無比，若是被人這樣誣蔑，恐怕以後在宮中的日子就難過了。

皇后聽得再三有人提及故皇后，臉上微微變色，只看著玄凌。見玄凌若有所思，輕聲道：「《驚鴻舞》易學難精，還是不要作了，換個別的什麼罷。」

眉莊與陵容俱是皺眉。眉莊知我從來醉心詩書，並不在歌舞上用心，連連向我使眼色要我向皇帝辭了這一舞。聽皇后開口，連忙附和道：「婉儀適才酒醉也不宜舞蹈啊。」

玄淩凝視我片刻，緩緩道：「宮中許久不演《驚鴻舞》，朕倒想看一看了。婉儀，妳隨便一舞即可。」

既是皇帝開口了，再也推辭不得。深吸一口氣，緩步走到大殿中央。人人都準備要看我的笑話了：以詩書口齒得幸於皇帝的甄氏要怎樣舞出「婉若驚鴻」的姿態，恐怕是「驚弓之鳥」之姿吧。

眉莊忽然起身，對皇帝笑道：「尋常的絲竹管弦之聲太過俗氣，不如由臣妾撫琴、安選侍高歌來為婉儀助興。」

我知道眉莊有心幫我，以琴聲、歌聲分散眾人的注意力。我看一眼陵容，眉莊又心心唸唸要讓陵容引起皇帝的注意，好助我們一臂之力。這倒也是個機會，只是不知道陵容肯不肯？

皇帝點頭道：「去取舒太妃的『長相思』來。」忙有內監奉了當日我在水綠南薰殿所彈的那具琴來。昔日舒貴妃得幸於先皇，礙於舒貴妃當時的身份，二人苦戀許久才得善果。舒貴妃進宮當日，皇帝特賜一琴名「長相思」、一笛名「長相守」為定情之物。先皇駕崩之後舒貴妃自請出宮修行，這一琴一笛便留在了宮中。

眉莊調了幾下音，用力朝我點點頭。陵容向帝后行了一禮，垂首坐在眉莊身側擔心地看著我。我略一點頭，陵容曼聲依依唱了起來。

樂起，舞起，我的人也翩然而起。除了眉莊的琴聲和陵容的歌聲，整個扶荔宮裡一片寂靜，靜得就如同沒有一個人在一般。寬廣的衣袖飛舞得如鋪灑紛揚的雲霞，頭上珠環急促的玲玲搖晃作響，腰肢柔軟如柳，漸次仰面反俯下去，庭中盛開的紫蘿被舞袖帶過，激得如漫天花雨紛飛，像極了那一日被我一腳飛起的漫天杏花。

陵容歌聲曼妙，眉莊琴音琳琅，我只專心起舞。心裡暗想，曹婕妤未免太小覷我了。以為我出身詩禮之家，便不精於舞蹈。我雖以詩書口齒得幸於皇帝，可是我懂得不需要把所有好的東西一下子展現出來，在無意處有驚喜，才能吸引住妳想吸引的人的目光。

我並不擔心自己的舞藝，小時候居住江南的姨娘就常教習我舞蹈。七八歲上曾聽聞純元皇后作《驚鴻舞》顛倒眾生，觀者莫不歎然。小小的心思裡並存了一分好勝之心，特意讓爹爹請了一位在宮中陪伴過純元皇后的舞師來傳授，又研習了《洛神賦》和與梅妃《驚鴻舞》有關的一切史料，十年苦練方有此成就。

只是，讓我為難的是，我的《驚鴻舞》源自純元皇后當日所創，動作體態皆是倣傚於她，要怎樣才能做到因循中又有自己的風格，才不至於讓人捉住對故皇后不敬的痛腳。這片刻之間要舞出新意，倒真是棘手，讓人頗費籌謀。

忽聽一縷清越的笛聲昂揚而起，婉轉流亮如碧波蕩漾、輕雲出岫。一個旋舞已見清河王立在庭中，執一紫笛在唇邊悠悠然吹奏，漫天紫色細碎蘿花之下，雪白衣袂如風輕揚。幾個音一轉，曲調已脫了尋常《驚鴻舞》的調子，如碧海潮生，落英玉華，直高了兩個調子，也更加悠長舒緩。

眉莊機警，律調一轉已跟上了清河王，陵容也換過了曲子來唱。

心中一鬆，高興非常。這清河王隨意吹奏，倒讓我脫離了平日所學舞姿的拘泥，雲袖破空一擲，盡興揮灑自如。紫蘿的花瓣紛紛揚揚拂過我的鬢，落上我的袖，又隨著奏樂旋律漫成芳香的雲海無邊。

正跳得歡暢，眉莊的琴聲漸次低微下去，幾個雜音一亂，已是後續無力。我匆忙回頭一看，眉莊皺著眉頭捂著嘴像是要嘔吐出來。倉促間不及多想，只見清河王把紫笛向我一拋，隨手扯過了「長相思」席地坐下撫琴。

眉莊被宮女忙忙扶了下去休息。我一把接過紫笛，心下立刻有了計較。昔年梅妃江采萍得幸於唐玄宗，因精通詩文，通曉音律，更難得擅長歌舞，深得玄宗喜愛。梅妃「吹白玉笛，作《驚鴻舞》，一座光輝」，被玄宗戲稱為「梅精」。如今我一笛在手，再起舞蹈，自然不會與純元皇后雙手無物的翩然之姿相提並論，也就更談不上不敬僭越之說了。何況《驚鴻舞》本就源起於梅妃，也算不得離題。

想著已經橫笛在唇邊，雙足旋轉得更疾，直旋得裙裾如榴花迸放吐燦，環珮飛揚如水，週遭的人都成了團團一圈白影，卻是氣息不促不亂。一曲悠揚到底。

旋轉間聽得有簫聲追著笛音而上，再是熟悉不過，知道是玄凌吹奏，心裡更是歡喜。一個眼神飛去，見他含情專注相望，神情恰似當日初遇情景。心頭一暖，不願再耿耿於懷水綠南薰殿一事了。

笛簫相和，琴音裊裊，歌喉曼曼，漸漸都低緩了下去，若有似無。身體如柔柳被巨風捲得低迴而下，隨著笛子的尾音漸漸旋得定了。潔白輕盈的柔紗裙幅隨著我的低跪裊裊四散而開，鋪成了一朵雪白的花，盛放在殷紅的茵毯之上。盈盈舉眸看著向我走來的玄凌，他伸手向我扶我在懷中，輕聲在耳畔道：「妳還有多少驚喜是朕不知道的？」

低首嫣然含笑：「彫蟲小技，博皇上一笑罷了。」

側身見曹婕妤面色微變，瞬間已起身含笑對玄凌道：「皇上看臣妾說的如何？妹妹果然聰慧，能作尋常人不能作之舞。不遜於故皇后在世呢。」

話音未落，皇后似笑非笑的看著曹婕妤道：「曹婕妤怎麼今日反覆提起故皇后的《驚鴻舞》呢？本宮記得故皇后作此舞時連華妃都尚未入宮，更別說婕妤妳了，婕妤怎知故皇后之舞如何？又怎麼拿甄婉儀之舞與之相較呢？」

曹婕妤聽皇后口氣不善，大異於往日，訕訕笑道：「臣妾冒失。臣妾亦是耳聞，不能得見故皇后舞姿是臣妾的遺憾。」

玄凌微微朝曹婕妤蹙了蹙眉，並不答理她，只柔聲問我，「跳了那麼久累不累？」

我看著他微笑道：「臣妾不累。臣妾未曾見故皇后作《驚鴻舞》的絕妙風采，實是臣妾福薄。臣妾今日所作《驚鴻舞》乃是擬梅妃之態的舊曲，螢燭之輝怎能與故皇后明月之光相較呢？」

玄凌朗聲一笑，放開我手向清河王道：「六弟你來遲了，可要罰酒三杯！」

玄清舉杯亦笑：「臣弟已吹曲一首為新嫂歌舞助興，皇兄怎的也要看新嫂們的面不追究臣弟才是。」說著一飲而盡。

玄淩道：「『長相思』的笛音必定要配『長相守』的琴音才稱得上無雙之妙。」說著分別指著我與眉莊道：「這是婉儀甄氏、容華沈氏。」轉頭看見陵容，問道：「這歌唱的是……」

陵容見皇帝問起自己，忙跪下道：「臣妾選侍安氏。」

玄淩「哦」一聲命她起來，隨口道：「賞。」再不看陵容，執了我手到帝后的席邊坐下。陵容有一瞬的失神，隨即施了一禮默默退了下去。

我轉身盈盈淺笑，將紫笛還給清河王，道：「多謝王爺相助，否則嬪妾可要貽笑大方了。」

他淡然一笑：「婉儀客氣。」說著在自己座上坐下。我見他沈腰潘鬢，如瓊樹玉立、水月觀音[2]，已不是剛才那副無賴輕薄的樣子，心裡暗笑原來再風流不羈也得在旁人面前裝裝腔子。瞧著庭中四王，岐山王玄洵只是碌碌無為之輩；汝南王玄濟雖然戰功赫赫，可是瞧他的樣子絕不是善與之輩，華妃的父親慕容迥又是在他麾下，倒是要加意留心幾分；平陽王玄汾雖然尚未成年，生母亦出身卑微，可是接人待物氣度高華，令人不敢小覷，倒是「玄」字一輩諸王中的珠玉。而玄清雖負盛名，也不過是恃才風流，空有一副好皮囊而已。

玄凌拉我在身邊坐下，向玄清道：「六弟精於詩詞，今日觀舞可有所佳作？」

玄清道：「皇兄取笑，臣弟獻醜了。」

說罷略一凝神，掣一枝毛筆在手，宣紙一潑，龍飛鳳舞遊走起來。片刻揮就，李長親自接了呈給玄凌，玄凌接過一看，已是龍顏大悅，連連道：「好！好！」說著暢聲吟道：「南國有佳人，輕盈綠腰舞。華筵九秋暮，飛袂拂雲雨。翩如蘭苕翠，宛如游龍舉。越豔罷前溪，吳姬停白苧。慢態不能窮，繁姿曲向終。低回蓮破浪，凌亂雪縈風。墮珥時流盼，修裾欲溯空。唯愁捉不住，飛去逐驚鴻。」[3]玄凌越吟興致越高，一時吟畢，向我笑道：「六弟的詩作越發精進了。一首五言，宛若嬛嬛舞在眼前。」

皇帝如是說，眾人自然是附和喝彩。只有汝南王眼中大是不屑，手中的酒杯往桌上一擱，大是不以為然。汝南王妃忙拉了拉他衣袖暗示他不要掃興。我只裝作不見，垂首道：「今日得見六王高才，又得王爺讚譽，嬛嬛有幸。」

皇后頷首微笑：「皇上雖不擅作詩，可是品評是一流的。皇上既說好，自然是好的。」

玄凌笑道：「嬛嬛才冠後宮，何不附作一首相和？」

微微一笑，本想尋辭推托，抬頭見清河王負手而笑，徐徐飲了一口酒看著我道：「臣弟素聞閨閣之中多詩才，前有卓文君、班婕妤，近有梅妃、魚玄機，臣弟願聞婉儀賜教。」

想了想，執一雙象牙筷敲著水晶盞曼聲道：「汗浥新裝畫不成，絲催急節舞衣輕。落花繞樹疑無影，回雪從風暗有情。」(4)吟罷眼波流轉睇一眼玄凌，旋即嫣然微笑道：「嬪妾薄才，拙作怎能入王爺的眼，取笑罷了。」

玄清雙眸一亮，目光似輕柔羽毛在我臉上拂過，嘴角蘊涵著若有似無的笑意，似冬日浮在冰雪上的一縷淡薄陽光，「好一句『回雪從風暗有情』，皇兄的婉儀不僅心思機敏、閨才卓著，且對皇兄情意溫柔，皇兄艷福不淺。」說罷舉杯：「臣弟敬皇兄與婉儀一杯。」一仰頭一飲而盡。

玄凌把自己杯中的酒飲了，握住我手臂，柔聲道：「慢些飲酒，剛剛舞畢喝得太急容易嗆到。」

含情向玄凌笑道：「多謝皇上關懷，臣妾不勝酒力。」

玄凌自我手中把酒杯接過，微笑道：「朕替妳飲罷。」玄凌把我杯中殘酒飲下，對李長道：「去把今日六王和甄婕妤所作的詩銘刻成文，好好收藏。」

李長何等乖覺，立刻道：「恭喜王爺，恭喜婕妤小主。」

皇后在一旁笑道：「還不去傳旨，甄氏晉封從三品婕妤。」

眾人起身向我敬酒，「賀喜婕妤晉封之喜。」側頭見眉莊朝我展顏微笑，我亦一笑對之。

眾人重又坐下飲酒品宴，忽聽見近旁座下有極細微的一縷抽泣之聲，嗚咽不絕。不覺略皺了眉：這樣喜慶的日子，誰敢冒大不敬在此哭泣掃興。

果然玄凌循聲望去，見華妃愁眉深鎖，眸中瑩瑩含光，大有不勝之態。華妃一向自矜「後宮第一妃」的身份，不肯在人前示弱分毫。如今淚光瑩然，如梨花帶雨，春愁暗生，當真是我見猶憐。

心底冷冷一笑，果然來了。

皇后微顯不悅之色，「好好的華妃哭什麼？可有不快之事？」

華妃慌忙起身伏地道：「臣妾惶恐，一時失態擾了皇上皇后雅興。還望皇上與皇后恕罪。」

玄凌平靜道：「華妃，妳有什麼委屈只管說來。」

皇后深深的看了玄凌一眼，默然不語。

華妃勉強拭淚道：「臣妾並無什麼委屈。只是剛才見甄婕妤作《驚鴻舞》，一時觸動情腸才有所失儀。」

玄凌饒有興味道：「昔日純元皇后作《驚鴻舞》之時妳尚未入宮，如何有情腸可觸？」

華妃再拜道：「臣妾連日靜待宮中，閒來翻閱書籍文章見有唐玄宗梅妃《樓東賦》[8]一篇，反覆回味有所感悟。《驚鴻舞》出自梅妃，為得寵時所舞；《樓東賦》則寫於幽閉上陽宮時。今日見《驚鴻舞》而思《樓東賦》，臣妾為梅妃傷感不已。」

玄凌饒有興味，「妳一向不在詩書上留心的，如今竟也有如此興致了。」

華妃凝望玄凌道：「臣妾愚昧，聽聞詩書可以怡情養性。臣妾自知無德無才，若不修身養性，實在無顏再侍奉君王。」

「既然妳對《樓東賦》如此有感，能否誦來一聽。」

華妃答一聲「是」，含淚徐徐背誦道：「玉鑒塵生，鳳奩杳殄。懶蟬鬢之巧梳，閒縷衣之輕練。苦寂寞於蕙宮，但疑思於蘭殿。信摽落之梅花，隔長門而不見。……君情繾綣，深敘綢繆。誓山海而常在，似日月而無休。……」等誦到「思舊歡之莫得，想夢著乎朦朧。度花朝與月夕，羞懶對乎春風」幾句時已經嗚咽聲噎，再難為繼。如此傷情之態，聞者莫不歎息。

汝南王再按捺不住，起身道：「華妃娘娘之事本是皇上後宮家事，臣不該置喙。只是華妃娘娘侍奉皇上已久，也並不無聽聞有什麼大的過失。如有侍奉不周之處，還請皇上念其多年伴駕，寬恕娘娘。」

玄凌忍不住對華妃唏噓：「實在難為妳。」凝神片刻道：「起來吧。妳如今所住的地方太偏僻了，搬去慎德堂居住吧，離朕也近些。」

華妃面露喜色，感泣流淚，忙叩首謝恩。

我揀一片蓮藕放在口中，面帶微笑。華妃再起本是意料中事，只是來得這樣快。看見玄凌座邊皇后微微發白的臉色，如今形勢擺得清楚，華妃有汝南王撐腰，又有父親效命軍中，只怕不日就要重掌協理六宮的大權，氣勢盛於往日。

這日子又要難過了……

想起昨夜去水綠南薰殿侍駕的情景。

才至殿外，芳若已攔住我，「內閣幾位大人來了，小主請去偏殿等候片刻。」

夜來靜寂，偏殿又在大殿近側，夜風吹來，零星幾句貫入耳中：

……

「如今朝廷正在對西南用兵，華妃之父慕容迥效命於汝南王麾下，望皇上三思。」

……

「華妃縱有大過，可如今朝廷正在用人之際，事從權宜。」

事從權宜？我兀自一笑，西南一仗打得甚苦，不知何時才能了結？一旦得勝歸來自然要大行封賞，恐怕那時華妃氣焰更盛。

然而……

進殿時眾臣已散去了。皇帝獨自躺在那裡閉目養神，聽見我進來眼睛也不睜開，只說：「朕頭疼得很，妳來幫朕揉一揉。」

依言去了。殿中真安靜，茉莉花的香氣裡夾雜著上一絲薄荷腦油涼苦的氣味。我知道玄凌朝政上遇到為難之處，頭疼鬱結的時候就會用薄荷腦油。

手上動作輕柔，輕聲問道：「四郎有心事？」

玄凌道：「嬛嬛妳一向善解人意，妳來猜一猜朕在煩心什麼？」

「皇上心繫天下，自然是為朝廷中事煩惱。」

「妳說的不錯，」玄凌道，「其實後宮也是天下的一部分，朕也要憂心。」

他想說的我已經瞭然於心，也許他也並不心甘情願要這麼做，只是他希望是我說出口來勸他。

清涼的風從湖面掠過帶來蛙鳴陣陣，吹起輕薄的衣衫。

我輕輕道：「皇后獨自執掌後宮大小事宜也很辛苦，該有人為她分憂。」

「那妳怎麼想？」

「其實華妃娘娘協理六宮多年能夠助皇后一臂之力。何況……」我頓一頓道：「昔日之事其實是麗貴嬪的過錯，未必與華妃娘娘有所干系，皇上若是為此冷落華妃太久，恐怕會惹人微辭。再說皇上只是介意華妃有些獨斷，如今給的教訓也夠了，想來娘娘會有所收斂。」

玄凌默默半晌，伸手攬過我道：「華妃的事恐怕以後會叫妳受些委屈。只是妳放心，朕必然護著妳。」

我亦靜默，靠在玄凌肩上，「為了皇上，臣妾沒什麼委屈的。」

不過是人人都參演其中的一場戲……我靜靜看著皇后，也許，今日之事她比我和眉莊更要頭疼。

一時宴畢，眾人皆自行散去。

我經過曹婕妤身邊，忽然停下在耳畔悄聲道：「妹妹想問婕妤姐姐一句，那張寫著『驚鴻舞』的紙條是一直握在姐姐袖子裡的吧？」說著盈盈一笑：「所以妹妹今日一舞竟是姐姐為我注定的呢，姐姐有心了。」

曹婕妤扶著宮女的手從容道：「甄妹妹說什麼？做姐姐的可聽不明白。」

我抬眸望著萬里無雲的碧藍天空，「姐姐敏慧，自然知道沒有《驚鴻舞》何來《樓東賦》。」我雲淡風輕道：「華妃娘娘一向不愛書冊，怎的忽然愛看詩詞歌賦了？梅妃含情所著的《樓東賦》沒有能使她再度得幸於唐玄宗，倒讓咱們的華妃娘娘感動了皇上。想來梅妃芳魂有知，也會感知姐姐這番苦心、含笑九泉了。」

曹婕妤淡然一笑：「妹妹說什麼就是什麼吧。姐姐笨嘴拙舌的也辯不了什麼。妹妹這幾日也許會得空，不如好好照顧沈容華的胎吧，這才是皇上真正關心的呢。」

註釋：

(1)翩若游龍，婉若驚鴻：出自曹植《洛神賦》，歌詠曹丕皇后甄氏的美貌。

(2)出自唐代李群玉觀舞所感。阿紫不才，引用前人詩文為一己之用，望見諒。

(3)出自唐代顧況《王郎中妓席五詠·舞》

(4)《樓東賦》：唐玄宗梅妃因爭寵敗於楊貴妃，失意於玄宗，獨居上陽東宮十餘年，不得見君一面。梅妃才情高華，作《樓東賦》自述心意和在冷宮的寂寞、對玄宗的思念。唐玄宗讀後大為感動，但礙於楊貴妃之故，只賜一斛珠作賞，不復召見。

二十六、靜日玉生煙

華妃再度起勢，眉莊與曹琴默又風頭正勁，玄凌一連好幾日沒到我的宜芙館來。雖然他一早囑咐過我，可是心裡難免有些悶悶不樂。

白天的辰光越發長了。午後悶熱難言，日頭毒辣辣的，映著那金磚地上白晃晃的眼暈，一絲風也沒有。整個宜芙館宮門深鎖，竹簾低垂，蘊靜生涼，恨不能把滿天滿地的暑氣皆關閉門外。榻前的景泰藍大甕裡奉著幾大塊冰雕，漸漸融化了，浮冰微微一碰，「丁玲」一聲輕響。

昏昏然斜倚在涼榻上，半寐半醒。身下是青絲細篾涼席，觸手生涼。我自夢中一驚，身上的毛孔忽忽透著蓬勃的熱意，幾個轉身，身上素紜縐紗的衣裳就被濡得汗津津的，幾縷濡濕了的頭髮，黏膩的貼在鬢側。

佩兒與品兒一邊一個打著扇子，風輪亦鼓鼓地吹。可是那風輪轉室內，一陣子溫熱一陣子涼。

半闔上眼睛又欲睡去。蟬的嘶鳴一聲近一聲遠的遞過來，叫人昏昏欲睡卻不能安睡。煩躁地拍一拍蓆子，含糊道：「去命人把那些蟬給黏了。再去內務府起些新的冰來。」

槿汐答應一聲，悄無聲息地出去了。

面壁朝裡睡著，半晌覺得外頭靜些，身邊扇子搧起的風卻大了好多，涼意蘊人。迷迷糊糊「嗯」一聲道：「這風好，再搧大些。」

那邊廂輕聲道：「好。」

聽得是玄凌的聲音，一時清醒過來，翻身坐起。睡的不好，輾轉反側間微微蓬鬆了髮鬢，衣帶半褪，頭上別著的幾枚藍寶石蜻蜓頭花也零星散落在床上，怎麼看都是春睡不起的曖昧情味。我不防是他在身邊，更是羞急，忙不迭扯過衣裳遮在胸口，嘴卻嘸了起來：「皇上故意看臣妾的笑話兒呢。」

玄凌卻只是一味微笑，憐惜道：「聽說妳這兩日睡得不好，是夜裡熱著了嗎？特意替妳搧搧風讓妳好睡。」

這樣的體貼，我亦動容了。即便有得寵的華妃和懷孕的眉莊，他亦是珍視我的吧。

這樣想著，心頭微微鬆快了些。

才要起身見禮，他一把按住我不讓，道：「只朕和妳兩個人，鬧那些虛禮作什麼。」

我向左右看道：「佩兒和品兒兩個呢？怎麼要皇上打扇？」

「朕瞧她們也有些犯困，打發她們下去了。」

他在我身旁坐下，順手端起床側春籐案几上放著的一個斗彩蓮花瓷碗，裡面盛著澆了蜂蜜的蓮子拌西瓜冰碗，含笑道：「瞧妳睡得這一頭汗，食些冰碗解解暑吧。」我素來畏熱貪涼，又不甚喜歡吃酸食，所以這甜冰碗是要日日準備著品嚐的。

他用銀匙隨意一攪，碗中碎冰和著瓜果叮然有聲，更覺清涼蜜香，口齒生津。他揀了一塊放我唇邊，「朕來餵妳。」

略略點了點頭不好意思，啟唇含了，只覺口中甜潤清爽。又讓玄凌嘗些，他只嘗了一口，道：「太甜了些。用些酸甜的才好。」

我側頭想一想，笑道：「嬛嬛自己做了些吃食，四郎要不要嘗嘗？」說著趿了鞋子起身取了個提梁鸂鶒紋的銀罐來。

玄凌拈起一顆蜜餞海棠道：「這是什麼？」

我道：「嬛嬛自己做的，也不知合不合四郎的胃口。」

他放一顆入嘴，含了半天讚道：「又酸又甜，很是可口。怎麼弄的，朕也叫別人學學。」

我撒嬌道：「嬛嬛不依，教會了別人四郎可再也不來嬛嬛這裡了。」

玄凌仰首一笑，忍不住捏住我的下頷道：「嬛嬛，朕還不知道妳這麼小心眼呢。」

我推開他手，坐下端了冰碗舀了一口方慢慢道：「其實也不難，拿海棠秋日結的果子放在蜜糖裡醃漬就成了。只是這蜜糖麻煩些，拿每年三月三那日的蜜蜂摘的梨花蜜兌著冬天梅花上的雪水化開，那蜜裡要滾進當年金銀花的花蕊，為的是清火。用小火煮到蜜糖裡的花蕊全化不見了，再放進填了玫瑰花瓣和松針的小甕裡封起來就成了。」

「虧得妳這樣刁鑽的腦袋才能想出這樣的方子來炮製一個蜜餞。」

我假裝悠悠的歎了口氣道，抱膝而坐：「嬛嬛不過長日無事，閒著打發時間玩兒罷了。」

玄凌一把把我抱起來，笑道：「這話可不是怪朕這幾天沒來瞧妳嗎？」

我噘嘴：「四郎以為嬛嬛是那一味愛拈酸吃醋不明事理的人嗎？未免太小覷嬛嬛了。」

忽然緊閉的門「吱呀」一聲輕響，湖綠的輕縐裙邊一閃，只見浣碧尷尬地探身在門外，手上的琉璃盤裡盛著幾枝新折的花兒，想是剛從花房過來。因夏日不宜焚香，清晨、午後與黃昏都要更放時新的香花，故而她會在這時候來。所有的人都被玄凌打發去睡了，浣碧想是沒想到玄凌在此，一時間怔怔地站著那裡，進也不是，退也不是。

我一見是她，想到自己還在玄凌懷裡，不由得也尷尬起來。浣碧見我們望著她，撲通一聲跪倒在地上，連連喚道：「皇上饒恕，奴婢無心之失啊！」又眼淚汪汪望向我道：「小姐，浣碧無心的啊。」

玄凌微有不快：「怎麼這樣沒眼色？」聞得聲音嬌軟不由看了她一眼：「妳叫浣碧？」

浣碧慌忙點了點頭，把頭深深地低了下去，輕聲道：「是。奴婢是小姐帶進宮的陪嫁丫鬟。」

玄凌這才釋然，向我道：「這是妳陪嫁進宮的？」

見她那副誠惶誠恐的樣子，我噗嗤一下笑出聲來，道：「放下東西下去吧。」浣碧應了「是」，把花插在瓶中，悄悄掩門而去。

玄凌看著我笑，輕聲在我耳邊道：「嬛嬛的笑最堪動人！」轉而看著浣碧退去的身影：「是不是這丫頭跟著妳久了的緣故，眼角眉梢倒有幾分像妳，比別人更俏麗些。」

我心中忽然起疑，想起浣碧的身世與處境，頓時疑雲大起。而她，也的確眼風頗像我的。然而轉念一想這些年她雖然名義上是我的婢女，可是我待她更在流朱之上，吃穿用度幾乎不亞於我，在家時爹爹也是暗裡照顧於她，又是跟隨我多年的，這才稍微放心。

斜睨玄凌一眼，他卻輕輕拿起我的手，放到嘴邊輕輕一吻。我直覺得臉上熱辣辣的，莞爾低笑一聲輕輕捶在他肩上。

我想起什麼，問道：「大熱天中午，四郎是從哪裡過來？」

他只看著別處，「才在華妃那裡用了午膳。」

我「哦」了一聲，只靜靜揀了一塊西瓜咀嚼，不再言語。

玄凌摟一摟我的肩，方道：「妳別吃心。朕也是怕她為難妳才那麼快又晉了妳的位分——好叫她們知道妳在朕心裡的份量，不敢輕易小覷了妳。」

我低聲道：「嬛嬛不敢這麼想，只是余氏與麗貴嬪之事後未免有些心驚。」

他喟然道：「朕怎麼會不明白？本來朕的意思是要晉妳為貴嬪位列內廷主位，只是妳入侍的時間尚短，當時又是未侍寢而晉封為嬪，已經違了祖制。只得委屈妳些日子，等有孕之日方能名正言順。」

我靠在他胸前，輕輕道：「嬛嬛不在意位分，只要四郎心裡有嬛嬛。」

他凝視著我的雙眸道：「朕心裡怎麼會沒有妳。嬛嬛，朕其實很捨不得妳。」他低低道：「六宮那麼些人總叫朕不得安寧，只在妳這裡才能無拘愜意。」

心裡稍稍安慰，他的心跳聲沉沉入耳，我環著他的脖子，輕聲呢喃：「嬛嬛知道。」

靜了一會兒，我問：「皇上去瞧眉姐姐，她的胃口好些了嗎？」

「還是那樣，一味愛吃酸的。朕怕她吃傷了胃，命廚房節制些她的酸飲。」

「臣妾原本也要去看眉姐姐，奈何姐姐懷著身孕懶懶的不愛見人。臣妾想有皇上陪著也好，有了身孕也的確辛苦。」

玄凌親一親我的臉頰，低聲笑道：「總為旁人擔心。什麼時候妳給朕生一個白白胖胖的皇子才好。」

我推一推他，嘟噥道：「皇子才好，帝姬不好嗎？」

「只要是我們的孩子朕都喜歡。……唔，妳推朕做什麼？」

我微微用力一掙，肩頭輕薄的衣衫已經鬆鬆的滑落了半邊，直露出半截雪白的肩膀，臂上籠著金鑲綠玉臂環，金金翠翠之間更顯得肌膚膩白似玉。他的嘴唇滾燙，貼在肌膚之上密密的熱。

我又窘又急，低聲道：「有人在外邊呢。」

玄凌「唔」了一聲，嘴唇蜿蜒在清冽的鎖骨上，「都被朕打發去午睡了，哪裡有人？」

話音未落，衫上的紐子已被解開了大半，只覺得心跳得越來越急，道：「現在是白天……」

他輕笑一聲，卻不說話。我只得道：「天氣這樣熱，可要熱壞了呵……」

他抬起頭來，百忙中側頭舀一塊西瓜在嘴裡餵到我口中。我含糊著說不出話來，身子一歪已倒在了榻上，散落一個的藍寶石蜻蜓頭花正硌在手臂下，有些生硬的疼。我伸手撥開，十指不自覺地抓緊了蓆子，再難完整地說出話來。

暈眩般的迷墮中微微舉眸，陽光隔著湘妃竹簾子斜斜的透進來，地磚上烙著一亙一亙深深淺淺的簾影，低低的呻吟和喘息之外，一室清涼，靜淡無聲。

起來已是近黃昏的時候了，見他雙目輕瞑，寧和地安睡，嘴角凝了一抹淡淡的笑意，像是在做什麼好夢。

悄然起身，理了理衣裳，坐在妝台前執著象牙梳子，有一下沒一下的梳著長髮，不時含笑回首凝望一眼睡夢中的他。鏡中的人神形嬌慵，流慧勝波，羞暈彩霞，微垂螓首淺笑盈盈。

還未到掌燈時分，黃昏的餘暉隔著簾子斜斜射進來，滿屋子的光影疏離，晦暗不明，像在迷夢的幻境裡。

忽聽他喚一聲「莞莞」，語氣一如往日的溫柔繾綣。心裡一跳，狐疑著回過頭去看他。遍尋深宮，只有我曾有過一個「莞」字，只是他從未這樣叫過我——「莞莞」。

他已經醒了，手臂枕在頸下，半枕半靠著靜靜看著我，目光中分明有著無盡的依戀繾綣，近乎癡怔的凝睇著對鏡梳妝的我。

勉強含笑道：「皇上又想起什麼新人了嗎？對著臣妾喚別人的名字？」不由自主把梳子往妝台上一擱，盡量抑制著語氣中莫名的妒意，笑道：「不知是哪位姐妹叫做『莞莞』的，皇上這樣念念不忘？」

他只這樣癡癡看著我，口中道：「莞莞，妳的『驚鴻舞』跳的那樣好，翩若驚鴻，婉若游龍，恐怕梅妃再世也未能與妳相較。」

一顆心放了下來，吃吃一笑：「幾天前的事了，不過一舞而已，四郎還這樣念念不忘。」

他起身緩步走過來，刮一下我的鼻子笑道：「醋勁這樣大，『莞』可不是妳的封號？」

自己也覺得是多心了，一扭身低頭道：「嬛嬛沒聽四郎這樣喚過，以為在喚旁人。」

妝台上的素白瓷瓶裡供著幾枝新摘的蝴蝶堇，靜香細細。他扶著我的肩膀，隨手折一枝開得最盛的插在我鬢角，笑道：「真是孩子話，只有妳和朕在這裡，妳以為朕在喚誰？」

我噗嗤一笑，膩在他胸前道：「誰叫四郎突然這樣喚我，人家怎麼知道呢。」

他的聲音溫柔至極，「朕在雲意殿第一次見妳，妳雖是依照禮節笑不露齒，又隔得那樣遠，但那容色莞爾，朕一見難忘。所以擬給妳封號即是『莞』，取其笑容明麗，美貌柔婉之意。」

我盈盈淺笑：「四郎過獎了。」

他的神色微微恍惚，像是沉溺在往日的美好歡悅中，「進宮後妳一直臥病，直到那一日在上林苑杏花樹下見到妳，妳執一簫緩緩吹奏，那分驚鴻照影般的從容清冽之姿，朕真是無以言喻。」

我摀住他的嘴，含羞輕笑道：「四郎再這麼說，嬛嬛可要無地自容了。」

他輕輕撥開我的手握在掌心，目光明澈似金秋陽光下的一泓清泉，「後來朕翻閱詩書，才覺『傾國殊色』來形容妳也嫌太過鄙俗。唯有一句『煙分頂上三層綠，劍截眸中一寸光』才勉強可以比擬。」

我輕柔吻他的眼睛，低低道：「嬛嬛不想只以色侍君上。」

玄凌神色迷醉：「朕看重的是妳的情。」

聲音越發綿軟：「四郎知道就好。」

螺鈿銅鏡上浮鏤著色色人物花鳥的圖案，是交頸雙宿的夜鶯兒，並蒂蓮花的錯金圖樣，漫漫的精工人物，是西廂的鶯鶯張生、舉案齊眉的孟光梁鴻，泥金飛畫也掩不住的情思邈邈。鏡中兩人含情相對，相看無厭。

他執起妝台上一管螺子黛，「嬛嬛，妳的眉色淡了。」

我低笑：「四郎要效仿張敞嗎？為嬛嬛畫眉？」

玄凌只微笑不語，神情極是專注，像是在應付一件無比重要的大事。他的手勢極為熟練，認真畫就了，對鏡一看，畫的是遠山黛，兩眉逶迤橫煙，隱隱含翠。

其實我眉型細長，甚少畫遠山黛，一直描的都是柳葉眉。只是他這樣相對畫眉，不禁心中陶陶然，沉醉在無邊的幸福歡悅之中。左右顧盼，好似也不錯。

我輕笑道：「嬛嬛甚少畫遠山黛，不想竟也好看呢。」揀了一枚花鈿貼在眉心，紅瑛珠子顆顆圓潤如南國紅豆，輕輕一晃頭，便是瑩瑩欲墜的一道虹飛過。我調皮的笑：「好不好看？」

他輕輕吻我，「妳總是最好看的。」

婉轉斜睨他一眼：「四郎畫眉的手勢很熟呢？」

「妳這個矯情的小東西。」他並不答我，托起我的下巴，聲音輕得只有我能聽見，「雙眉畫未成，哪能就郎抱？是也不是？」

我忍不住笑出聲，推開他道：「四郎怎麼這樣輕嘴薄舌。」

他輕輕撫著我的背，道：「餓不餓？叫人進晚膳來吧。」

我輕笑道：「也好，用過膳咱們一起去瞧眉姐姐好不好？」

他只是寵溺的笑：「妳說什麼，朕都依妳。」

二十七、菰生涼

用過晚膳已是天黑，晚風陣陣，星斗滿天，荷香宜人。湖邊植滿茂盛的菰草、紅蓼、蘆荻與菖蒲，迎風颯颯，幾隻水禽、白鶴嬉戲其間。夜風徐徐吹過，有清淡的涼意。

去玉潤堂的路不遠，所以並未帶許多侍從。玄凌與我攜手漫步在水邊遊廊，臨風折花戲魚，言笑晏晏。

才進院中，就聽見一屋子的鶯鶯燕燕，十分熱鬧。依禮退後兩步，跟在玄凌身後進去。皇后、華妃、慇妃與欣貴嬪、曹婕妤等人皆在，正與眉莊說話，見玄凌來了，忙起身迎駕。

玄凌忙按住將要起身的眉莊道：「不是早叮囑過妳不必行禮了。」一手虛扶皇后：「起來吧。」笑著道：「今日倒巧，皇后與諸位愛妃也在。」

皇后笑道：「沈容華有孕，臣妾身為後宮之主理當多加關懷體貼，恪盡皇后職責。」

諸妃亦道：「臣妾等亦追隨皇后。」

玄凌滿意的點點頭。

除了我與華妃、曹婕妤之外，其餘諸人皆是有幾日不見聖駕了。乍然見了玄凌，難免目光殷切皆專注在他身上。

華妃睨我一眼，嬌笑一聲道：「皇上用過膳了嗎？臣妾宮裡新來了西越廚師，做得一手好菜。」

玄凌隨口道：「才在宜芙館用過晚膳了。改日吧。」

華妃淡淡笑道：「想必婕妤宮裡有好廚子呢，方才留得住皇上。」眉莊朝我點點頭；皇后仍是神色端然，和藹可親；曹婕妤恍若未聞；其餘諸人臉色已經隱隱不快。

華妃果然不肯閒著，要把我拱到眾人面前去呢！

我溫然微笑：「華妃娘娘宮中的紫參野雞湯已經讓皇上念念不忘了，如今又來了個好廚子，可不是要皇上對娘娘魂牽夢縈了嗎？」

果然此語一出，眾人的注意力立時轉到了華妃身上，不再理會我。一同進一次晚膳有什麼要緊，皇帝心裡在意誰想著誰才是後宮妃嬪們真正在意和嫉妒的。

華妃雙頰微微一紅，「咯」一聲笑：「月餘不和婕妤聊天，婕妤口齒伶俐如往昔。」略略低了頭，婉轉看向玄凌，嫣然向他道：「娘娘風範也是一如往昔呢。」

華妃剛要再說話。玄凌朝華妃淡然一笑，目光卻是如殿中置著的冰雕一般涼沁沁在華妃姣美的面龐上掃過：「妮子伶俐機智，年幼愛玩笑，華妃也要與她相爭嗎？」

華妃觸及玄凌的目光不由一悚，很快微笑道：「臣妾也很喜歡婕妤的伶俐呢，所以多愛與她玩笑幾句。」

玄凌看她一眼，顏色緩和道：「華妃果然伴朕多年，明白朕的心思所在。」

說話間玉潤堂的宮女已端了瓜果上來，眾人品了一回瓜果，又閒談了許久。

是夜玄凌興致甚好，見皇后在側慇勤婉轉，不忍拂她的意。加之諸妃環坐，若又要去我的宜芙館終是不妥，便說去皇后的光風霽月殿。

既然皇帝開口，又是去皇后的正宮，自然無人敢有非議。一齊恭送帝后出門。

才出玉潤堂正殿門口，忽見修竹千竿之後有個人影一閃，欣貴嬪眼尖，已經「噯呦」一聲叫了起來。玄凌聞聲看去，喝道：「誰鬼鬼祟祟在那裡？」

立即有內侍趕了過去，一把扯了那人出來，對著燈籠一瞧，卻是眉莊身邊一個叫茯苓的小宮女。她何曾見過這個陣仗，早嚇得瑟瑟發抖，手一鬆，懷裡抱著的包袱落了下來，散開一地華貴的衣物，看著眼熟，好似都是眉莊的。

玄凌一揚頭，李長會意走了上去。

李長彎腰隨手一翻，臉色一變指著茯苓呵斥道：「這是什麼，偷了小主的東西要夾帶私逃？」說著已經讓兩個力氣大的內侍扭住了茯苓。

茯苓臉色煞白，只緊緊閉了嘴不說話。眉莊素來心高氣傲，見自己宮裡出了這樣丟人的事又氣又急，連聲道：「這樣沒出息的奴才，給我拖出去！」

玄凌一把扶住她，道：「妳有身子的人，氣什麼！」

跪在地下的茯苓哭泣道：「小主！小主救我！」

眉莊見眾人皆看著自己，尷尬一甩手，「妳做出這樣的事，叫我怎麼容妳！」跺腳催促道：「快去！快去！」

曹婕妤忽然「咦」了一聲，從內侍手裡取過一盞宮燈，上前仔細翻了一下那包袱，拎起一條綢褲奇道：「這是什麼？」

秦芳儀亦湊上去仔細一看，掩了鼻子皺眉道：「哎呀，這褲子上有血！」

難不成是謀財害命？心裡轉了幾圈，側首看眾人臉色都是驚疑不定，眉莊更是驚惶。心裡更是狐疑，既是偷竊怎麼會不偷貴重的珠寶首飾只拿了幾件衣物，而且全是褲子、下裙，連一件上衣都不見。

玄凌道：「這事很是蹊蹺，哪有偷竊不偷值錢的東西只拿些褲子裙子的，而且是污穢的？」

皇后連連稱「是」。又道：「這些東西像是沈容華的，只是怎會沾染了血？」

欣貴嬪小聲道：「莫不是——見了紅？」

聲音雖小，但近旁幾個人都聽見了。一時人人緊張地朝著眉莊看去。眉莊更是糊塗：「沒有呀——」

話音未落，華妃道：「你們扶沈容華進去歇息。」又對玄凌道：「皇上，這丫頭古怪的很，臣妾愚見不如先命人帶去慎刑司好好審問。」

眉莊因是自己的人在帝后面前丟了臉面，早生了大氣，怒道：「手爪子這樣不乾淨，好好拖下去拷打！」

慎刑司是宮女內監犯錯時受刑拷打的地方，聽聞刑法嚴苛，令人不寒而慄。茯苓一聽「呀」一聲叫，差點沒昏厥過去。忽然叫道：「小主，奴婢替妳去毀滅證據，沒想到妳卻狠下心腸棄奴婢於死地，奴婢又何必要忠心於妳！」說完「撲」倒在玄凌腳下，連連磕頭道：「事到如今奴婢再不敢欺瞞皇上，小主其實並沒有身孕。這些衣物也不是奴婢偷竊的，是小主前幾天信期到了弄污了衣褲要奴婢去丟棄的。這些衣褲就是鐵證！」

眉莊面白如紙，驚恐萬分，幾欲暈厥過去，身邊采月和白苓連聲急呼：「小主、小主……」眉莊顫聲轉向玄凌道：「皇上——她！她！這個賤婢誣蔑臣妾！」

眾人聽得茯苓的話俱是面面相覷，我駭得說不出話來，這事發生的突然，連我也如墮霧中，不明就裡。

玄凌聞言也不說話，只冷冷逼視茯苓，只看得她頭也不敢抬起來，才漫聲道：「沈容華受驚，去請太醫來。」眉莊聽了似微微鬆了口氣，道：「李公公去請為我護胎的劉太醫吧。只不知今晚是不是他輪值。」

李長應一聲「是」，道：「今晚不是劉太醫輪值。」

玄凌道：「不在也無妨。那就請太醫院提點章彌。」

眉莊道：「可是臣妾的胎一直都是由劉太醫……」

「不妨。都是一樣的太醫。」

我聽得他這樣說，知道是要請太醫驗證真假了。不知為何，身上忽然涼浸浸的，清淡月光下，眉莊容色如紙。

太醫很快就到了。眉莊斜坐在椅上由他把脈。章彌側頭凝神搭了半天的脈，嘴唇越抿越緊，山羊鬍子微微一抖，額上已經沁出了黃豆大的汗珠。

皇后見狀忙道：「章太醫。究竟是什麼個情形？莫非驚了胎氣？」

章太醫慌忙跪下道：「皇上皇后恕罪。」說著舉袖去拭額上的汗，結結巴巴道：「臣無能。容華小主她，她，她——」一連說了三個「她」，方吐出下半句話：「並沒有胎像啊！」

一語既出，四座皆驚。

心裡驟然發涼，只見眉莊一驚之下一手按著小腹一手指向章彌厲聲道：「你胡說！好好的孩子怎會沒有了胎像！」

我一把扯住眉莊道：「姐姐稍安毋躁，許是太醫診斷有誤也說不定。」

章彌磕了個頭道：「微臣不是千金一科的聖手。為慎重故可請江穆煬江太醫一同審定。只是江太醫在丁憂中……」

玄凌臉色生硬如鐵，冷冷吐出兩字：「去請。」

眾人見如此，知道是動了怒，早是大氣也不敢出。殿中寂靜無聲，空氣膠凝得似乎化不開的乳膠。眉莊身懷有孕，一向奉例最是優渥。連宮中景泰藍盆中的所供的用來取涼的冰也精雕細鏤刻成吉祥如意的圖案。人多氣暖，融得那些精雕圖案也一分分化了，只剩下不成形的幾塊透明，細小的水珠一溜滑下去，落在盤中，叮咚一聲脆響，整個玉潤堂都因著這一滴的安靜而瀰漫起一種莫名的陰涼。

眉莊見了江穆煬進來，面色稍霽。江穆煬亦微微點頭示意。

江穆煬把完脈，詫異道：「小主並無身孕，不知是哪位太醫診治了說是有孕的。」眉莊本來臉上已有了些血色，聽他這樣說，霎時身子一軟幾乎要癱在椅上，順勢已滑倒在地俯首而跪。

事已至此，眉莊是明明白白沒有身孕的了，只是不知道這事是她自己的籌謀還是受人誣陷。我知道，眉莊是的確急切的想要個孩子，難不成她為了得寵竟出了如此下策。若果真是這樣，我不禁痛心，眉莊啊眉莊，妳可不是糊塗至極了！

眉莊身後的采月急道：「這話不對。小姐明明月信不來，嘔吐又愛食酸，可不是懷孕的樣子嗎？」

江穆煬微微蹙一蹙眉，神色鎮定道：「是嗎？可是依臣的愚見，小主應該前幾日就有過月信，只是月信不調有晚至的跡象罷了。應該是服用藥物所致。」說著又道：「月餘前容華小主曾向臣要過一張推遲月信的方子，說是常常信期不準，不易得孕。臣雖知不妥，但小主口口聲聲說是為皇家子嗣著想，臣只好給了她方子。至於嘔吐愛食酸臣就不得而知了。」言下之意是暗指眉莊假意作出有孕。

眉莊又驚又怒，再顧不得矜持，對玄淩哭訴道：「臣妾是曾經私下向江太醫要過一張方子，但是此方可以有助於懷孕並非是推遲月信啊。臣妾實在冤枉啊。」

玄淩面無表情，只看著她道：「方子在哪裡，白紙黑字一看即可分明。」

眉莊向白苓道：「去我寢殿把妝台上妝奩盒子底層裡的方子拿來。」又對玄淩道：「臣妾明白私相授受事犯宮規。還請皇上恕罪。」

華妃大是不以為然，輟了一口茶緩緩道：「也是。私相授受的罪名可是比假孕爭寵要小得多了。」

眉莊伏在地上不敢爭辯，只好暫且忍氣吞聲。

片刻後白苓匆匆回來，驚惶之色難以掩抑，失聲道：「小姐，沒有啊！」連妝奩盒子一起捧了出來。

眉莊身子微微發抖，一把奪過妝奩盒子，「啪」一聲打開，手上一抖，盒中珠寶首飾已四散滾落開來，晶瑩璀璨，灑了滿地都是，直刺得眼睛也睜不開來。眉莊驚恐萬分，手忙腳亂去翻，哪裡有半點紙片的影子。

玄淩額上青筋暴起，嘴唇緊緊抿成一線，喝道：「別找了！」頭也不回對李長道：「去把劉畚給朕找來。他若敢延誤反抗，立刻綁了來！」

李長在一旁早已冷汗涔涔，輕聲道：「奴才剛才去請江太醫的時候也順道命人去請了劉太醫，可是劉太醫家中早已人去樓空了。」

玄凌大怒，「好！好！好個人去樓空！」轉頭向眉莊道：「他是妳同鄉是不是？他是妳薦了要侍奉的是不是？」

眉莊何曾見過玄凌這樣疾言厲色，嚇得渾身顫抖，話也說不出來。

我微微闔上雙目，心底長歎一聲，眉莊是被人陷害了！

如果別的也就罷了，偏偏這張方子我是見過的。且不說這張方子是推遲月信還是有助懷孕，可是它的不翼而飛只能讓我知道眉莊是無辜的。加上偏偏這個時候劉畚也不見了。樁樁件件都指向眉莊。

除了她，只有我一個人見過那張藥方。

我微一屈膝就要跪下替眉莊說話，現在只有我才見過那張方子，才可以證明眉莊是被人的陷害的，她是清白的。

我與眉莊並肩而跪，剛叫出口「皇上──」

玄凌逼視向我，語氣森冷如冰雪：「誰敢替沈氏求情，一併同罪而視。」

眉莊之前得寵已經惹得眾人側目，見她出事幸災樂禍還來不及，現在玄凌說了這話，更沒有人肯出言求情了。我眼見她淒惶模樣，哪裡按捺得住，剛要再說，袖中的手已被眉莊寬大裙幅遮住，她的手冰冷滑膩，在裙下死命按住我的手。我知道，她是不要我再說。再說，只會連累了自己，連日後救她的機會也沒有了。

秦芳儀瞥了我一眼道：「皇上。甄婕好一向與沈容華交好，不知今日之事……」

玄凌一聲暴喝，怒目向她：「住口！」秦芳儀立刻嚇得噤聲不敢再言。

也是一個糊塗人，這種情況下還想落井下石，只會火上澆油讓玄凌遷怒於她。

眾人見狀慌忙一齊跪下請玄凌息怒。

只見他鼻翼微微張闔，目光落在眉莊髮上。不由得側頭看去，殿中明亮如晝，眉莊髮髻上所簪的正是太后所賜的那枝赤金合和如意簪，在燭光之下更是耀目燦爛。

來不及讓眉莊脫簪請罪。玄凌已伸手拔下那枝赤金合和如意簪擲在地上，簪子「叮鈴」落在金磚地上，在燭光下兀自閃爍著清冷刺目的光芒。玄凌道：「欺騙朕與太后，妳還敢戴著這枝簪子招搖！」這一下來勢極快，眉莊閃避不及，亦不敢閃避，髮髻散落，如雲烏髮散亂如草，襯得她雪白一張俏臉僵直如屍。

皇后極力勸解道：「皇上要生氣沈容華也不敢辯，還請皇上保重龍體要緊。」

玄凌靜一靜氣，對眉莊道：「朕一向看重妳穩重，誰知妳竟如此不堪，一意以假孕爭寵，真叫朕失望至極。」

眉莊也不敢辯解，只流著淚反覆叩首說「冤枉」。

我再也忍耐不住，被冤枉事小，萬一玄凌一怒之下要賜死眉莊。不！我不能夠眼睜睜看眉莊就死。

我搶在眉莊身前，流淚哭泣道：「皇上不許臣妾求情臣妾亦不敢逆皇上的意。只是請皇上三思沈容華縱使有大錯，還請皇上念在昔日容華侍奉皇上盡心體貼。臣妾當日與容華同日進宮，容華是何為人臣妾再清楚不過。縱然容華今日有過也請皇上給容華一個改過自新的機會。何況雖然眼下沈容華讓皇上生氣，可是若有一日皇上念起容華的半點好處，卻再無相見之期，皇上又情何以堪啊！」說罷額頭貼在冰冷磚地上再不肯抬頭。

皇后亦唏噓道：「甄婕妤之言也有理。沈容華今日有過也只是太急切想有子嗣罷了，還望皇上顧念舊情。」

不知是不是我和皇后的話打動了玄凌，他默默半晌，方才道：「容華沈氏，言行無狀，著降為常在，幽禁玉潤堂，不得朕令不許任何人探視。」

我吁出一口氣，還好，只要性命還在，必定有再起之日。

李長試探著問：「請皇上示下，劉奋和那個叫茯苓的宮女……」

「追捕劉奋，要活口。那個宮女……」他的目光一凜，迸出一字：「殺。」